Klaus Brabänder _ VorGestern

KLAUS BRABÄNDER

VorGestern

KRIMINALROMAN

 SCHAUMBERG

Bibliografische Informationen der Deutschen Nationalbibliothek:
Die Deutsche Nationalbibliothek verzeichnet diese Publikation in der Deutschen
Nationalbibliografie; detaillierte bibliografische Daten sind im Internet abrufbar über:
http://dnb.d-nb.de

ISBN 978-3-941095-99-1
© Edition Schaumberg
Brunnenstraße 15, 66646 Marpingen, Telefon 06853 502380
info@edition-schaumberg.de, www.edition-schaumberg.de

1. Auflage, Dezember 2022

Lektorat, Korrektur: Edition Schaumberg
Gestaltung, Satz: Thomas Störmer, Marpingen
Schrift: Janson Text
Druck, Verarbeitung: bookpress.eu

Für Anna und Nils

Viel Glück Euch beiden

1

Samstag, 6. März 2021

Als die Überwachungsgeräte Alarm schlugen, dauerte es nur wenige Augenblicke, bis das Team des Krankenhauspersonals am Bett der Patientin ankam und sofort die notwendigen Notmaßnahmen einleitete.

Die Handgriffe waren eingeübt, alle wussten, was zu tun war; die Anweisungen und Rückmeldungen wurden kurz, leise und ohne Hektik kommuniziert. Routinemäßig wurden die Kontrollwerte weitergegeben; für Außenstehende wäre von alldem nichts verständlich, aber das Fachpersonal wusste genau, wie die Situation zu beurteilen war.

Gut ausgebildetes Personal, insgesamt sechs Personen, kümmerten sich um die Patientin. Sie war eine der sieben Schwerkranken, die auf der Intensivstation um ihr Leben rangen.

Dass die Frau von 4a es womöglich nicht schaffen könnte, war von Anfang an zu befürchten gewesen, obwohl sie mit Abstand die Jüngste aller Notfälle war, aber Anzahl und Schwere ihrer Vorerkrankungen ließ ahnen, dass ihr Immunsystem auch ohne die akute Viruserkrankung kaum noch würde die Kraft aufbringen können, den entscheidenden Widerstand zu leisten.

Seit Tagen hatte das Team der behandelnden Ärzte und Pflegekräfte nahezu hilflos mitansehen müssen, wie sich der Zustand der Patientin zusehends verschlechterte, und nun war eingetroffen, was zu befürchten war.

Nach einigen vergeblichen Bemühungen gab es nun die Gewissheit, dass die Patientin den Kampf verloren hatte. Sie war das zehnte Opfer binnen drei Wochen und sie würde wahrscheinlich nicht das Letzte sein.

Schon in wenigen Stunden würde Zimmer 4a wieder belegt sein, und das Personal würde den Kampf bei einem anderen Patienten aufs Neue beginnen, und wie immer würde der Ausgang ungewiss sein.

Um Namen ging es schon lange nicht mehr. Es waren einfach zu viele und die Verweildauer auf der Station war zu kurz und der Stress für das Personal zu groß, um Energie auf persönliche Details der Patienten zu verschwenden. Die Namen standen in den Krankenakten, genau wie die Kontaktdaten der nächsten Verwandten, die Nachverfolgung übernahmen die Hilfskräfte. Besuche waren ohnehin ausgeschlossen, das ließen die Hygienevorschriften nicht zu, ausnahmslos, auch wenn es dem Ende zuging. Schlimm, sehr schlimm, aber das war in der momentanen Situation nicht zu ändern. Das Personal litt mit den Patienten und Angehörigen, aber letztendlich blieb wenig Zeit für Gefühle, das war auch bei der Patientin auf 4a nicht anders.

»Das war's dann!«, seufzte der Oberarzt. »Scheiße noch mal! Mehr konnten wir nicht tun; danke euch allen!«

Das Team nickte still und niedergeschlagen, obwohl es dieses Szenario gerade in den letzten Tagen und Wochen schon oft hatte erleben müssen. Trotz allem war es jedes Mal eine neue Niederlage, aber aus der Nummer des Patienten wurde nur für einen Augenblick ein bedauernswertes Einzelschicksal.

»Verständigen Sie bitte die Leitung und die Angehörigen, und geben Sie alles Notwendige durch!«, ordnete der Oberarzt an. »Sie wissen, was zu tun ist! Danke!«

2

Ein Jahr später –
Sonntag, 6. März 2022, vormittags

Die Wahlkampfveranstaltung an diesem Sonntagmorgen passte Alex Fischer überhaupt nicht in den Kram, aber es blieb ihm nichts anderes übrig, wenn er als Spitzenkandidat seiner Partei bei der bevorstehenden Landtagswahl im Endspurt dringend benötigten Stimmen einfangen wollte.

In drei Wochen würden die Bürger zu den Urnen gehen und die Umfragen waren nicht gerade erfolgversprechend. Es würde knapp werden, und wenn es dieses Mal nicht reichen würde, müsste er seine politischen Ambitionen endgültig begraben.

Es war ein Ritt auf des Messers Schneide! Die Partei, für die er kandidierte, war vor einem halben Jahr faktisch tot gewesen, weil sie sich in selbstmörderischen Personaldiskussionen zerfleischt und selbst ins Abseits manövriert hatte. Sein Instinkt und sein gnadenloses Streben nach Macht hatten Alexander Fischer zu der Überzeugung gebracht, dass diese Querelen für ihn die Chance sein könnten, dorthin zu kommen, wo die Fleischtöpfe der Politik hingen, und die erste Station sollte ein Platz im Landtag des Saarlandes sein.

Politische Überzeugungen und Argumente waren ihm dabei scheißegal, das war was für Idealisten und Gutmenschen. Er durfte dieses Desinteresse allerdings nicht zeigen, wie es andere in der Partei vor ihm dummerweise praktiziert hatten, was letztendlich zum Eklat bei der letzten Bundestagswahl im Herbst geführt hatte. Den gleichen Fehler würde er nicht begehen, jedenfalls nicht so dilettantisch wie die anderen.

Was lockte, war ein Platz im Umfeld der Hebel zur Macht, das damit einhergehende Image und nebenbei ein sattes Salär von mindestens 6.300 Euro im Monat mit Tendenz nach oben und der Aussicht auf weitere Privilegien, die man bei geschickter Vorgehensweise durchaus in astronomische Höhen treiben konnte. Da boten sich Möglichkeiten, die man nur richtig ausloten musste, was spielte da die Moral für eine Rolle!

In seinen Träumen sah er sich in naher Zukunft bereits als Abgeordneter im Bundestag oder im Idealfall als Chef von Saartoto, wo man als Direktor ein sattes Gehalt einstreichen konnte, mit Dienstwagen, Fahrer und anderen Vorteilen.

Nachdem ihn seine Partei mangels williger oder geeigneter Kandidaten in letzter Minute auf den ersten Listenplatz gehievt hatte, war von Seiten der Journalisten kaum etwas hinterfragt worden. Er hatte damit gerechnet, dass die Damen und Herren der Presse seinen politischen Zielen, seiner Qualifikation und seiner Meinung zu den Kernthemen grüner Politik auf den Zahn fühlen würden, weshalb er sich zahlreiche nichtssagende Phrasen als Antwort zurechtgelegt hatte, aber da war nichts gekommen außer einem Artikel, der berichtete, dass der zweiundfünfzigjährige Alexander Fischer beim Parteitag der Grünen zum Spitzenkandidaten gekürt worden war. Der Rest des Berichts hatte sich mit den parteiinternen Querelen der Vergangenheit befasst und das Aktuelle und die Zukunft nicht thematisiert.

Alex kam das sehr entgegen; kein Wort über seine unrühmliche Vergangenheit in der CDU, wo er sang- und klanglos untergegangen war, weil man ihm vor ein paar Jahren Vorteilsnahme vorgeworfen hatte, und er nur durch seinen Austritt einem Parteiausschluss zuvorgekommen war.

Seine Person war nicht näher beleuchtet und auch seine Berufsangabe »Berater« nicht hinterfragt worden. Er hatte diese Bezeichnung bewusst gewählt, weil sie alles offenließ und alleinstehend keiner Qualifikation bedurfte. Auf Anfrage hätte er sich als politischer Berater darstellen können, als Personalberater oder Berater für die Öffentlichkeitsarbeit. In Wahrheit stimmte nichts von alledem, denn er war zeitlebens keiner geregelten Arbeit nachgegangen, weil er dazu keine Lust verspürte und es bislang auch nicht nötig hatte.

Mit dem hinterlassenen Vermögen seiner Eltern würde er auch weiterhin auskommen können, allerdings nur, wenn er zukünftig auf dem Teppich bleiben und auf seinen luxuriösen Standard verzichten würde, und genau da lag sein Problem!

Im Alter wollte er sich damit nicht abfinden müssen oder gar einen Gang runterschalten; das passte einfach nicht zu ihm! Die Eltern waren Anwälte gewesen, der Großvater Notar. Bei ihrer erlesenen Klientel war es stets um mehr als nur banales Ehe-, Miet- oder Arbeitsrecht gegangen. Er war in der High-Society groß geworden, unter Leuten mit viel Geld und hohem Ansehen. Seine Erzeuger hatten gutes Geld verdient, aber nicht verprasst und ihrem Sohn ein kleines Vermögen hinterlassen, das bei seiner Lebensweise allerdings weiter schwinden würde, weil er als Einzelkind anders gestrickt war als die Alten.

Geld war zum Ausgeben da und wenn es zur Neige ging, musste es andere Möglichkeiten geben, sich Nachschub zu beschaffen, ohne dafür hart arbeiten zu müssen. Die Politik war nach seiner Auffassung ein Sprungbrett, und auf diesem Weg sah sich Alexander Fischer.

Allerdings durfte er keine Umwege mehr machen oder Zeit verlieren. In spätestens fünf Jahren musste er ganz oben angekommen sein, solange würde die Erbmasse vielleicht noch ausreichen, aber nicht viel länger, wenn sich keine neue Geldquelle auftun sollte.

Alex hatte damals einsehen müssen, dass er in der CDU auf normalem Weg nicht weitergekommen wäre, weil die Strukturen zu verkrustet waren und er zu spät eingestiegen war. Er hatte geglaubt, dass der Name seines Vaters Reputation genug sei, um in der Partei Karriere machen zu können, aber als er mit damals knapp Vierzig durchstarten wollte, hatte ihn die jüngere Generation der Protegés bereits überholt und alle maßgeblichen Positionen besetzt. Der Versuch, sich durch die Beschaffung von

Spendengeldern bei den Parteioberen ins rechte Licht zu setzen, war kräftig in die Hose gegangen, weil der Gönner plötzlich mit Forderungen um die Ecke gekommen war, die die Partei ins rechte Ufer getrieben hätten. Bevor die Öffentlichkeit Wind davon bekommen konnte, hatte die Parteispitze die Reißleine gezogen, Alex im Regen stehen lassen und ihm nahegelegt, die Partei schnellstmöglich zu verlassen.

Die Chance bei den Grünen war überraschend gekommen. Die waren durch ihre Querelen derart überfordert, dass sie nach jedem Strohhalm griffen, der sich ihnen bot. Über seine politische Vergangenheit war inzwischen Gras gewachsen und Alex' Selbstsicherheit, sowie sein wortgewandtes Auftreten hatten Wirkung gezeigt, nachdem die jüngere Generation der Partei nach zahlreichen Patzern in den Wählerumfragen durchgefallen war. Alex hatte den Hut in den Ring geworfen und sich mit unbändigem Willen und sturer Entschlossenheit durchgesetzt.

Dass er nun im Endspurt Präsenz zeigen musste, war ein lästiges Übel. Alex empfand es als Zumutung, mit diesem Bürgerpack Diskussionen unter seinem Niveau führen zu müssen. Ökologische Visionen und die Rettung des Weltklimas!

Die meisten verstanden zum Glück noch weniger davon, als er selbst, weswegen sie durch nichtssagende Phrasen und blödsinnige Werbegeschenke zufriedengestellt werden konnten, wie überhaupt die billigen Präsente oft mehr Wirkung zeigten als inhaltliche Argumente.

Politisch Interessierte mit mehr Hintergrundwissen waren anstrengender, da musste er mit Zitaten namhafter Wissenschaftler aufwarten, die er sich in mühevoller Arbeit angeeignet hatte, ohne deren Aussagewert letztendlich nachvollziehen zu können.

Seine Auftritte an den Wahlkampfständen bargen Risiken, weshalb er immer bemüht war, sich aus dem Staub zu machen, bevor die Diskussionen ausuferten und zu sehr in die Tiefe gingen. In Wahlkampfzeiten war es kein Problem, den Leuten glaubhaft zu erklären, dass weitere Verpflichtungen an anderer Stelle auf ihn warteten.

Diesem Termin am Galgenbergturm in Spiesen-Elversberg wäre Alex Fischer am liebsten ganz aus dem Weg gegangen. Sonntagmorgen 10 Uhr! Die Temperaturen lagen bei vier oder fünf Grad und unterhalb des Turmes zog es wie Hechtsuppe, da nutzte auch das kleine Zelt nicht, das als Wetterschutz dienen sollte.

»Welcher geniale Geist hat sich denn diese Location ausgedacht?«, fluchte Alex, als um halb elf immer noch niemand erschienen war.

»Abwarten!«, widersprach die Vorsitzende des Ortsvereins. »Um elf Uhr wird der Bürgermeister die neue Konzeption für das Umfeld des Turmes als Freizeitanlage vorstellen. Wir waren im Gemeinderat dagegen und sind es unseren Wählern schuldig, nun auch Flagge zu zeigen.«

»Wo sind hier Wähler? Ich sehe keine!«, meckerte Alex. »Wir schmoren im eigenen Saft, oder besser gesagt, wir frieren uns den Arsch ab!«

»Abwarten!«, wiederholte die junge Frau. »Die machen eine Rundfahrt mit mehreren Bussen zu verschiedenen Projekten in der Gemeinde. Kann nicht mehr lange dauern, bis sie hier auftauchen.«

»Dein Wort in Gottes Ohr! Warum machen die das eigentlich nicht im Sommer?«

»Weil die im Frühjahr bereits mit den Bauarbeiten beginnen wollen. Das ist unsere letzte Chance, es zu verhindern. Wir müssen die Menschen davon überzeugen, dass diese Eingriffe …«

»Ja, ich weiß, um was es geht!«, murrte Alex. »Ist wenigstens noch Kaffee da?«

»Klar! Selbstverständlich aus ökologischem Anbau!«

»Mir egal, Hauptsache die Brühe ist heiß!«

»Da kommen sie!«, rief die Vorsitzende und zeigte auf eine große Menschengruppe, die sich dem Turm langsam näherte.

Anhand seiner Körpergröße konnte der Mann ganz vorne in der Mitte eindeutig als der Bürgermeister identifiziert werden.

»Kennst du die alle?«, fragte Alex Fischer.

»Alle nicht, aber die meisten.«

»Lass uns hingehen und hören, was der Bürgermeister zu sagen hat. Du wirst anschließend wie abgesprochen unseren Gegenstandpunkt darstellen.«

»Willst du nicht lieber selbst …«

»Nein, auf keinen Fall! Du bist im Gemeinderat und kennst die Details. Außerdem kommt eine Frau immer besser an. Ich übernehme nachher die Einzelbetreuung.«

»Willst du den Stand bis dahin unbeaufsichtigt lassen?«

»Hier gibt's nix zu holen«, lachte Alex. »Außerdem sind wir in Sichtweite.«

Sie gesellten sich zu der Gruppe, die aus etwa sechzig bis achtzig Personen bestand, und lauschten den Ausführungen von Bürgermeister Huf und seinem Bauamtsleiter.

Das Projekt sah vor, aus den Brachflächen und maroden Gebäuden ein Zentrum für Freizeit, Sport und Kultur zu machen. Nach den allgemeinen Informationen folgte eine Präsentation mit Schautafeln und Fotomontagen. Laut Vorabinformationen in der Presse war das Vorhaben allgemein auf Zustimmung in der Bürgerschaft und im Rat gestoßen, nur die Grünen hatten von Anfang an bemängelt, dass durch die Neugestaltung wertvolle ökologische Flächen und Rückzugsgebiete für Vögel und Insekten wegfallen würden, was das ökologische Gleichgewicht der Umgebung nachhaltig zerstören würde.

Alex Fischer selbst hielt die Argumente seiner Partei mal wieder für völlig überzogen. Die paar Hecken waren der Rede nicht wert, und wenn diese unansehnliche Brache endlich mal einer ordentlichen Nutzung zugeführt werden würde, wäre das für alle eine Bereicherung. Äußern durfte er diese Meinung als Spitzenkandidat einer ökologisch ausgerichteten Partei auf keinen Fall, da könnte er sich gleich den Abhang runterstürzen.

Man musste eher versuchen, durch gewitzte Kompromissvorschläge die Bürger auf die eigene Seite zu ziehen. Dann würde man nicht als Totengräber des Projektes dastehen und mehr Zuspruch und damit Wählerstimmen erreichen als mit einer totalen Blockade.

Als die Präsentation zu Ende und der Applaus des Publikums abgeebbt waren, erklärte der Bürgermeister, dass er nun gerne auf Fragen eingehen wolle. Auch die Vorsitzende der Grünen meldete sich zu Wort.

Eine halbe Stunde lang wurde diskutiert und Meinungen ausgetauscht. Die Argumente der grünen Gemeinderätin wurden damit abgetan, dass die Problematik im Rat ausreichend diskutiert worden war, die Mehrheitsverhältnisse eindeutig und auch die vorliegenden Gutachten zu einer anderen Auffassung gekommen seien.

Nun meldete sich auch Alexander Fischer zu Wort und bat das Publikum, sich am Stand eingehender zu informieren und in persönlichen Gesprächen mehr über die Standpunkte seiner Partei zu erfahren.

»Das ist eine Informations- und keine Wahlveranstaltung«, speiste ihn der Bürgermeister ab. »Außerdem warten die Busse. Wer sich informieren will, kann das gerne tun, aber wir warten nicht. Nächster Haltepunkt ist die Kita am neuen Markt. Auf geht's!«

Bis auf eine Handvoll Bürgerinnen und Bürger folgten alle dem Bürgermeister zu den Bussen. Die Vorsitzende der Grünen begleitete die wenigen Interessierten zum Stand, und Alex Fischer bemühte sich, den einen oder die andere für seine Person und Kandidatur zu interessieren, hatte damit allerdings keinen Erfolg. Als er sich daraufhin ebenfalls zum Stand begeben wollte, wurde er urplötzlich von hinten angesprochen.

»Entschuldigung! Sie sind Alexander Fischer, der Spitzenkandidat, oder verwechsele ich Sie?«

»Ja! Ich meine natürlich nein; richtig, ich bin der Spitzenkandidat meiner Partei«, antwortete Alex und fühlte sich geschmeichelt, weil er erkannt worden war, obwohl ihn die plötzliche Ansprache zunächst erschreckt hatte. »Wie kann ich Ihnen helfen?«

»Ich bin im erweiterten Vorstand des Bundes deutscher Rosenzüchter«, erklärte der junge Mann ohne sich vorzustellen. »Wir haben beste Beziehungen zum Bundesvorstand Ihrer Partei. Von dort habe ich auch Ihren Namen bekommen. Tut mir leid, ich bin wohl etwas zu spät zu dieser Veranstaltung gekommen; ist ja auch nicht leicht zu finden für einen Auswärtigen.«

»Ah, ja! Angenehm. Wo drückt den der Schuh? Wie war noch gleich Ihr Name?«

Der Fremde nuschelte einen Namen, den Alex nicht verstand, anscheinend slawischen Ursprungs mit vielen z, y und so. Bevor Alex nachfragen konnte, ergriff sein Gegenüber wieder das Wort.

»Wissen Sie eigentlich, dass es sich dort drüben um einen der ältesten Rosengärten der Region handelt?«

»Nein, das war mir bisher nicht bekannt«, musste Alex zugeben. »Aber wenn dem tatsächlich so ist, muss man natürlich unbedingt ...«

»Das wissen die Wenigsten, ist aber so!«, unterbrach der Mann. »Er beherbergt noch immer sehr, sehr alte Sorten und einzigartige Exemplare, die unbedingt erhalten werden müssen. Leider ist die Anlage in einem Zustand ... na ja, es gäbe einiges zu tun, um daraus ein Arrangement zu machen, das man nachhaltig präsentieren kann. Kurzum: Wir als Verband würden Ihnen nicht unerhebliche Mittel zur Verfügung stellen, wenn Sie es schaffen ... Sie wissen, was ich meine. Zweifelsfrei würde sich das auch positiv auf Ihre Stellung innerhalb Ihrer Partei auswirken. Ich möchte Ihnen unser Projekt unbedingt vorstellen und unsere Pläne erläutern.«

»Ich muss zugeben, dass ich etwas überrascht bin über Ihr Anliegen, aber …«

»Völlig klar«, lachte der Mann, dessen Outfit dem eines Ökobauern glich. »Mein Versäumnis, ich hätte mich anmelden sollen, aber ich habe erst kurzfristig von dieser Veranstaltung erfahren. Ich möchte Ihnen lediglich einen kleinen Überblick verschaffen, was wir uns vorstellen. Kommen Sie, ich zeige es Ihnen.«

»Aber ich muss …«

»Es dauert nur ein paar Minuten.«

»Am Stand warten …«

»Wir sind sofort zurück! Versprochen!«

Alex schaute zum Stand und sah, dass seine Kollegin mit nur noch zwei Interessierten in ein Gespräch vertieft war. Mit denen würde sie auch alleine klarkommen. Vielleicht ergab sich aus dem Gespräch mit dem Fremden tatsächlich eine Chance, die zu versäumen er später vielleicht bereuen würde.

»Na gut«, stimmte Alexander Fischer schließlich zu. »Aber wirklich nur ganz kurz. Ich habe nämlich noch einige Nachfolgetermine.«

Auf dem Weg zum Rosengarten gingen die beiden Männer schweigend nebeneinander her. Das änderte sich, als sie ihr Ziel erreicht hatten, und der Fremde sein wahres Gesicht zeigte.

3

Am Nachmittag des gleichen Tages

»Ich habe gleich gesagt, dass wir besser in der Kaiserlinde einkehren sollten!«, moserte Paul, der wie immer schlechte Laune hatte, wenn es nicht nach seinem sturen Kopf geht.

»Und ich habe dir erklärt, dass die heute Ruhetag hat«, entgegnete Horst, der mit seinen neunundsechzig Jahren fast fünfzehn Jahre jünger war als Paul, allerdings wegen seines lädierten Knies wesentlich weniger mobil als der Senior der Gruppe.

»Quatsch!«, widersprach Paul. »Wenn die SV Elversberg spielt, haben die sonntags auch immer auf.«

»Stimmt ja! Aber nur wenn die ein Heimspiel haben und die spielen heute eben nicht zu Hause! Die haben vorgestern auswärts gespielt; ich glaube in Mainz … na jedenfalls haben sie gewonnen!«

»Ich war aber auch schon in der Kneipe, wenn die nicht gespielt haben!«, behauptete Paul trotzig.

»Unmöglich mit dem Kerl! In dem Fall öffnet die Kaiserlinde nach dem Frühschoppen erst wieder um fünf; jetzt ist es erst drei Uhr, du Querkopp!«

»Mir egal! Ich will jetzt ein Bier und einen Willi!«

»Paul will immer Willi!«, lachte Igor, der seit Jahrzehnten hier wohnte, seinen russischen Akzent allerdings nie ganz losgeworden war. »Wodka viel besser!«

»Schlooseklopper!«, fluchte Paul unwirsch. »Du und dein Scheiß Wodka! Den kann man höchstens fürs Feuermachen gebrauchen!«

»Hä? Was ist Schloosegeklopper?«

»Jesses! Du wohnst schon seit hundert Jahren im Saarland und kannst immer noch kein Deutsch!«

»Ein Schlooseklopper ist ein Angeber oder Dummschwätzer!«, stellte Horst klar.

»Wieso haben die denn auch zu?«, maulte Paul und zeigte auf die nächste Kneipe, deren Läden geschlossen waren. »Haben heute alle zu oder wie? Das hat es früher nicht gegeben!«

»Die öffnen auch erst um fünf!«, wusste Horst. »Aber das Bilou weiter unten macht gleich auf.«

»Bis dahin bin ich verdurstet«, stänkerte Paul weiter.

»Ach was, in einer Viertelstunde sind wir dort.«

»Dann legt mal einen Gang zu! In dem Tempo wird's dunkel, bis wir an der Kneipe ankommen!«

Sie gingen tatsächlich etwas schneller, allerdings nur die nächsten fünfzig Meter, dann verfielen sie wieder in den alten Trott.

Kurz nach 15 Uhr erreichte das Quartett die Gabelung vor dem Galgenbergturm, wollte links am Seniorenheim vorbei, machte kurz halt, schwelgte in Erinnerungen, was hier zu früheren Zeiten am Rosengarten an Festen losgewesen war und diskutierte über die Bierpreise in der damaligen Gartenwirtschaft.

»Quatscht nicht so viel! Für die alten Preise können wir uns heut nix mehr kaufen. Ich will ins Bilou, bevor die Feierabend machen!«

»Auf Straße entlang oder durch Wald?«, fragte Igor.

»Im Wald ist es matschig«, meinte Erich.

»Blödsinn!«, behauptete Paul. »Wo soll es denn da matschig sein? Straße ist zu laut, außerdem ist es durch den Wald näher.«

»Ist mir auch lieber«, nickte Horst. »Ich muss nämlich mal pinkeln!«

»Lieber Gott, jetzt muss der schon vor dem ersten Bier! Also los, durch den Wald!«

Sie nahmen den Weg zwischen Turm und Seniorenheim entlang des in Teilen renovierten Rosengartens, der im hinteren Teil aber immer noch von Brombeerhecken überwuchert war.

»Geht schon mal vor, ich komme gleich nach«, rief Horst nach vorne und zeigte mit eindeutiger Geste auf seinen Hosenschlitz.

Die anderen gingen im Gänsemarsch weiter den schmalen Pfad entlang und hielten sofort an, als sie Horsts aufgeregte Stimme aus dem Dickicht vernahmen.

»Äh, kommt mal her! Da liegt einer!«

»Wie, da liegt einer?«, rief Erich zurück.

»Was hat er gesagt?«, fragte Paul.

»Es liegt jemand«, antwortete Igor.

»Wer?«

»Jemand!«

»Kenn ich nicht. Ja und?«

»Ich gehe schauen!«, sagte Igor mutig und machte sich auf den Weg zu Horst.

Nach kurzer Zeit kam Horst aufgeregt und atemlos über den Pfad gerannt.

»Hat jemand ein Handy dabei?«, fragte er keuchend.

»Ich!«, meldete sich Erich und kramte in der Innentasche seiner Jacke. »Moment.«

»Ruf die Polizei, da liegt eine Leiche. Also der Kerl ist mit Sicherheit tot.«

»Was hat er gesagt?«, fragte Paul erneut.

»Da liegt eine tote Leiche, wir müssen die Polizei verständigen.«

»Hoffentlich keiner aus dem Viertel«, meinte Paul trocken.

»Nee, ich kenne den nicht«, entgegnete Horst, während Erich aufgeregt in sein Handy tippte und das Gerät an Horst übergab.

»Da, sag du!«, meinte Erich und Horst wartete auf die Verbindung.

»Hallo? Ist da die Polizei?«

Pause.

»Ja? Da liegt ein Toter im Gebüsch!«

Pause.

»Im Rosengarten.«

Pause.

»Nein, in Spiesen!«

Pause.

»Mein Name ist Horst Sayler.«

Pause.

»Im Rosengarten hinter dem Turm. Wir sind zu viert.«

Pause.

»Der Igor passt auf ihn auf. Der Erich, der Paul und ich sind auf dem Weg ...«

Pause.

»Ich! Beim Pinkeln!«

Pause.

»Meine Position? Amtsrat im Ruhestand; ich war ...«

Pause.

»Ach so! Am Turm links vorbei, wenn sie vorne vom Markt kommen. Hinter der AWO, also dem Altenheim. Da wo der Rosengarten ist; den haben sie jetzt wieder ... Wie? Nee, kein Notarzt, der ist ja tot. Mit Sicherheit. Ich glaube, dem haben sie die Kehle durchgeschnitten. Der zuckte nicht mal, als ich näher ran ging.«

Pause.

»Nein, wir rühren nichts an! Wie lange dauert es denn? Wir wollen nämlich ins Bilou.«

Pause.

»Ja, wir warten! Wiederhören!«

Horst gab Erich das Telefon zurück und seufzte.

»Mein Gott sind die umständlich. Wir sollen warten, bis die Polizei kommt.«

»Ich gehe schon mal vor«, entschied Paul störrisch. »Weiß der Teufel, wie lange die brauchen.«

»Jetzt warte doch; die werden schon gleich kommen!«

»Dem armen Teufel können wir sowieso nicht mehr helfen«, motzte Paul. »Was soll ich hier warten? Davon wird der auch nicht mehr lebendig. Wenn die Polizei was von mir will, wisst ihr ja, wo ich bin.«

Damit war die Sache für Paul vorerst erledigt und er stapfte davon, ohne sich noch mal umzuschauen.

* * *

Die Polizei erschien mit einer Streife von zwei männlichen Kollegen und einer Beamtin.

Als Erich die bewaffneten und mit Schutzwesten ausgestatteten Polizisten erblickte, schüttelte er den Kopf.

»Ich glaube, die haben da was falsch verstanden!«, meinte er trocken.

»Gut, dass der Paul schon weg ist«, nickte Horst. »Der würde sich bestimmt mit denen anlegen.«

»Tach, die Herren!«, grüßte einer der Beamten flapsig. »Was gibt's denn hier Aufregendes?«

Die Beamtin zog Notizblock und Schreiber aus der Jackentasche und machte sich anscheinend zum Diktat bereit.

»Wer hat angerufen?«, fragte sie ohne Gruß schnippisch.

Horst war sauer auf diese unhöfliche Anrede und zog die Stirn kraus.

»Tut uns leid, wenn wir Sie in Ihrer Sonntagsruhe stören«, brummte er. »Mein Name ist Sayler, ich habe angerufen. Da drüben rechts, etwa zwanzig Meter von hier liegt eine Leiche mit durchschnittener Kehle im Gebüsch.«

»Aha!«, meinte der dritte Polizist. »Dann schauen wir uns das Ganze mal an. Sie kommen mit, die anderen bleiben hier!«

Horst und die beiden Beamten gingen in die angegebene Richtung, während die Polizistin bei Igor und Erich zurückblieb.

»Sie können ruhig mitgehen«, feixte Erich und zeigte auf das Trio. »Wir laufen Ihnen nicht weg, oder müssen Sie uns bewachen?«

Die Polizistin antwortete nicht und fragte nach den Personalien, stellte Fragen nach Uhrzeit und Umständen des Auffindens und erweckte insgesamt den Eindruck, als ob sie die Senioren nicht ganz ernst nehmen würde.

Das änderte sich nach wenigen Minuten, als einer der Polizisten mit Horst im Schlepptau zurückkam und in sein Funkgerät sprach. Die Selbstsicherheit der Beamten verflog schnell und wich einer betriebsamen Hektik, die das Trio amüsierte.

»Die haben uns nicht geglaubt und gedacht, wir sind senile Greise«, kommentierte Horst das Treiben. »Dumm gelaufen, würde ich sagen, jetzt haben sie den Salat!«

»Brauchen Sie uns hier noch, oder wie geht das nun weiter?«, wollte Erich wissen.

»Warten Sie bitte, bis das LKA kommt«, antwortete die Beamtin. »Die machen noch eine Erstbefragung.«

»Was wollen die denn noch wissen?«, moserte Erich. »Mehr gibt's nicht zu sagen. Wenn noch was ist, haben Sie ja unsere Adressen. Unser Kumpel wartet im Bilou auf uns!«

Was Erich damit meinte, verstanden die Beamten zunächst nicht, und es bedurfte einiger Diskussionen und Erklärungen, bis die drei Rentner abziehen durften.

Fünfzehn Minuten später traf das Trio in der Gaststätte ein, wo Paul bereits ausschmückend erzählt hatte, was oben am Rosengarten passiert war. Nun war es an Igor, Horst und Erich, die allerneuesten Neuigkeiten unter die Leute zu bringen, und das ging natürlich nicht ohne das eine oder andere Pils und ein paar Schnäpschen über die Bühne.

»Bei der Aufregung brauche ich noch einen Willi«, stellte Paul fest.

Die Wirtin rief vorsorglich bei einem seiner Enkel an und schlug vor, dass es wohl besser sei, den Opa und seine Gefährten später mit dem Auto nach Hause zu bringen.

4

Am frühen Abend des gleichen Tages

Als der Kriminaldauerdienst am Rosengarten in Spiesen-Elversberg eintraf, begann es bereits zu dämmern. Da rund um den Fundort der Leiche kaum noch etwas zu erkennen war, wurden Notstromaggregate und Scheinwerfer aufgebaut. Das gesamte Areal war mittlerweile abgesperrt, Polizeibeamte waren im Einsatz, um das Gelände vor neugierigen Eindringlingen abzuschirmen.

Männer und Frauen in weißen Schutzanzügen untersuchten die Leiche, durchkämmten das Gelände vorsichtig nach Spuren und markierten diverse Stellen mit farbigen Aufstellnummern. Eine Gerichtsmedizinerin war erschienen und begutachtete den Toten. Sie erkannte sofort, dass dies ein Fall für die Mordkommission war; hier lag eindeutig Fremdverschulden mit erheblicher Gewaltanwendung vor.

Dreißig Minuten später war Hauptkommissarin Katja Reinert vor Ort und machte sich ein Bild von der Situation.

»Erster Eindruck?«, fragte sie die Kollegin von der Gerichtsmedizin, während sie den Schutzanzug überstreifte.

»Da hat jemand eine Stinkwut auf den Mann gehabt. Nix für zarte Gemüter, ich will dich nur vorwarnen. Man hat ihm die Genitalien abgeschnitten und die Kehle durchtrennt. In welcher Reihenfolge, werden die Untersuchungen ergeben. Kein schöner Anblick, Katja.«

»Ich bin einiges gewohnt, trotzdem vielen Dank für die Vorwarnung. Von den Genitalverletzungen war bisher nicht die Rede«, entgegnete die Hauptkommissarin. »Jedenfalls wurde mir das nicht durchgegeben.«

»Der Mantel des Opfers war über den Unterleib geschlagen, deshalb war das auf den ersten Blick nicht erkennbar«, erklärte die Gerichtsmedizinerin.

Katja Reinert tastete sich langsam durch das Gebüsch vor und folgte den Anweisungen des Teams von der Spurenermittlung.

Der Anblick der Leiche war grauenhaft, da hatte die Kollegin nicht übertrieben. Der Mann lag mit dem Rücken auf seinem jetzt vorne geöffneten Wintermantel, Hose und Unterwäsche waren heruntergezogen, der Unterleib völlig entblößt. Statt der Geschlechtsteile war nur noch eine blutige Masse zu sehen. Der Oberkörper war hingegen völlig bekleidet, aber oberhalb des letzten Hemdknopfes klaffte im Hals ein blutiger Spalt. Der Mann war quasi abgeschlachtet worden wie ein Stück Vieh. Das Opfer hatte die Augen weit geöffnet, ebenso den Mund wie zu einem letzten Schrei und überall war Blut.

Das Alter des Mannes war in diesem Zustand schwer zu schätzen, vielleicht fünfzig bis sechzig Jahre, dunkles volles Haar, der Kleidung nach, dem gehobenen Mittelstand zuzuordnen.

Selbst unerfahrene Ermittler hätten beim Anblick der Leiche sofort zu dem Schluss kommen können, dass hier exzessiver Hass im Spiel gewesen sein musste, anders war so viel Brutalität nicht zu erklären. Die Verstümmelungen deuteten auf ein mögliches Motiv hin: Eifersucht? Rache? Ein sexueller Hintergrund schien wahrscheinlich.

Ihr erster Eindruck ließ die Hauptkommissarin trotz der abgetrennten Geschlechtsteile vermuten, dass der Täter ein Mann gewesen sein dürfte, denn Frauen würden aller Erfahrung nach nicht mit solch brutaler Gewalt vorgehen; außerdem dürfte das Opfer sich gewehrt haben, obwohl flächige Kampfspuren auf den ersten Blick nicht zu erkennen waren. Oder der Mann kannte seinen Mörder und hatte ihn nahe an sich herankommen lassen. Zwei Männer an diesem entlegenen Ort; das könnte auch auf eine Beziehungstat aus dem Schwulenmilieu hindeuten.

Nach Katjas erster Einschätzung der Spurenlage war der Unbekannte erst posthum entmannt worden; wo waren eigentlich die Genitalien? Auf all diese Fragen würden die weiteren Spurenermittlungen und deren Auswertungen Antworten geben, die Kollegen und Kolleginnen waren erst am Anfang ihrer Arbeit, die Spurensicherung würde noch Stunden dauern.

»Habt ihr Anhaltspunkte zur Identität des Opfers gefunden?«, fragte Katja in die Runde.

»So weit sind wir noch nicht! Gib uns noch eine halbe Stunde oder so, dann drehen wir ihn um und durchsuchen seine Taschen. Eins nach dem anderen!«

»Ich will euch keinen Stress machen«, versuchte Katja zu beschwichtigen und wandte sich an die Medizinerin. »Hast du einen Todeszeitpunkt für mich?«

»Nach erster Einschätzung zwischen 11 und 13 Uhr. Und dass das hier der Tatort ist, kannst du dir bei diesem Anblick selbst zusammenreimen.«

»Der Anruf kam meines Wissens kurz nach 15 Uhr rein, was heißt, dass er etwa zwei bis vier Stunden tot war, als er gefunden wurde.«

»Ja, das kommt hin.«

»Wo sind die drei Männer, die ihn entdeckt haben?«, fragte Katja einen uniformierten Polizisten, der am Rand des Pfades stand.

»Wir haben die Adressen. Es waren vier, einer war schon weg, als wir kamen. Die drei anderen waren nicht dazu zu bewegen, noch weiter zu warten. Die wollten in eine Kneipe hier in der Nähe.«

»Gab's wenigstens eine Erstbefragung?«, wollte die Hauptkommissarin wissen.

»Ja klar! Aber viel war aus den älteren Herrschaften nicht rauszukriegen. Die sind harmlos, deshalb haben wir sie gehen lassen.«

»Aha! Kollege, ich sag dir eines aus eigener Erfahrung: Senioren sind nie harmlos! Manche haben es sogar faustdick hinter den Ohren. Wo ist diese Kneipe?«

»Unten am Ortsende an der Ecke Richtung Heinitz. Heißt Bilou.«

»Okay danke«, antwortete Katja Reinert und wandte sich wieder an das Team der Spurenermittler. »Ich bin ungefähr in einer halben Stunde wieder hier, wenn alles glatt läuft. Bis dahin wisst ihr hoffentlich mehr; bis dann!«

Zehn Minuten später betrat die Hauptkommissarin die Gaststätte und hoffte, dass die Zeugen noch da sein würden.

Es schien, als ob die Gäste auf das Eintreffen der Polizei gewartet hätten, was an sich schon aufregend genug war, aber dass eine fremde Frau in ihr Reich eindrang, sorgte für eine doppelte Überraschung. Mit Katjas Eintreffen verstummten alle Gespräche schlagartig, nur Helene Fischer sauste weiter atemlos aus der Musikbox durch die Nacht, als sei nichts geschehen.

»Guten Abend, die Herrschaften«, grüßte die Hauptkommissarin freundlich. »Lassen Sie sich durch mich nicht stören, ich sehe nur gefährlich aus.«

Einige Gäste lachten, aus einer Ecke ertönte ein Pfiff.

»Jemand dabei, der heute Mittag am Rosengarten war?«, fragte Katja weiter. »Mein Name ist Reinert, ich bin vom LKA. Ich nehme an, es hat sich rumgesprochen, das dort heute was Unangenehmes passiert ist.«

Die Wirtin hinter dem Tresen zeigte auf einen Tisch, an dem acht Personen saßen, obwohl da normalerweise nur Platz für die Hälfte war. Angst vor Corona schien hier offensichtlich niemand zu haben. Zahlreiche leere Schnapsgläser standen vor den Gästen, aber augenscheinlich war gerade eine neue Runde Bier serviert worden.

»Ah, ja! Die Herren erholen sich vom Schock, das kann ich sehr gut verstehen«, lachte die Hauptkommissarin in die Runde der Senioren, die vom Alter her durchweg ihre Väter, wenn nicht gar Großväter hätten sein können. »Darf ich Sie kurz ansprechen?«

»Das kostet aber eine Runde Willi!«, lallte der Älteste am Tisch und versuchte aufzustehen, was ihn allerdings ins Wanken brachte, worauf sein Nachbar ihn am Ärmel packte und zurück auf seinen Platz zog.

»Bleib sitzen, Paul«, meinte er. »Das wird heute nix mehr mit einer Ansprache!«

»Oha!«, grinste Katja. »Der Schock scheint ziemlich tief zu sitzen. Wer von Ihnen war denn nun dabei?«

Drei Hände gingen hoch, eine zeigte auf Paul, der jetzt regungslos vor sich hinstarrte.

»Okay, danke! Ich brauche nur einen, am besten den, der am wenigsten … traumatisiert ist. Oder besser den, der den Toten gefunden hat, falls das nicht ausgerechnet der Kollege mit der Schnapsrunde ist. Wer ist Herr Sayler? Nur ein paar Fragen, dann sind Sie mich gleich wieder los.«

»Ich! Ich habe den Mann gefunden.«

»Danke, Herr Sayler. Fühlen Sie sich in der Lage, meine Fragen zu beantworten?«

»Klar, aber ich habe Ihren Kollegen bereits alles erzählt.«

»Schon klar! Trotzdem, es dauert nur ein paar Minuten. Wir setzen uns dort in die Ecke, die anderen können ruhig weitermachen. Kann ich bitte einen Kaffee haben, Frau Wirtin? Vielen Dank!«

Die Befragung von Horst Sayler brachte keine neuen Erkenntnisse. Im Umfeld des Tatortes hatten die Senioren nichts Besonderes bemerkt. Horst Sayler schilderte noch einmal, wie er die Leiche gefunden hatte und weshalb er sich ins Gebüsch geschlagen hatte. Auf ihrem Weg zum Rosengarten war ihnen niemand begegnet, und sie hatten auch im Umfeld niemanden gesehen. Mehr gab's nicht zu berichten. Katja Reinert merkte schnell, dass hier nichts zu holen war, bedankte sich und wollte den Kaffee zahlen, aber Horst Sayler bestand darauf, dass er das übernehmen wolle. Katja bedankte sich, wünschte noch einen schönen Abend und machte sich auf den Weg zurück zum Fundort der Leiche.

Dort hatten sich erste Erkenntnisse ergeben, die womöglich zur Identifizierung des Toten führen konnten. In seiner Manteltasche war ein Autoschlüssel gefunden worden. Ausweispapiere hatte er nicht dabei, auch keine Geldbörse, nur eine zwanzig-Euro-Banknote, die blutverschmiert in der Hosentasche gesteckt hatte.

Der Schlüssel gehörte zu einem Mercedes. Polizeibeamte durchstreiften die nähere Umgebung und wurden schließlich fündig. Auf einem etwas abgelegenen Parkplatz am Waldrand unterhalb des Turmes wurde das Fahrzeug entdeckt, zu dem der Schlüssel passte.

Nach vorsichtiger Öffnung und Inspektion des Wagens durch die Spurenermittler, sowie anhand des Kennzeichens konnte eine Person ermittelt werden, die mit hoher Wahrscheinlichkeit zur Leiche im Rosengarten passte. Noch war es nicht sicher, aber womöglich hatte der Tote nun einen Namen: Alexander Fischer!

5

Am Abend des gleichen Tages
bei Toni Lukas

»Wie spät ist es?«, fragte Daniela, während sie das Geschirr abspülte.

»Viertel vor acht«, antwortete Toni.

»Gut, dann sind wir bis zur Tagesschau mit der Küche fertig. Wollen wir uns nach den Nachrichten mit der Planung deines Geburtstages beschäftigen oder kommt was Besonderes im Fernsehen?«

»Weder noch! Das Programm kann man mal wieder vergessen und zu planen gibt es nichts. Wir gehen schick essen. Ich habe meinen Geburtstag noch nie gefeiert.«

»Wieso eigentlich nicht? Ich finde, du solltest das ändern. Spätestens nächstes Jahr zum Sechzigsten.«

»Für meinen Geburtstag kann ich am allerwenigsten«, antwortete Toni. »Das Feiern ist unlogisch. Wenn jemand einen Grund hätte, dann die Eltern!«

»Da geht mal wieder der Logiker mit dir durch. Deiner Logik folgend hätten dann an jedem Geburtstag zwei Menschen ein Fest; bei Retortenbabys, Waisen und Findelkindern natürlich nicht. Außerdem hätte bei Menschen ab unserer Altersklasse aufwärts rein statistisch gesehen, fast gar niemand mehr Geburtstag.«

»Na und?«, brummte Toni und räumte die Salatschüssel in den Schrank.

»Außerdem würden wir an Weihnachten nicht die Geburt Christi, sondern den angeblich nie stattgefundenen Zeugungsakt zwischen Maria und Josef feiern. Was macht denn das für einen Sinn?«

»Rein logisch betrachtet, dürfte es Weihnachten gar nicht geben«, konterte Toni. »Aber das mit der Jungfrauengeburt ist bekanntlich ein anderes Thema.«

»Das ich jetzt nicht mit dir ausdiskutieren möchte«, seufzte Daniela Sommer. »Na, immerhin hast du am Weltfrauentag Geburtstag, das rechne ich dir hoch an.«

»Ehrlich? 8. März ist Weltfrauentag?«

»War mir klar, dass du das nicht weißt.«

»War das 1963 auch schon so?«, hinterfragte Toni lachend.

»Nur weil du auf die Welt gekommen bist, wird er wohl kaum ausgefallen sein«, lachte Daniela. »Den Weltfrauentag gibt es schon seit 1911, allerdings wurde der 8. März als festes Datum erst 1921 festgelegt, als die …«

»Daniela bitte! Kein Vortrag über die Geschichte des Weltfrauentages!«

»Na gut. Wäre eh für die Katz. So was können sich Männer sowieso nicht merken. Außer in Berlin vielleicht, da ist der Weltfrauentag nämlich ein Feiertag.«

»Dann sollten wir für ein paar Tage nach Berlin fliegen«, scherzte Toni.

»Im Prinzip keine schlechte Idee, aber spontan bekomme ich möglicherweise keinen Urlaub. Aber vielleicht klappt es ja doch; ich kümmere mich gleich morgen früh drum und ruf dich an. Ich war übrigens noch nie im Adlon, falls du nach einer schicken Herberge suchen solltest.«

»Ins Adlon? Okay, von mir aus. Falls da was frei ist. Wusstest du eigentlich, dass Willy Brandt zum zweiten Mal als Regierender Bürgermeister gewählt worden ist, als ich das Licht der Welt erblickt habe?«

»Ehrlich? Extra deinetwegen; genial. Aber Willy Brandt und Weltfrauentag passt irgendwie nicht zusammen, finde ich. Na ja, er hatte wenigstens andere Vorzüge!«, feixte Daniela und wischte die Spüle trocken.

»Was ist eigentlich mit deinem Geburtstag?«, fragte Toni. »Du wirst schließlich dieses Jahr schon rund.«

»Erinnere mich bloß nicht daran! Gott sei Dank ist bis dahin noch etwas Zeit. Wahrscheinlich muss ich ...«

Danielas Diensthandy auf dem Sideboard im Esszimmer meldete sich. Am Klingelton konnte Daniela erkennen, wer der Störenfried war.

»Oh Gott, Katja! Sonntagabends um die Zeit, das hat nichts Gutes zu bedeuten!«, stöhnte Daniela.

Wenige Sekunden später wusste die Staatsanwältin, dass sie mit ihrer Vermutung richtig lag.

Sie hörte aufmerksam zu, was die Hauptkommissarin über die Geschehnisse des Nachmittags zu berichten hatte, stellte ein paar Zwischenfragen und schlug vor, dass man sich am Montagmorgen gleich um 8 Uhr zusammensetzen sollte, um das weitere Vorgehen abzustimmen.

»Danke für die schnelle Info, Katja. Bis morgen.«

Als sie das Gespräch beendet hatte, wandte sie sich an Toni und seufzte.

»Das war's dann wohl mit Berlin!«

»Gibt es mal wieder eine Leiche?«, spekulierte Toni.

»Was sonst? Langsam kotzt es mich an, dass so was immer an Wochenenden oder Feiertagen passiert.«

»Na ja, in dreieinhalb Jahren hast du das hinter dir«, antwortete Toni.

»Gott sei Dank, ich kann es kaum noch abwarten.«

»Meine Meinung kennst du; steig aus, so schnell es geht! Aber das haben wir schon des Öfteren diskutiert. Was ist es denn dieses Mal?«

»Ein übel zugerichtetes Opfer! Ein Mann, dem man das Gemächt abgeschnitten hat.«

»Ehrlich? Alles?«

»So wie Katja es geschildert hat: alles!«

»Uih! Das muss fürchterlich wehtun«, stöhnte Toni und zog eine Grimasse, aus der Daniela schloss, dass ihr Gegenüber diesen Schmerz gerade nachempfand. »Hoffentlich war das Messer wenigstens nicht verrostet.«

»An einer Blutvergiftung ist er jedenfalls nicht gestorben. Man hat ihm zusätzlich die Kehle durchgeschnitten.«

»Boah, wie ekelhaft! Zu was Menschen fähig sind, unglaublich! Gibt es eine Spur vom Täter?«

»Nein, noch nicht! Du glaubst also, dass es ein Täter ist. Aha! Wieso keine Täterin?«

»Die hätte noch zwei Tage gewartet und ihn am Weltfrauentag entmannt. Das hätte wenigstens vom Datum her gepasst«, vermutete Toni.

»Oh Gott! Gut, dass du nicht bei der Kripo bist!«

»Wo ist es passiert?«

»Der Tatort? Ganz in der Nähe. Spiesen-Elversberg mal wieder. Rosengarten am Galgenbergturm.«

»Der steht auf Spiesener Gelände!«, korrigierte Toni. »Er wurde aber zugegebenermaßen von Elversbergern gebaut.«

»Von mir aus!«, seufzte Daniela.

»Weiß man schon, wer das Opfer ist?«

»Darf ich dir eigentlich nicht sagen. Behalte es für dich, wie übrigens alles andere auch! Nach ersten Erkenntnissen heißt der Mann Alexander Fischer.«

»Alexander Fischer?«, stutzte Toni. »Hm! Warte mal kurz, bin gleich wieder da.«

Wenig später kam Toni zurück und wedelte mit einer Ausgabe des lokalen Nachrichtenblattes.

»Hier! Eine Wahlkampfanzeige mit Foto. Alexander Fischer. Spitzenkandidat der Grünen ... Könnte gut sein, dass das euer Mann ohne Dingens ... also eure Leiche ist.«

»Zeig her!«, forderte Daniela und riss Toni die Zeitschrift aus der Hand.

»Bitte nicht«, flehte sie, nachdem sie das Inserat studiert hatte. »Alles nur nicht das! Ein politisch motivierter Mord im Wahlkampf, das fehlte uns gerade noch!«

»Politischer Mord? Mit Eier abschneiden?«, zweifelte Toni. »Das scheint mir ziemlich unlogisch. Andererseits, bei genauer Überlegung … Aber wer macht denn so was?«

»Auf dieser Welt ist mittlerweile anscheinend alles möglich«, entgegnete Daniela. »Ich muss sofort Katja Bescheid sagen.«

»Ach ja, die weiß noch gar nicht, wer Alexander Fischer ist?«, erinnerte sich Toni.

»Woher denn? Sie ist immer noch am Tatort, und so weit sind die Ermittlungen noch nicht gediehen.«

»Mach mal langsam«, intervenierte Toni. »Vielleicht ist es nur eine zufällige Namensgleichheit.«

»Kann sein, aber das muss umgehend geklärt werden. Sofort! Falls es sich bestätigen sollte, ist morgenfrüh die Hölle los. Nach all dem Zinnober um die Kandidaten der Grünen in der Vergangenheit würden da Sachen losgetreten, da will ich gar nicht dran denken. Ein gefundenes Fressen für die Presse! Was das für unsere Arbeit bedeuten würde, muss ich dir wohl nicht erklären.«

»Nicht wirklich!«, bestätigte Toni und ging in den Keller, während Daniela mit Katja telefonierte.

Den Rest des Abends verbrachten Daniela und Toni bei einer Flasche Wein auf der Couch und ließen das politische Spektakel der letzten Monate Revue passieren, wobei sie beide der Meinung waren, dass die neue Bundesregierung einen denkbar ungünstigen Zeitpunkt für einen Neuanfang erwischt hatte. Uneins waren sie in ihren Einschätzungen, ob Putin oder die Pandemie das größere Übel darstellte.

Sie gingen früh zu Bett, denn Daniela ahnte, dass sie eine aufregende und arbeitsreiche Woche vor sich haben würde. Die Staatsanwältin konnte nicht wissen, dass es schlimmer kommen würde, als sie sich das in ihren kühnsten Träumen ausmalen konnte.

6

7. März,
Montagmorgen nach der Tat

Morgens um 8 Uhr war an einem Montag im LKA normalerweise noch nicht viel los. Die Betriebsamkeit würde erst eine
Stunde später nach den Besprechungen zum Arbeitspensum der
Woche, der Planung von Personaleinsätzen und den Festlegun-
gen von Prioritäten durch die Führungskräfte der Kommissa-
riate einsetzen.

In der Mordkommission unter der Leitung von Hauptkommissarin Katja Reinert war das zu Beginn dieser Woche anders
als sonst, denn dort saß man bereits zusammen, um über das
Tötungsdelikt vom Wochenende zu beraten, wartete allerdings
noch auf das Eintreffen von Staatsanwältin Sommer.

Hauptkommissar Ken Arndt, Oberkommissar Sam Wolff
und Kommissar Christian Goldstein waren am Vorabend telefonisch für 7 Uhr 45 in den kleinen Besprechungsraum beordert worden. Wolff und Goldstein waren neu im Team und zum
ersten Mal von Anfang an bei einem neuen Fall dabei. Endlich,
nach Monaten, waren die Personallücken geschlossen worden,
nachdem zwei Kollegen in den Ruhestand versetzt worden waren, einer sich auf eine andere Stelle beworben hatte und angenommen worden war und einige Anwärter schon früh erkannt
hatten, dass der Job bei der Mordkommission nicht das Richtige
für sie war. Katja Reinert hoffte, dass sich nun endlich dauerhaft
ein gutes neues Team zusammenfinden würde, aber sie wusste
auch, dass bis dahin noch ein langer Weg vor ihnen lag.

Vor zehn Jahren war das nach den Schilderungen der Staatsanwältin ganz anders gewesen, aber diese Zeiten waren längst
vorbei, und im Augenblick konnte jede Dienststelle froh sein,

wenn der Stellenplan wenigstens halbwegs besetzt werden konnte.

Als die Hauptkommissarin um 8 Uhr 10 die Besprechung gerade eröffnen wollte, platzte die Staatsanwältin herein und entschuldigte sich für ihre Verspätung.

»Sorry, aber es ist echt zum Kotzen! Über Nacht entstehen Baustellen und Umleitungen, die meldet nicht einmal der Verkehrsfunk. Aber lasst euch durch mich bitte nicht aus dem Konzept bringen!«

»Alles gut«, lächelte Katja Reinert verständnisvoll. »Wir wollten gerade erst anfangen.«

Die beiden Neuen im Team waren etwas erstaunt, denn sie hatten nicht damit gerechnet, dass sich eine Staatsanwältin bei einer Hauptkommissarin entschuldigen würde. Von Kollegen hatten sie gehört, dass Staatsanwälte oft mit fordernder Arroganz unterwegs waren und wenig Verständnis für die Probleme des Polizeialltags zeigten.

»Guten Morgen, übrigens! Dann bitte!«, entgegnete Daniela Sommer, warf einen freundlichen Blick in die Runde und nahm sich einen Kaffee aus der Thermoskanne. »Ist das Opfer mittlerweile eindeutig identifiziert?«

»Eindeutig nicht, aber alles deutet darauf hin, dass es sich bei dem Toten um den 52-jährigen Alexander Fischer aus Bildstock handelt; er ist Spitzenkandidat der Grünen für die bevorstehende Landtagswahl. Wir haben herausgefunden, dass er am Sonntagmorgen an einer politischen Veranstaltung unterhalb des Galgenbergturmes teilgenommen hat. Dort wurde er um die Mittagszeit zum letzten Mal lebend von mehreren Zeugen gesehen. Einige behaupten, dass er von einem Mann angesprochen worden sei, aber niemand kann sagen, wer diese Person war; die Angaben sind zudem widersprüchlich. Wir bleiben aber dran. Außerdem haben wir eine weibliche Person ausfindig machen können, die mit Fischer zusammen einen Wahlkampfstand in unmittelbarer Nähe des Turms betreut hat. Durch Vergleich von Plakaten und Fotos sind wir sicher, dass es sich bei dem Toten um Alexander Fischer handelt, zumal sein Fahrzeug in der Nähe des Tatorts gefunden wurde, die Schlüssel hatte das Opfer bei sich. Zurzeit ist die Spurenermittlung in seiner Wohnung, die Adresse haben wir über die Partei erfahren. Der DNA-Abgleich wird uns Gewissheit verschaffen, aber ich schätze, das ist nur noch Formsache. Mal sehen, ob wir in seiner Wohnung etwas finden, was uns Täter und Motiv näherbringt. Wir sind erst am Anfang der Ermittlungen.«

Die Hauptkommissarin ließ Fotos von der Auffinde-Situation und Lageskizzen vom Fundort rundgehen und erläuterte, unter welchen Umständen und vom wem die Leiche aufgefunden worden war; dabei erwähnte sie auch ihren Besuch in der Gaststätte mit den Namen der Senioren.

»Einzelheiten stehen im Bericht; Kollege Arndt übernimmt die Aktenführung.«

Kommissar Christian Goldstein, mit 29 Jahren der jüngste und unerfahrenste in der Runde, verzog beim Anblick der Fotos von der Leiche angeekelt das Gesicht.

»Boah! Das ist heftig!«

»Ja, das ist es!«, bestätigte die Staatsanwältin. »Das sieht sehr nach einem Racheakt aus. Angesichts der Verstümmelungen erscheint mir ein rein politisches Motiv eher fragwürdig.«

»Na ja, vielleicht soll das auch nur ein Ablenkungsmanöver sein«, konterte Hauptkommissar Ken Arndt. »Und der Täter will, dass wir genau das denken.«

»Möglich ist alles«, warf Katja Reinert ein. »Ken, du kümmerst dich um die Vita des Opfers. Wir müssen wissen, was er in den letzten Jahren gemacht hat; auch seinen politischen Werdegang. Mit wem hat er sich angelegt? In welchen Kreisen hat er sich bewegt. Wer profitiert von seinem Tod; du weißt, was zu tun ist!«

»Und mit welchen Frauen er es getrieben hat!«, warf der junge Kommissar ein. »Dass man dem Kerl Schwanz und Sack abgeschnitten hat, muss einen Grund haben!«

»Kollege Goldstein!«, entrüstete sich die Staatsanwältin. »Das kann man auch anders ausdrücken!«

»Wie denn?«, fragte Goldstein treuherzig, weil er sich keines Fehlers bewusst war.

»Zum Beispiel: Penis und Hoden!«

»Von mir aus, aber …«

»Ist gut jetzt!«, unterbrach die Hauptkommissarin. »Wir wissen, was gemeint ist. Du hörst dich bitte um, ob er in dieser Richtung aktiv oder auffällig war! Aber bitte dezent!«

»Du hast eben erwähnt, dass die Verstümmelung posthum stattgefunden haben dürfte«, meldete sich Oberkommissar Sam Wolff zu Wort.

»Eine Vermutung anhand der Spurenlage, das muss von der Pathologie erst noch bestätigt werden.«

»Schon klar! Das Zeug wurde also noch nicht gefunden?«

»Welches Zeug?«

»Schwanz und Sack!«

»Wolff, jetzt fangen Sie auch noch damit an!«, seufzte die Staatsanwältin und schüttelte den Kopf.

»Entschuldigung, ich wollte nur …«

»Wir haben verstanden!«, unterbrach die Hauptkommissarin genervt. »Nein, die abgetrennten Körperteile wurden noch nicht gefunden. Worauf willst du hinaus, Kollege?«

»Erstens ist es denkbar, dass der Täter sie mitgenommen hat …«

»Du meinst als Trophäe?«, wunderte sich Goldstein.

»Sozusagen! Wäre doch möglich, oder?«, antwortete sein Kollege.

»Um was damit anzufangen?«, hinterfragte Goldstein. »Um sie in Formaldehyd einzulagern, oder wie?«

»Goldstein, Sie haben eine überbordende Fantasie«, seufzte die Staatsanwältin.

»Nee, jetzt mal im Ernst!«, meldete sich Wolff zurück. »Wenn der Täter sein Opfer erst ermordet hat, um ihm danach die ... ähm ... also ihr wisst schon ... dann war die Tat Mittel zum Zweck, um seiner ... also Geschlechtsteile habhaft zu werden!«

»Sehr schöne Wortwahl!«, nickte die Staatsanwältin. »Nachvollziehbares Argument. Heißt aber auch, dass ein politischer Hintergrund unwahrscheinlich ist.

»Was schließt du daraus?«, fragte die Hauptkommissarin an Wolff gerichtet.

»Dass es ein Racheakt war. Täter und Opfer müssen eine Gemeinsamkeit in der Vergangenheit haben.«

»Bei dieser Theorie käme auch eine Frau als Täter in Betracht!«, meinte Goldstein.

»Täterin!«, korrigierte die Staatsanwältin. »Bei Frau: Täterin! Aber das nur am Rande!«

»Wir sollten diesen Ansatz nicht aus den Augen verlieren!«, urteilte die Hauptkommissarin. »Aber das Argument, dass das Ganze ein Ablenkungsmanöver ist, können wir ebenfalls nicht übergehen. Immerhin hat die Tat eine politische Tragweite! Und deshalb noch mal: Wer profitiert politisch von Fischers Tod? Sowohl im eigenen Lager oder wo auch immer? Das übernimmst du, Ken! Wenn du Unterstützung brauchst, kommst du zu mir, oder ihr sprecht euch ab!«

»Nächstes Thema!«, meldete sich die Staatsanwältin. »Was geben wir nach oben weiter; was sagen wir der Presse? Die wird sehr bald auf der Matte stehen und Fragen stellen. Es wundert mich, dass die Hausspitze sich noch nicht gemeldet hat.«

Wenige Minuten später erhielt Daniela Sommer einen Anruf der Oberstaatsanwaltschaft und wurde zum Gespräch einbestellt.

7

Die Wochen nach dem Auffinden der Leiche

Die Ermittlungen waren aufwendig und umfangreich, aber die Ergebnisse waren mager.

Die Pathologie bestätigte, dass Alexander Fischer posthum verstümmelt worden war und nach dem Durchtrennen der Kehle verblutet beziehungsweise an seinem eigenen Blut erstickt war. Auch der Todeszeitpunkt wurde bestätigt, wie die Gerichtsmedizinerin am Tatort eingeschätzt hatte. Die abgetrennten Körperteile waren am Montag nach der Tat bei Tageslicht in einem Gebüsch unweit des Auffindeortes der Leiche entdeckt worden; der Täter hatte sie anscheinend in hohem Bogen weggeworfen. Die »Trophäentheorie« war damit vom Tisch.

Die Untersuchungen des Stich- und Schnittkanals ergaben, dass als Tatwaffe ein dolchartiges Messer mit schmaler, scharfer Klinge in Frage kam, der Täter Rechtshänder und der Schnitt fachmännisch geführt worden war.

Eindeutige Spuren, die zur Identifizierung des Täters beitragen könnten, wurden nicht entdeckt. Es gab zwar zahlreiche Schuhabdrücke auf dem Weg, aber nach Vergleich mit den Gipsabdrücken von den Schuhen der Rentner stellte sich im Laufe der Woche heraus, dass die Abdrücke nicht von den Schuhen der Senioren stammten. Sie gehörten zu verschiedenen Personen, der Größe und Tiefe nach waren zwei davon allerdings eher Heranwachsenden zuzuordnen.

Im Ort allgemein bekannt war eine Gruppe Jugendlicher, die sich am Turm des Öfteren zum Trinken, Kiffen oder sonstigem Unfug rumtrieb. Einige von ihnen waren polizeibekannt, gerieten daher in den Fokus der Ermittlungen und wurde eingehend befragt. Sie gaben an, am Freitag vor der Tat zum letzten Mal am Turm gewesen zu sein, und am darauffolgenden Wochenende in Rohrbach bei einem Kumpel im Schrebergarten seiner Eltern eine Party gefeiert zu haben. Das wurde von der Polizei St. Ingbert bestätigt, denn die Kollegen waren nach einer Anzeige wegen Ruhestörung am Sonntagmorgen in Rohrbach vor Ort, hatten die Gruppe in stark alkoholisiertem Zustand vorgefunden und den Eltern übergeben. Außerdem seien die Jugendlichen allesamt derart besoffen gewesen, dass sie kaum noch stehen konnten. Als Täter schieden sie demnach aus, zudem die Eltern bestätigten, dass die Übeltäter am Rest des Tages ihren Rausch ausgeschlafen hatten.

An den Tagen vor der Tat hatten die Jugendlichen nach eigenen Aussagen nichts Verdächtiges in der Nähe des Tatorts bemerkt, aber das war nicht verwunderlich, denn die Gruppe war meist mit sich selbst und irgendwelchem Unsinn beschäftigt.

Auch die Durchsuchung der Wohnung von Alexander Fischer brachte nichts zutage, was die Ermittler auf die Spur eines Verdächtigen oder eines Motives gebracht hätte.

Im Laufe der Woche wurden zahlreiche Bekannte, Nachbarn und Parteifreunde des Opfers befragt, aber auch daraus ergaben sich keine konkreten Hinweise.

Alles in allem ergab sich bezüglich Alexander Fischer das Bild, dass er nicht sonderlich beliebt war, was hauptsächlich seinem großspurigen Auftreten zuzuschreiben war. Er galt als Aufschneider, aber einige Parteifreunde waren der Meinung, dass das in der Politik zumindest nicht von Nachteil sei. Fischer habe es immerhin geschafft, die Partei wieder positiv in den Fokus der Öffentlichkeit zu rücken, ohne dabei ständig in politische Fettnäpfchen zu treten oder in Skandale verwickelt worden zu sein. Er selbst habe sich auf dem Sprungbrett nach Berlin gesehen, und man habe ihm durchaus zugetraut, dass er das auch schaffen könne.

Erstaunlich war, dass innerhalb seiner Partei niemand Genaues über Fischers Vergangenheit wusste. Womit er sein Geld verdiente, blieb schwammig; er sei Berater gewesen, aber niemand konnte sagen, wofür eigentlich. Diese Gleichgültigkeit war erstaunlich, aber anscheinend wollte niemand Genaueres wissen, weil man froh war, überhaupt einen Kandidaten zu haben.

Ken Arndt brachte durch seine Ermittlungen wenigstens etwas Licht in Fischers finanzielle Angelegenheiten. Offenbar lebte Fischer seit Jahren von der nicht unerheblichen Erbschaft, die ihm seine Eltern hinterlassen hatten. Als Alleinerbe konnte er über ein kleines Vermögen verfügen und bekam anfangs zudem die Mieteinnahmen eines Hauses. Sein aufwendiger Lebensstil hatte dazu geführt, dass das Barvermögen bald erschöpft war, und er das Haus vor ein paar Jahren hatte verkaufen müssen; er selbst war in eine Mietwohnung gezogen und hatte fortan offensichtlich vom Geld des Hausverkaufes gelebt. Allerdings war vorhersehbar, dass auch dieses Geld in Kürze aufgebraucht gewesen wäre, denn Einnahmen hatte Fischer außer einigen unwesentlichen Spesen aus der Parteikasse anscheinend nicht. Kurzum: Mit Geld konnte Fischer nicht umgehen und frisches verdiente er nicht hinzu.

Sam Wolff fand heraus, dass Fischer vor vielen Jahren bereits bei der CDU eine politische Karriere angestrebt hatte, dort aber kläglich gescheitert war, weil ihn die Partei quasi genötigt hatte, sich aus der Partei zu verabschieden. Irgendwas musste damals passiert sein, aber bislang war es dem Ermittler nicht gelungen, die genauen Hintergründe aufzudecken. Die Parteispitze hielt sich bedeckt, und niemand wollte mit Einzelheiten herausrücken. Anscheinend hatten einige ehemalige Parteifreunde Dreck am Stecken. Wolff hatte das Gefühl, einer riesigen Sauerei auf die Spur kommen zu können, wurde aber intern zurückgepfiffen mit der Begründung, dass das nicht die Aufgabe der Mordkommission und die Sache womöglich sowieso verjährt sei. Irgendwie hinterließ das Ganze bei Wolff einen faden Beigeschmack, aber als Neuling im Kommissariat wollte er sich mit der Chefetage nicht anlegen.

Christian Goldstein hatte sich bei seinen Ermittlungen auf das Liebesleben des Opfers konzentriert, dessen elektronischen Postverkehr durchforstet, nach Partnerbörsen oder ähnlichem gesucht und die Befragungen von Kontaktpersonen in diese Richtung gelenkt.

Die Frauen, mit denen Fischer Kontakt hatte, beschrieben ihn als niveaulos und großspurig; von Anmache oder Belästigungen erzählten sie allerdings nichts. Er habe Frauen von oben herab behandelt, sei aber nie ausfällig geworden. Das Einzige, was Fischer interessiert habe, sei Geld gewesen. Anzeichen für eine homosexuelle Neigung des Opfers gab es nicht. Wo Fischer seine Sexualität ausgelebt hatte, blieb vorerst im Dunkeln, aber noch waren nicht alle Zeugen befragt und Unterlagen nicht vollständig durchforstet.

Während die Ermittler routiniert ihre Aufgaben abarbeiteten und die Ergebnisse akribisch zusammentrugen, ohne dass sich aus den Puzzleteilen ein scharfes Bild abzeichnete, waren Staatsanwaltschaft, die Spitze des LKA und das Innenministerium bemüht, den zahlreichen Spekulationen der Presse und einiger politischer Strömungen entgegenzuwirken.

Kaum waren Name des Opfers und Umstände seines Todes durchgesickert, wuchsen die Gerüchte wie Pilze aus dem Boden. Der Fall wurde bundesweit im Fernsehen jedoch nur am Rande erwähnt, denn der Krieg in der Ukraine stand im Mittelpunkt der Berichterstattungen. Die Regionalpresse witterte jedoch kurz vor der Landtagswahl eine Sensation im noch jungen Jahr. Das am meisten spekulierte Motiv war Rache aus Eifersucht, einige Beiträge fokussierten sich auf einen Täter aus dem Umfeld der politischen Mitbewerber.

*

Führte Alexander Fischer ein Doppelleben?

*

Wurde A. Fischer von einem gehörnten Ehemann getötet?

*

Playboy, Lebemann, Politiker – wer war Alexander Fischer wirklich?

*

So oder ähnlich lauteten die Schlagzeilen, während Innenministerium und Staatsanwaltschaft immer wieder versicherten, dass es keine konkreten Hinweise auf Täter und Motiv gebe, und man weiterhin in alle Richtungen ermitteln werde. Wenn die Fragen zu lästig wurden, hieß es, dass aus ermittlungstaktischen Gründen keine weiteren Einzelheiten preisgeben werden könnten.

Nach gut einer Woche verschwanden die Tat und Alexander Fischer wieder aus den Medien. Der Krieg im Osten, die anderen Kandidaten der bevorstehenden Landtagswahl und die wieder auflebende Pandemie standen nun im Mittelpunkt des Geschehens.

Land und Leute schienen andere Sorgen zu haben, was angesichts der drohenden weltweiten Wirtschaftskrise nicht verwunderlich war. Die Ermittlungen gingen allerdings weiter, ohne dass sich vorzeigbare Erfolge einstellten.

8

Sonntag, 27. März
Tag der Landtagswahl

»Schau mal, wer da kommt!«, sagte Daniela Sommer und zeigte zur Eingangstür.

Toni Lukas schaute in die angegebene Richtung und wunderte sich, als er sah, wer gerade das Café betrat.

»Ha! Dein alter Kollege Josch! Wieso ist der sonntagmorgens alleine unterwegs? Noch dazu vor zwölf!«

Josch bemerkte die beiden nicht und ging weiter zur Kuchentheke, wo er mit der Wirtin sprach. Aus dem Kopfschütteln und Schulterzucken der Frau ging hervor, dass sie Joschs Anliegen nicht nachkommen konnte.

»Ich glaube, der hat nicht reserviert und jetzt bekommt er keinen Platz«, vermutete Toni.

»Wenn es dir nichts ausmacht, kann er sich gerne zu uns setzen, falls er das möchte«, schlug Daniela vor.

»Klar, warum nicht?«, entgegnete Toni, stand auf und winkte Josch herbei.

»Ich habe euch gar nicht bemerkt«, meinte Josch und begrüßte die beiden herzlich.

»Komm, alter Mann und setz dich zu uns«, lud Daniela ein. »Für einen Rentner ist noch Platz.«

»Ich will aber nicht stören!«

»Red kein dummes Zeug und setz dich! Seit wann bist du so rücksichtsvoll? Hat Marion dir das beigebracht?«

Josch zog seine Jacke aus, hängte sie über die Stuhllehne und setzte sich.

»Schön, euch zwei Mal wieder zu sehen«, begann er. »Aber mit euch hätte ich hier und heute am wenigsten gerechnet.«

»Toni war im Wahlbüro. Im Gegensatz zu dir haben wir allerdings vorausschauend einen Tisch reserviert. Wo ist deine Frau? Wieso stiefelst du sonntagmorgens alleine durch die Gegend, anstatt deiner Frau beim Kochen zu helfen? Oder ist Marion etwa krank?«

»Nein, sie hat Wahldienst im Rathaus in St. Ingbert. So was Blödes; als ob die nicht jüngeres Personal hätten. Sie hat sich ohne Verabschiedung früh aus dem Haus geschlichen, ohne ...«

»Kannst du mal sehen, wie rücksichtsvoll deine Frau ist! Sie wollte dich nicht wecken!«, intervenierte Daniela Sommer.

»Ja, ja«, grummelte Josch. »Sie frühstückt im Rathaus und ich kann schauen, wo ich bleibe. Da habe ich mir das gleiche ausgedacht wie ihr, nur umgekehrt. Erst Frühstück, dann Bürgerpflicht. Und du, Daniela? Hast du in Saarbrücken gewählt oder hast du deinen Wohnsitz jetzt bei Toni?«

»Schön langsam! So schnell schießen die Preußen nicht. Ich habe Briefwahl gemacht.«

»Ich dachte nur, weil ihr zwei auch schon ewig zusammen seid; da wird's endlich mal Zeit!«

»Nun mach mal halblang! Wie lange waren Marion und du ein Paar, bevor du zu ihr gezogen bist?«

»Gefühlte hundert Jahre, aber egal; Hauptsache du hast dein Kreuz an die richtige Stelle platziert.«

»Das ist in diesem Jahr unmöglich«, warf Toni ein. »Wir wählen das kleinste aller denkbaren Übel, und am Ende kommt wahrscheinlich das größte denkbare Fiasko dabei raus.«

»Das kann natürlich sein«, nickte Josch. »So schlimm wie bei dieser Landtagswahl war es noch nie. Ob's jemals wieder besser wird, da habe ich meine Zweifel.«

»Kein Wunder, wenn du dir die Parteienlandschaft und ihre Figuren anschaust. Skandale, Intrigen, Versorgungsmentalität und politisches Geschacher«, seufzte Daniela. »Da wird einem übel!«

»Die Saarländer sind selbst schuld. Die wollen das so, Hauptsache, sie haben ihre Ruhe. Statt Großes entsteht im Kleinen müsste der Werbeslogan lauten: Bitte nicht stören.«

»Oder: Es muss etwas geschehen, aber es darf nix passieren«, lachte Toni. »So waren wir Saarländer schon immer.«

»Eben!«, bestätigte Daniela und löffelte weiter an ihrem Frühstücksei.

»Das wird allerdings nicht mehr lange gut gehen«, warf Toni ein. »Niedriges Bruttosozialprodukt, kaum Wachstum, hohe pro Kopf Verschuldung, enormer Investitionsstau, alle Eckdaten sind im Keller; da nützt auch die Schönfärberei nichts. Fakt ist: Das Saarland ist am Ende! Die Massenflucht hat bereits eingesetzt!«

»Laut Regierung haben wir Leuchtturmprojekte, Modellprojekte mit Vorläufercharakter, die meisten Biotope, die schönsten Premiumwanderwege und seit neuestem sogar einen Astronauten im All! Was soll da schiefgehen? Das Universum gehört uns!«

»Ja stimmt!«, lachte Toni und bestellte einen Kaffee. »Deshalb können wir es uns leisten, die höchsten Krankheitstage, die wenigsten produktiven Arbeitsstunden und das höchste Freizeitaufkommen zu haben! Warum sollte der Saarländer das ändern wollen? Es geht ihm gut!«

»Die Statistik gilt wahrscheinlich nur für Männer«, widersprach Daniela. »Außerdem darf man es sich so einfach nicht machen! Wir haben im Laufe der Geschichte immer Pech gehabt. Napoleon und seine Heere, die beiden Weltkriege mit den Amis und Franzosen; alle sind einmal durch unser Land gepflügt und haben auf dem Rückweg alles mitgenommen, was nicht niet- und nagelfest war.«

»Immer Pech ist Unvermögen!«, behauptete Toni.

»Wo hast du den Spruch denn her?«, wunderte sich Daniela.

»Das ist der Umkehrschluss von Immer Glück ist Können. Der stammt von Hermann Gerland.«

»Wer ist Hermann Gerland?«, wollte Josch wissen.

»Der war mal Talente-Entdecker bei Bayern München und hat viele spätere Stars entdeckt. Zum Beispiel …«

»Aha!«, unterbrach Daniela Sommer. »Der hat dem Hoeneß also beigebracht, wie man am Finanzamt vorbei arbeitet.«

»Quatsch! Damit hatte der nix zu tun!«

»Na dann! Sag mal, Josch, wann geht Marion eigentlich in Rente?«

»Im Sommer, Frau Sommer!«, lachte Josch.

»Die Arme! Dich den ganzen Tag um sich rum, stelle ich mir grauenhaft vor.«

»Immerhin hast du es im Präsidium jahrelang mit mir ausgehalten.«

»Das war was anderes! Da konnte ich nach Hause gehen oder in den Außendienst, wenn du mich genervt hast.«

»Immerhin waren wir ein gutes Team!«

»Ja, das waren wir. Seitdem hat sich vieles verändert; es macht bald keinen Spaß mehr. Die Welt wird immer verrückter.«

»Ich bin jetzt übrigens Mitglied im Club kochender Männer«, erklärte Josch, weil es an der Zeit war, das Thema zu wechseln.

»Oh Gott!«, entfuhr es Daniela. »Die Welt ist tatsächlich aus den Fugen geraten! Du und kochen! Da rollt eine Katastrophe auf uns zu!«

»Bei den Artistes Culinaires Elversberg!«, ergänzte Josch.

»Auch das noch! Kochkünstler! Kunst kommt von Können! Laut Marion sind Grillwürste und Schwenkbraten das Einzige, was du kannst«, lachte Daniela.

»Das kann er aber gut!«, sprang Toni seinem Kumpel bei.

»Wie bist du denn auf die Idee gekommen?«, wollte Daniela wissen. »Oder hat Marion dich in diesem Klub angemeldet?«

»Nein, das war meine alleinige Entscheidung aus freien Stücken!«

»Und was macht ihr da so?«, hinterfragte Toni.

»Was wohl?«, kam Daniela Josch zuvor. »Die werden Spiegeleier machen oder Wiener Würstchen und sich dabei einige

Biere hinter die Binde kippen. Trinkkünstler wäre wahrscheinlich die zutreffendere Bezeichnung.«

»Du hast nicht die geringste Ahnung!«, wehrte sich Josch vehement. »Vierzehn erfahrene Köche treffen sich …«

»Dreizehn!«, korrigierte Daniela bissig.

»… einmal im Monat und kochen zusammen ein Vier-Gänge-Menü! Das macht Spaß und ich lerne viel.«

»Da musst du aber mindestens hundert werden, bis du ausgelernt hast«, warf Daniela ein. »Pass schön auf, mein Lieber! Küchenmesser von Profis sind meistens äußerst scharf; nicht, dass am Ende Marion einen Mann neben sich liegen hat, dem entscheidende Teile fehlen! Klub kochender Männer! Ich fasse es nicht! Und dann gleich Kochkünstler. Früher hätte es so was nicht gegeben, da …«

»Vor Wut kochende Frauen gab es aber immer schon«, meinte Josch trocken.

»Zu Recht!«, behauptete Daniela. »Mit der Erfindung des Mannes kam das zwangsläufig!«

»Dass man den Grünen die Eier abschneidet, hätte es früher auch nicht gegeben«, schwenkte Toni auf ein anderes Thema um, bevor sich die beiden Streithähne in die Wolle kriegen konnten.

»Toni!«, entrüstete sich Daniela. »Also bitte!«

»Wieso? Stimmt doch! Anschläge gab es immer schon … Lafontaine, Schäuble. Joschka Fischer haben sie mal mit Eiern beworfen, aber abgeschnitten wurden sie ihm nicht.«

»Du meinst den Toten am Galgenbergturm«, warf Josch ein.

»Ja, das ist tatsächlich verrückt. Wie weit seid ihr in der Sache?«

»Es stand alles in der Presse oder war im Fernsehen. Mehr gibt's nicht. Keine heiße Spur, kein Motiv. Ich nehme an, du hast es verfolgt.«

»Habe ich!«

»Kanntest du das Opfer zufälligerweise?«

»Nein, nicht meine Partei. Ich muss zugeben, dass ich seinen Namen erst in der Zeitung bewusst wahrgenommen habe und vorher gar nicht mitbekommen hatte, dass der Typ Spitzenkandidat der Grünen war.«

»Trotz der vielen Plakate?«, wunderte sich Daniela.

»Da schaue ich schon lange nicht mehr hin! Alle zehn Meter eine Visage, das geht mir auf den Wecker!«

Das Gespräch wurde kurz unterbrochen, als Joschs Frühstück serviert wurde.

»Ihr habt wirklich nichts ermitteln können, was auf einen potenziellen Täterkreis oder ein Motiv hindeutet?«, bohrte Josch weiter.

Daniela Sommer antwortete nicht.

»Korruption, sexuelle Belästigung ... irgendwas wird's wohl gegeben haben.«

Wieder keine Reaktion.

»Okay, schon gut!«, resignierte Josch. »Ich habe verstanden. Du hast immer noch die Sorge, ich könnte mich in eure Arbeit einmischen.«

»Wundert dich das?«, fragte Daniela zurück.

»Moment!«, sprang Toni dem ehemaligen Hauptkommissar zur Seite. »Er hat versprochen, sich rauszuhalten, und du hast es ihm damals vorbehaltlos abgenommen. Josch hat sich seitdem nicht mehr eingemischt und sein Versprechen gehalten. Wo ist also das Problem. Was du sagst, ist unlogisch und unfair.«

»Genau!«, bestätigte Josch. »Toni, beim nächsten Mal gebe ich dir einen aus!«

»Lass mal gut sein! Ich komme dich demnächst besuchen und erwarte, dass du einen guten Wein im Keller hast.«

»Männer!«, stöhnte Daniela. »Aber gut, ich nehme es zurück. Nein, wir haben tatsächlich keinen Ansatzpunkt. Nach allem was wir wissen, war dieser Fischer ein Mensch, der es seiner Umwelt nicht gerade leicht gemacht hat, ihn gerne zu haben ...«

»Normalerweise sind Politiker genau andersrum«, widersprach Josch. »Zumindest nach außen hin.«

»Eben! Nach außen! Fischer galt intern als aufschneiderisch, als Gernegroß, Prahlhans, was auch immer. Dem Wahlvolk hat er sich so natürlich nicht präsentiert, aber er gab mehr Geld aus, als er hatte. Wahrscheinlich war das der Grund, weshalb er eine gut bezahlte politische Karriere angestrebt hat. Einerseits hatte er kaum Freunde, aber auch keine direkten Feinde. Wenn man jemanden nicht leiden kann, bringt man den nicht unbedingt gleich um, schon gar nicht auf so grausame Art und Weise ...«

»Korrekt, aber die Tatsache, dass man ihm die ... äh, das Skrotum entfernt hat, deutet darauf hin, dass der Tathintergrund in einer sexuellen Verfehlung des Opfers zu suchen ist. Das ist aus meiner Sicht eindeutig!«

»Schon klar, aber es gibt in diese Richtung nicht den geringsten Hinweis.«

»Irgendwas muss es geben!«, blieb Josch stur.

»Dann find's raus, du Besserwisser!«, schmollte Daniela. »Nein, halt, das tust du nicht! War von mir nur daher gesagt!«

»Schade!«

»Lass uns das Thema wechseln!«, entschied Daniela. »Was gibt es Neues bei euch?«

»Nix! Langsam scheint sich alles zu normalisieren, aber viele haben immer noch Angst, dass Corona zurückkommt. Immerhin, die meisten Leute atmen auf, seit sie geimpft sind, und man trifft sich auch wieder öfter. Die Stimmung wird besser.«

»Was hältst du vom prognostizierten Ausgang der Landtagswahl?«, wollte Toni wissen.

»In ein paar Stunden wissen wir mehr, aber es würde mich schon sehr wundern, wenn erneut ein Mann Ministerpräsident werden würde«, antwortete Josch.

»Frauen können das eben besser!«, behauptete Daniela.

»Was?«, fragte Toni.

»Regieren!«, antwortete Daniela Sommer lapidar. »Und andere Sachen auch!«

9

Ostermontag, 18. April 2022

Die Sonne war noch nicht stark genug, um den Nebel aus dem Binsenthal zu vertreiben, aber für die zahlreichen Radsportler und Jogger waren die Stunden am Morgen geradezu ideal. Früh um 9 Uhr waren sie bereits auf den teilweise neu geschotterten Wegen unterwegs.

Gut eine Stunde später kamen die Wanderer und Spaziergänger hinzu, deren Ziel die Fischerhütte des ASV Neunkirchen war. Dort hatte der Angelsportverein tags zuvor die neue Saison offiziell eröffnet und in der Presse seit Tagen angekündigt, die Gäste über Ostern mit Schwenkbraten, Grillwürsten, Kuchen und allerlei Getränken zu bewirten. Die Preise waren moderat und viele Menschen aus der Umgebung wollten von diesem üppigen Angebot gerne Gebrauch machen, auch weil sie hofften, dass die Pandemie halbwegs überstanden sei und man an alte Zeiten anknüpfen könne.

Das Binsenthal hatte sich in den letzten Jahren zum Geheimtipp und Naherholungsgebiet entwickelt. Einige alteingesessene Spaziergänger fingen bereits an zu meckern, dass es überhandnehme und sie nicht mehr wie früher unter sich den gemütlichen Frühschoppen an dem idyllischen Fischweiher trinken könnten. Darüber hinaus beklagten viele, dass manche E-Biker wie die Bekloppten durch die Gegend bretterten und man als Spaziergänger seines Lebens nicht mehr sicher sei. Die meisten waren allerdings froh, dass sich das Binsenthal und seine Umgebung prächtig entwickelt hatten.

Auch an diesem Mittag herrschte an der Fischerhütte des ASV Neunkirchen ein reges Treiben. Die Leute lechzten nach der Sonne, weil noch am Wochenende zuvor ein plötzlicher

Wintereinbruch das Land mit einer dicken Schneedecke überzogen hatte, und nun unverhofft der Frühling vor der Tür stand.

Unter anderen hatte auch eine Gruppe junger Männer und Frauen auf ihrem Osterausflug Rast gemacht. Das Hüttenpersonal hatte alle Hände voll zu tun, um die fast zwanzig jungen Leute zu beköstigen und die hungrigen und durstigen Mäuler zu stopfen. Man musste kein Prophet sein, um vorhersagen zu können, dass der Rückweg für den einen oder anderen wahrscheinlich beschwerlich werden würde, denn die Gruppe blieb eine ganze Weile, ohne dass ihr Durst merklich nachzulassen schien.

»Hey, kannst du verstehen, wieso die alle mit dem E-Bike unterwegs sind?«, fragte einer der Jungs bierselig seinen Kumpel und zeigte auf ein Pärchen, das in einem Affenzahn über den Weg düste. »Da kannst du dir auch gleich ein Moped kaufen!«

»Stimmt, aber mit dem E-Bike sieht's wenigstens auf den ersten Blick aus, als ob sie Sport machen. Da tun das Bierchen für Opa und der Kuchen für Oma hinterher nicht so weh. Das ist Psychologie!«

»Das ist eine Erklärung, die ich akzeptiere! Hey Buggy, bring mir bitte noch ein Bier mit; irgendwie werden die Flaschen immer kleiner!«

Die jungen Leute hatten ihren Spaß, benahmen sich anständig und kamen mit vielen anderen Gästen in lustige Gespräche, weswegen es immer später wurde.

»Wenn wir weiter trödeln, brauchen wir für den Heimweg ein Taxi«, meinte eines der Mädels aus der Gruppe.

»Nix da, wir laufen! Wie spät ist es eigentlich?«

»Nach drei, fast halb vier!«

»Uih! So spät schon! Dann müssen wir bald los! Buggy, kauf mal lieber 'ne ganze Kiste für den Heimweg!«

»Äh, Alter, willst du mit 'nem Kasten Bier am langen Arm durch die Gegend laufen?«

»Dann lassen wir die Kiste eben hier und verteilen die Flaschen auf die Rucksäcke! Mann, wo bleibt deine Fantasie?«

»Gute Idee!«, fand Aaron. »Nächster Rast am blauen Weiher beim ASV Heinitz; die Hütte ist zwar noch nicht bewirtschaftet, aber da gibt's Holztische und Holzbänke.«

»Wieso noch eine Hütte?«, wunderte sich Corinna, die aus Pirmasens stammte und sich in der Gegend nicht auskannte.

»Zwei Weiher, zwei Angelsportvereine, zwei Hütten«, erklärte Aaron. »Oder habt ihr in der Pfalz nur eine Hütte für alle?«

»Und warum hat die eine zu und die andere nicht?«

»Damit die Leute sich wundern und dumme Fragen stellen! Leute, auf! Wir müssen los!«

Die Gruppe brauchte fast eine halbe Stunde, um endlich den Rückweg anzutreten, weil nicht klar war, wer was und wieviel an wen zu zahlen hatte, und wie die zwanzig Bierflaschen in sechs Rucksäcke verteilt werden sollten. Die alkoholschwangeren Diskussionen zogen sich in die Länge, weshalb sich der Tross erst nach 16 Uhr in Marsch setzte.

»Wie weit ist es bis zur nächsten Weiherhütte?«, fragte Corinna.

»Normalerweise ist das ein Katzensprung von weniger als einer halben Stunde«, antwortete Aaron. »Aber schau dir einige unserer Kameraden an; wir werden wohl gut die doppelte Zeit brauchen.«

»Da wird's ja dunkel, bis wir zu Hause sind«, jammerte die junge Frau.

»Na und? Die Auswärtigen übernachten bei uns im Garten, der Rest geht nach Hause. Ist egal, wie spät es wird.«

»Aber wir müssen noch die Zelte aufbauen!«

»Oh Mann! Das schaffen wir selbst bei zwei Promille noch! Bei uns gibt's Strom, damit kannst du Licht machen, denk an! Meine Alten sitzen wahrscheinlich mit Nachbarn sowieso noch am Grillfeuer, wie ich die kenne; da gibt es bestimmt noch was zu Futtern. Nun mach mal keinen Stress!«

»Ich muss morgen früh um halb neun in Pirmasens sein!«

»Und ich um 6 Uhr auf Frühschicht bei Festo in Rohrbach«, entgegnete Aaron. »Wo ist das Problem?«

Die Truppe schlich mehr, als dass sie wanderte über den Schotterweg in Richtung Heinitz und wurde mehrfach von Radlern und anderen Wandergruppen überholt, die sich köstlich über die fröhliche Schar amüsierten, weil die jungen Leute für jeden, der ihnen begegnete, irgendeinen fröhlichen Spruch übrighatten oder ihnen ein Gespräch aufs Ohr drückten.

Kurz nach 17 Uhr, es war mittlerweile ziemlich kühl geworden, kamen die Ausflügler schließlich vor der Hütte am blauen Weiher an.

»Bis nach Hause brauchen wir mindestens eine Stunde«, verkündete Aaron. »Wir bleiben hier nicht länger als eine Viertelstunde. Denkt nachher bitte dran, die leeren Flaschen mitzunehmen, sonst heißt es wieder, die Jungen würden die Umwelt versauen.«

»Ich will kein Bier mehr«, erklärte Corinna.

»Ich springe für dich ein!«, versprach Buggy. »Für dich tu ich glatt alles. Also fast!«

»Ich muss aufs Klo!«, warf Corinna ein, was zur Folge hatte, dass drei weitere Frauen das gleiche Bedürfnis verspürten.

»Die Toiletten sind abgesperrt. Geht am besten in die Büsche«, schlug Aaron vor. »Wenn jemand kommt, pfeifen wir.«

»Kann mir jemand erklären, warum die Frauen immer im Rudel aufs Klo gehen?«, fragte Buggy in die Runde.

Die folgende Diskussion offenbarte einige Theorien, brachte aber kein ernst zu nehmendes Ergebnis und wurde jäh unterbrochen, als einer der Jungs laut schreiend von der Rückseite der Fischerhütte angerannt kam. Sofort sprangen alle auf und eilten ihm entgegen.

»Da hinten ... da hängt einer«, rief er aufgeregt. »Da ist ein Toter! Ich hab mich ein bisschen umsehen wollen, da habe ich ihn entdeckt. Boah ist das ekelhaft; der hängt da wie eine tote Sau.«

Aaron und Kevin rannten sofort los, kamen aber nach wenigen Augenblicken wieder zurück. Kevin erbrach sich, während Aaron zum Handy griff, um die Polizei zu alarmieren. Mittlerweile waren auch die Frauen aus dem Gebüsch wieder aufgetaucht.

»Bleibt alle hier!«, forderte er, während er die Tasten drückte. »Geht nicht nach hinten, es ist grauenhaft. Wir warten, bis die Polizei kommt.«

Dann berichtete er dem Beamten am Telefon von dem schrecklichen Fund an der Rückseite der Hütte.

10

Ostermontag am Abend

Der Anruf erreichte Staatsanwältin Sommer etwa eine Stunde, nachdem Hauptkommissarin Katja Reinert am Fundort der Leiche an der Fischerhütte in Heinitz eingetroffen war.

Der Kriminaldauerdienst war zuvor um 17 Uhr 45 von der Polizeiinspektion Neunkirchen informiert worden und eine Stunde später vor Ort eingetroffen. Katja Reinert wiederum war eine halbe Stunde später angerufen worden und sofort zur Fundstelle geeilt.

Nachdem sie sich einen ersten Überblick verschafft hatte, entschied die Hauptkommissarin, die Staatsanwältin zu informieren, um sie darauf vorzubereiten, was sie am folgenden Tag im Büro wahrscheinlich erwarten würde.

Daniela und Toni hatten gerade das Abendessen beendet, als der Anruf auf dem Diensthandy der Staatsanwältin einging.

»Oh Gott!«, seufzte Daniela. »Nicht schon wieder!«

Toni hatte die Hände zur Decke gestreckt und signalisiert, dass ihm die Störungen an Wochenenden und Feiertagen gehörig auf den Wecker gingen. Daniela hatte lediglich mit den Schultern gezuckt und angedeutet, dass ihr nichts anderes übrig blieb, als den Anruf der Hauptkommissarin anzunehmen.

Das Gespräch dauerte nur wenige Minuten, aber als das Telefonat beendet war, konnte Toni Daniela ansehen, dass es ein schwerwiegendes Problem gab.

»Mein Gott! Es ist Ostermontag kurz vor 20 Uhr!«, stöhnte Toni. »Gibt es denn niemanden außer dir, den die anrufen können?«

»Nein, im Augenblick nicht. So ist das nun mal in meinem Job.«

»Und? Was gibt's?«

»Ein weiteres Tötungsdelikt. Dieses Mal im Binsenthal; das liegt angeblich ganz in der Nähe Richtung Heinitz.«

»Kenne ich! Die Gegend hier wird mir langsam unheimlich«, kommentierte Toni. »So viele Morde gibt's nicht mal in der New Yorker Bronx!«

»Tja, in letzter Zeit häuft es sich tatsächlich. Ich weiß auch nicht, wieso.«

»Wo dort?«

»An der Fischerhütte.«

»Im Binsenthal gibt es zwei davon.«

»Keine Ahnung, hat Katja nicht erwähnt. Kennst du dich in der Gegend aus?«

»Ja. Wir beide waren dort mal zusammen unterwegs. Erinnerst du dich nicht?

»Toni, wir haben viele Wanderungen gemacht, wie soll ich da alle im Kopf haben? Binsenthal sagt mir im Augenblick nichts.«

»Ist gar nicht lange her«, erklärte Toni. »Vom Biotop hoch nach Heinitz, über die Straße, an der Halde vorbei; da haben wir ein paar Versteinerungen gefunden. Weiter unten am Heinitzbach sind wir durch einen Tunnel.«

»Ah, ja! Ich erinnere mich. Direkt hinter dem Tunnel war ein Weiher und weiter hinten noch einer.«

»Und weiter?«, fragte Toni.

»Dann sind wir weiter durch den Wald und irgendwann oben an diesem Fußballstadion rausgekommen.«

»Genau! Ich meinte aber, was Katja noch gesagt hat.«

»Nicht viel! Sie ist vor Ort, und wie es aussieht, ist das Opfer ähnlich zugerichtet wie der Tote, der vor kurzem oben am Turm gefunden wurde.«

»Waas?«, rief Toni überrascht. »Wurden ihm ebenfalls …«

»Ja, wurden sie!«

»Grauenhaft! Weiß man schon, wer das Opfer ist?«

»Nein! So weit sind die noch nicht. Anscheinend ein Radfahrer. Er hing an einem Baum hinter der Hütte.«

»Musst du gleich raus?«

»Nein, nicht zwingend. Im Augenblick kann ich dort nichts ausrichten. Die Spurenermittler und die Gerichtsmedizin sollen erst mal ihre Arbeit machen. Katja hat nur angerufen, um mich vorzuwarnen, dass morgen wahrscheinlich der Teufel los sein wird.«

»Das kann ich mir vorstellen«, seufzte Toni. »Sieht ganz nach einem Serienmörder aus.«

»Keine voreiligen Schlüsse! Kann auch ein Nachahmungstäter sein.«

»Ich bitte dich! Du bist zwar der Fachmann ... äh, die Fachfrau, aber bei dem Tatmuster halte ich das für unwahrscheinlich. Dazu gehört eine Art von Brutalität, die kann man nicht einfach nachahmen. Außerdem sind die Tatorte nicht weit voneinander entfernt.«

»Im Ansatz ist das richtig, aber es ist zu früh, um sich diesbezüglich zu positionieren. Warten wir ab, was die Ergebnisse bringen.«

»Okay. Lust auf einen Nachtisch?«

»Immer gerne. Was hast du zu bieten?«

»Mich, Obst oder Eis.«

»Alles! Aber in umgekehrter Reihenfolge!«

»Gut, wie du willst. Fangen wir mit Mango und Vanille an«, schlug Toni vor.

»Sehr schön! Sahne?«

»Nein.«

»War ja nur ein Versuch. Übrigens: Was hast du nächste Woche auf dem Zettel? Liegt bei dir etwas Besonderes an?«, wollte Daniela wissen.

»Ich werde Josch eventuell einen Besuch abstatten. Wir hatten am Wahltag im Café drüber gesprochen; vielleicht mache ich das diese Woche, mal sehen.«

»Richte Grüße aus! Was hältst du davon, wenn wir nächstes Wochenende ins Theater oder Kino gehen? Da hätte ich echt mal wieder Lust drauf. Theater wäre optimal.«

»Gute Idee. Ich kümmere mich drum. Wenn ich etwas finde, was interessant ist, rufe ich dich an.«

»Bitte nichts mit Mord und Totschlag; davon habe ich die Woche über genug. Such was Lustiges aus!«

»Wenn es nichts Brauchbares gibt, setz ich mir eine Pappnase auf und erzähl Witze.«

»Männer, die sich zum Clown machen, kann ich nicht ausstehen«, entgegnete Daniela. »Da musst du dir schon was anderes einfallen lassen. Und jetzt hätte ich gerne den Nachtisch!«

11

Dienstag nach Ostern

»Das Opfer konnte als Lars Kleinschmitt, Inhaber eines Fahrradgeschäftes in Lummerschied identifiziert werden. Seine Wohnung liegt direkt über seinem Laden«, erklärte Katja Reinert im Kreise der Ermittler und der Staatsanwaltschaft.

»Wie haben Sie das ermitteln können?«, fragte der Polizeipräsident, der sich überraschenderweise ebenfalls eingefunden hatte, nachdem er von der Besprechung erfahren hatte.

»In den Sportdress und den Helm des Opfers waren Namensschilder mit Kontaktdaten eingeklebt. Sein Fahrrad haben wir in unmittelbarer Nähe des Tatorts gefunden; auch dort war im Rahmen eine Folie mit allen Besitzerdaten eingeklebt.«

»Danke! Fahren Sie bitte fort, Frau Hauptkommissarin!«

»Kleinschmitt wurde 56 Jahre alt, geboren in Quierschied. Todesursächlich war das Durchtrennen der Kehle, vorbehaltlich der Bestätigung durch die Rechtsmedizin.«

Obwohl Katja Reinert in der Nacht nur drei Stunden Schlaf bekommen hatte, war sie guter Laune. Sie hatte sich akribisch vorbereitet und die wichtigsten Fotos vom Tatort und der Leiche aufbereitet; die Bildabfolge lief nun über den überdimensionalen Bildschirm des Besprechungsraumes.

»Wie Sie sehen, hing der Tote mit dem Kopf nach unten an einem Seil, das am Ast eines Baumes befestigt war. Die Hose wurde im mitsamt Unterwäsche bis zu den Knien runter geschoben. Penis und Hodensack sind abgetrennt, nach erster Einschätzung wahrscheinlich posthum, darauf lässt der Umfang des Blutaustrittes schließen. Anhand der Spurenlage konnten wir feststellen, dass Kleinschmitt in unmittelbarer Nähe, wenige

Meter vom Auffindeort, getötet worden ist. Dort wurden auch die abgetrennten Körperteile gefunden.«

Die den Erklärungen zugeordneten Bilder liefen über den Bildschirm. Aus den Reihen der Teilnehmer waren Seufzer und Räuspern zu vernehmen.

»Ich gestehe, dass das ziemlich heftig ist«, fuhr die Hauptkommissarin fort. »Kleinschmitt wurde also aufgehängt, als er bereits tot war.«

Weitere Bilder folgten.

»Ich muss einfügen, dass die Überprüfungen seiner Personalie angelaufen sind, und nun Kontaktpersonen ermittelt und befragt werden müssen. Die Durchsuchung der Wohn- und Geschäftsräume findet in diesem Augenblick statt, ich werde später dorthin fahren.«

»Todeszeitpunkt?«, wollte der Polizeipräsident wissen, der sich Mühe gab, als interessierter Kriminalbeamter rüberzukommen.

»Der abschließende Bericht der Gerichtsmedizin steht noch aus. Bisher ist davon auszugehen, dass Kleinschmitt zwischen 9 Uhr morgens und 14 Uhr verstorben ist. Wir hoffen, dass die Untersuchungsergebnisse das Zeitfenster weiter eingrenzen werden.«

»Wurde die Tatwaffe gefunden?«, fragte Staatsanwältin Sommer.

»Negativ! Vermutlich ein Stilett, ein Dolch, ein Springmesser; jedenfalls mit schmaler langer Klinge. Der Schnitt scheint fachmännisch geführt, auch die Abtrennung der Körperteile; das war die erste Beurteilung vor Ort.«

Die Bilderfolge wechselte nun an einen anderen Tatort.

»Im Vergleich zeige ich Bilder vom Auffindeort der Leiche am Galgenbergturm vom 6. März, also vor etwa sechs Wochen. Sie erinnern sich an das Tötungsdelikt zum Nachteil von Alexander Fischer.«

Die Hauptkommissarin ließ die Bilder ohne weiteren Kommentar durchlaufen, danach zeigte sie erneut die Bilder vom aktuellen Tatort im Binsenthal.

»Wie sie sehen, sind bei beiden Delikten erstaunliche Parallelitäten zu erkennen. Das Durchtrennen der Kehle, die Entfernung der Genitalien, die Führung der Messerschnitte, die Form der Tatwaffe selbst und einiges mehr. Vorsichtig formuliert: Es ist nicht auszuschließen, dass es zwischen beiden Taten einen Zusammenhang gibt.«

»Ist bekannt, ob auch Kleinschmitt politisch aktiv war?«, fragte der Polizeipräsident.

»Ich verstehe Ihre Frage durchaus, aber wir sind ganz am Anfang der Ermittlungen. Wir wissen nicht, ob es zwischen beiden Opfern eine persönliche oder politische Verbindung gibt. Erste Durchforstungen des Internets haben bisher keine Hinweise auf politische Aktivitäten Kleinschmitts ergeben.«

»Da sollten wir dranbleiben«, intervenierte die Staatsanwältin. »Der eine ein Politiker der Grünen, der andere wohl aktiver Radfahrer, da ist die Vermutung nicht von der Hand zu weisen, dass beide Brüder im Geiste waren.«

»Wir wissen nicht einmal, ob die beiden sich überhaupt kannten«, antwortete die Hauptkommissarin. »Ich wiederhole: Wir stehen am Anfang!«

»Ich weiß nicht!«, warf Hauptkommissar Ken Arndt ein und schüttelte den Kopf. »Nach meiner Einschätzung … also ich kann mich mit einem politischen Hintergrund als Motiv nicht wirklich anfreunden. Die Art und Weise der Tatausführung, die massive Brutalität, das Entfernen der Geschlechtsteile, wie Katja erwähnte, sind für mich Hinweise auf einen Racheakt aus persönlichen Gründen, die mit Politik nichts oder nur am Rande etwas zu tun haben. Wir müssen rausfinden, was die beiden Opfer miteinander verbunden hat. Zumindest der Täter kannte beide. Wo ist die Schnittmenge? Wer hatte mit beiden eine Rechnung offen?«

Sam Wolff meldete sich schüchtern mit Fingerzeig.

»Nur zu, junger Kollege!«, ermunterte ihn die Staatsanwältin. »Sie müssen sich nicht melden; wir sind hier nicht in der Polizeischule. Was meinen Sie dazu?«

»Beide Opfer müssen den Täter gekannt haben. Sie haben ihn nahe an sich rankommen lassen, es gibt keine gravierende Abwehr- oder Kampfspuren. Sie folgten ihm freiwillig an ihre Hinrichtungsstätten, waren anscheinend arglos. Sie vertrauten ihm. Oder er wollte einen heimlichen Deal mit ihnen machen. Dann stellt sich die Frage, womit er sie in den Hinterhalt lockte.«

»Was würde das deiner Meinung nach für die weiteren Ermittlungen bedeuten?«, hinterfragte die Hauptkommissarin.

»Wie Kollege Arndt bereits sagte: Wir müssen nach Schnittmengen suchen! Gemeinsame Bekannte. Hatten sie das gleiche Laster und so weiter. Drogen? Illegale Geschäfte? Spielsucht? Wir sollten uns auch umhören, ob es Beziehungen zur homosexuellen Szene gab.«

»Gut, ich stimme dem zu«, erklärte Katja Reinert. »Offenbar haben beide Opfer den Täter gekannt oder zumindest nicht zum ersten Mal gesehen. Kleinschmitt war mit dem Fahrrad unterwegs. Sein Mörder auch? Das wird die Spurenauswertung ergeben. Die Frage ist unter anderem: Warum hat er das Fahrrad nicht vor der Hütte abgestellt? Oder hat der Täter es nachträglich nach hinten platziert. Das alles ist zu klären.«

»Vielleicht eine Pinkelpause«, spekulierte Christian Goldstein.

»Wir werden durch Aufrufe in der Presse versuchen, Zeugen zu finden, die Kleinschmitt am Montag vor der Tat im Binsenthal und Umgebung gesehen haben«, beschloss die Hauptkommissarin. »Sam, bereite das bitte vor. Beschreibung der Kleidung, des Fahrrads, Uhrzeit … war er alleine oder in Begleitung? Die Gegend ist bei Ausflüglern sehr beliebt, irgendjemand muss etwas gesehen haben.«

»Das machen wir erst, wenn wir mehr über Kleinschmitt wissen«, entschied der Polizeipräsident. »Falls sich der Verdacht auf einen politisch motivierten Tathintergrund verdichten sollte, werden wir den Staatsschutz einschalten. So lange das nicht klar ist, halten wir uns bedeckt und ermitteln weiter, ohne an die Öffentlichkeit zu gehen.«

»Ihre Entscheidung, Herr Präsident«, erklärte die Staatsanwältin. »Was erklären wir der Presse?«

»Nur das Nötigste! Fürs Erste kein Wort über die Verstümmelungen und die Übereinstimmungen! Geben Sie das bitte an das gesamte Ermittlungsteam weiter. Wir geben aus ermittlungstaktischen Gründen keine weiteren Informationen weiter! Ich muss mich unbedingt darauf verlassen können!«

Er machte eine Kunstpause und schaute erwartungsvoll in die Runde.

»Und ich muss Ihnen auch nicht ins Gedächtnis rufen, dass unser Haus mit großem Erwartungsdruck beäugt wird. Da wir nach den Morden an unserer jungen Kollegin und unserem jungen Kollegen in Kusel Ende Januar die Täter binnen Kürze verhaften konnten, erwartet die Öffentlichkeit nun, dass wir im Falle dieser zivilen Opfer genauso schnell und erfolgreich zu einem Ergebnis kommen werden. Ansonsten wird man uns vorwerfen, dass wir mit zweierlei Maß messen. Ich bin sicher, dass Sie alle Ihr Bestes geben, um diesen Eindruck nicht aufkommen zu lassen!«

Der Polizeipräsident verabschiedete sich mit weiteren prosaischen Formulierungen. Er wünschte den Ermittlern viel Glück und appellierte daran, dass sich der Erfolg nur durch unbedingten Teamgeist und gegenseitige Motivation einfahren lasse.

Den Ermittlern ging die Ansprache zum einen Ohr rein und zum anderen wieder raus, denn ihnen war klar, dass es dem Chef in Wahrheit nur darum ging, dass seine Behörde und er selbst nicht ins Schussfeld des Ministeriums und der Öffentlichkeit kamen. Wenn es nicht schnell gelingen würde, beide Fälle aufzuklären, oder wenn gar noch ein weiterer gleichgearteter Mord hinzukäme, würde der Polizeipräsident als Erster das gesamte Team in die Pfanne hauen.

»Amen!«, sagte Ken Arndt, als das Schlusswort gefallen war, und der Chef den Raum verlassen hatte.

»So soll man es schreiben, so soll es geschehen!«, seufzte Staatsanwältin Sommer. »Egal; wir müssen schauen, dass wir Licht ins Dunkel bekommen und tun, was zu tun ist. Was der Herr Polizeipräsident davon hält, ist mir vorerst wurscht. Ihr habt meine volle Unterstützung; wenn es irgendwo harkt, meldet ihr euch. Die Pressearbeit soll die Pressestelle zusammen mit der Stabstelle selbst erledigen; wir selbst sagen überhaupt nichts und verweisen auf die Entscheidung des Polizeipräsidenten. Sollen die schauen, wie sie klarkommen, wir haben Besseres zu tun. Ich bitte euch aber darum, mich ständig auf dem Laufenden zu halten; aber bitte alles über die Kollegin Reinert. Ich versuche, soweit möglich, für diese Woche meine Termine umzuschaufeln, damit ich mehr Zeit für eure Anliegen habe. Das hier hat jetzt oberste Priorität. Danke für die Info, gute Arbeit!«

Nun verließ auch die Staatsanwältin den Besprechungsraum, und die Ermittler waren unter sich.

»Toughe Staatsanwältin«, grinste Sam Wolff.

»Ja, aber die kann auch anders«, antwortete Katja Reinert. »Leg dich nicht mit ihr an, du würdest mit Sicherheit den Kürzeren ziehen. So, und jetzt zur Aufgabenverteilung; es wird Zeit, dass wir an die Arbeit gehen. Ken übernimmt auch in diesem Fall die Aktenführung. Damit hat er beide Fälle im Blick und kann möglicherweise Muster erkennen, die wir nicht sehen. Sam übernimmt die Personalie von Kleinschmitt, analog zum Fall Fischer. Der Rest durchforstet alles, was es zum Umfeld von Kleinschmitt gibt. Politik, Freunde, Bekanntenkreis …. Ich kümmere mich um sein finanzielles Umfeld. Als erstes fahre ich zur Wohnung des Opfers, mal sehen, ob die Kollegen fündig geworden sind. Wir bleiben im ständigen Kontakt. Sofern ihr von mir nichts anderes hört, treffen wir uns in meinem Büro um 16 Uhr zur Tagesbesprechung. Noch Fragen?«

Da es keine Wortmeldungen gab, schloss die Hauptkommissarin die Besprechung, und die Ermittler machten sich an die Arbeit.

12

In der Woche nach Ostern

Dienstag, 19. April – Nachmittagsbesprechung

»Was haben wir?«, fragte die Hauptkommissarin und schaute in die Runde der Ermittler.

Nacheinander gaben die Kollegen ihre aktuellen Rechercheergebnisse bekannt.

Es gab keinerlei Hinweise darauf, dass Lars Kleinschmitt in irgendeiner Form politisch aktiv gewesen war.

Laut Polizeiakte war Kleinschmitt bisher nicht auffällig geworden.

Er galt bei seiner Kundschaft als schlitzohrig, wenig verlässlich, unhöflich und zuweilen sogar aufbrausend, was wahrscheinlich der Grund war, weshalb sein Geschäft schlecht lief.

Er hatte Steuerschulden und sein Geschäftskonto bewegte sich am Rand des Kreditlimits.

Die Geschäfts- und Wohnräume waren stark renovierungsbedürftig, im gesamten Haus herrschte ein ziemliches Chaos, vor allem in den Lagerräumen.

Kleinschmitt war Halter eines fünfzehn Jahre alten Volvo-Kombi, das war dem Kfz-Brief zu entnehmen, der in Kleinschmitts Akten gefunden worden war. Der Wagen stand nicht in der Garage, sein Verbleib war bisher nicht bekannt.

Erste Sichtungen seines Computers hatten ergeben, dass Kleinschmitt im Internet zockte; Sportwetten und Poker. Möglicherweise war das mit die Ursache für seine finanzielle Situation. Falls er auch in anderen Kreisen gespielt hatte, kamen Spielschulden als mögliches Tatmotiv in Betracht. Konkrete Hinweise darauf gab es bislang jedoch nicht.

Der Browserverlauf seines Computers zeigte zahlreiche Besuche auf einschlägigen Pornoseiten; das passte zu den zahlreichen Pornoheften, die in Kleinschmitts Wohnung gefunden worden waren.

Chats mit Frauen oder Kontakte zu Partnervermittlungen wurden nicht gefunden, auch kein persönlicher Kontaktaustausch mit Frauen außerhalb der Kundenbetreuung. Allerdings waren noch nicht alle Computeraktivitäten durchleuchtet.

Kleinschmitt lebte offenbar nicht in einer Beziehung, schien jedoch eine rege grenzwertige sexuelle Fantasie gehabt zu haben, wenn man die Aufrufe entsprechender Pornoseiten beurteilte. Ein diesbezüglicher Zusammenhang mit der Tatausführung war durchaus denkbar.

Katja Reinert gab die Zusammenfassung der aktuellen Ermittlungsergebnisse an Staatsanwältin Sommer weiter. Die wiederum gab ohne Rücksprache mit dem Polizeipräsidenten den Zeugenaufruf für die Öffentlichkeit frei, weil ein politischer Zusammenhang nicht erkennbar war. Da der Aufruf bereits in allen Details vorbereitet war, wurde er noch am gleichen Abend in den Medien gesendet und stand am nächsten Tag in der Zeitung. Name des Opfers, dessen Herkunft und Details der Tat blieben dabei unerwähnt. Es wurden Zeugen gesucht, die einen Radfahrer in der beschriebenen Sportkleidung am Tag des Verbrechens in der Nähe des Tatortes, möglicher in Begleitung einer weiteren Person, beobachtet hatten.

* * *

Mittwoch, 20. April – Tagesbesprechung

In den frühen Morgenstunden war Kleinschmitts Wagen auf einem Mitfahrerparkplatz in der Nähe des Elversberger Stadions von einer Polizeistreife entdeckt worden. Die Fahrradhalterung am Heck des Wagens ließ vermuten, dass er seine

Radtour von dort aus gestartet hatte.

Die Gerichtsmedizin bestätigte, dass Kleinschmitt posthum verstümmelt worden war und konkretisierte den Todeszeitpunkt zwischen 11 und 13 Uhr. Laut Bericht waren in seinem Körper keine Spuren gefunden worden, die darauf schließen ließen, dass das Opfer vor seiner Ermordung betäubt oder ruhiggestellt worden war.

Die Spurenlage ergab, dass ein zweites Fahrrad am Tatort gewesen sein musste; demzufolge hatte Kleinschmitt einen Begleiter, oder es war ihm auf seiner Tour jemand gefolgt. Mit hoher Wahrscheinlichkeit war diese Person Kleinschmitts Mörder.

Die Befragungen weiterer Nachbarn, Bekannter und Kunden bestätigten, dass Kleinschmitt nicht sonderlich beliebt war. Allerdings waren die Bekanntschaften meistens sehr oberflächlich geblieben. Was Kleinschmitt außerhalb seines Fahrradgeschäftes und seiner Radtouren trieb, blieb weitestgehend unklar. Selbst ein Cousin, der einzige Verwandte, der bislang ermittelt werden konnte, hatte Kleinschmitt zuletzt vor Jahren bei der Beerdigung von dessen Mutter gesehen. Die hatte ihren Mann um viele Jahre überlebt und war schließlich demenzkrank in einem Pflegeheim verstorben. Nach Angaben des Cousins, der auch bestätigte, dass Lars Kleinschmitt keine Geschwister hatte, habe das spätere Opfer außer dem Elternhaus keine nennenswerte Erbschaft gemacht, denn bei den Eltern sei nicht viel zu holen gewesen.

Ken Arndt machte beim Aktenvergleich allerdings eine vielversprechende Entdeckung, die die Ermittlungen in eine neue Richtung lenkten.

Mit hoher Wahrscheinlichkeit waren sich Opfer eins und Opfer zwei schon einmal über den Weg gelaufen. Sie hatten beide die gleiche weiterbildende Berufsförderschule in Sulzbach besucht. Fürs Erste war das nur ein vager Ansatz, denn Kleinschmitt war einige Jahre älter als Fischer, und damit war es nicht sehr wahrscheinlich, dass sie beide dieselben Kurse besucht hatten, zumal beide völlig verschiedene Berufsausbildungen gewählt hatten.

Auch diese Informationen gab die Hauptkommissarin an Staatsanwältin Sommer weiter, musste allerdings zugeben, dass es weiterhin in beiden Fällen keine heiße Spur gab.

* * *

Donnerstag, 21. April – Tagesbesprechung

Die Recherchen an der Sulzbacher Schule hatten bestätigt, dass die beiden Opfer zu unterschiedlichen Zeiten an der Schule eingeschrieben waren, noch dazu in verschiedenen Bildungszweigen. Sie hatten nicht einmal die gleichen Schulgebäude besucht, denn Fischer hatte seinen Unterricht in der Nebenstelle in der Saarbrücker Mügelsbergschule absolviert. Beiden gemeinsam war allerdings, dass sie ihre Weiterbildung ohne Abschluss abgebrochen hatten. Damit war diese Spur so gut wie vom Tisch.

Sam Wolff erklärte jedoch, dass er am Ball bleiben, ehemalige Mitschüler über die Schulämter ausfindig machen und befragen wolle. Allen war klar, dass das eine Sisyphos-Arbeit war, die eine Menge Zeit in Anspruch nehmen würde.

Die bisherigen Ermittlungen waren alles andere als zufriedenstellend. Es gab keinen Ermittlungsansatz, keine konkrete Spur, kein plausibles Motiv und keinen erkennbaren Zusammenhang zwischen den Taten; nur die Brutalität der Tatausführung wies auf den gleichen Täter hin.

Die Presse hielt sich zwar einigermaßen zurück, aber in den oberen Etagen des Landeskriminalamtes zeigten sich bereits deutliche Anzeichen von Nervosität.

13

Donnerstag, 21. April

Als Toni Lukas nach dem Frühstück spontan beschloss, Josch mit einem Besuch zu überraschen, war das Risiko einkalkuliert, dass Josch vielleicht gar nicht zu Hause sein könnte. Das wäre allerdings nicht tragisch, denn ein ausgiebiger Spaziergang stand ohnehin auf Tonis Fitness-Programm, und der steile Anstieg am Butterberg hinauf zur Siedlung am Köppchen passte ausgezeichnet zu diesem Vorhaben.

Falls er Josch nicht antreffen sollte, würde er sich durch den Beckerwald zum CfK-Restaurant durchschlagen und dort ein kleines Mittagessen zu sich nehmen. Im anderen Falle könnte er den ehemaligen Hauptkommissar vielleicht dazu bewegen, ihn dorthin zu begleiten. Die frische Luft würde Josch sicher guttun und unterwegs könnten sie sich ungestört und ausgiebig unterhalten. Allzu wahrscheinlich war das allerdings nicht, denn Josch würde sicherlich Argumente finden, um sich vor der Wanderung zu drücken; nach Tonis Erfahrungen war Josch um eine Ausrede nie verlegen, aber einen Versuch wäre es wenigstens wert.

Toni nahm den Weg von seiner Wohnung am Wilbertstock in Richtung Schmalwiese und kam am Butterberg außer Atem; mehr als er das erwartet hatte, denn eigentlich fühlte er sich fit und gut trainiert. Über den Hangweg quälte er sich zur endlos langen Treppenanlage, an deren Ende die Siedlung lag, in der Josch wohnte. Oben angekommen, schnaufte Toni erst mal kräftig durch und klingelte wenige Minuten später an Joschs Haustür.

»Hinterm Haus!«, tönte es aus dem Garten.

Erst jetzt fiel Toni auf, dass das Gartentor am Treppenabgang offenstand. Er stiefelte hinunter, bog um die Hausecke und staunte nicht schlecht, als er Josch in Arbeitsmontur vor dem ausgeweideten Skelett eines Gasgrills entdeckte. Rundum lagen Einzelteile auf einer Plane, das Szenario glich einer Autowerkstatt, in der gerade ein Motor auseinandergenommen worden war.

»Moin Herr Schaum!«, grüßte Toni. »Was soll'n das werden, wenn's fertig ist?«

»Ach du bist es!«, stöhnte Josch ohne aufzublicken. »Hör mir bloß auf; ich bin einem Nervenzusammenbruch nahe!«

»Deine Frau behauptet immer, du bist handwerklich grenzwertig begabt!«, lachte Toni.

»Ja, ja, was Marion sagt! Alles Mist hier! Gestern habe ich den Grill komplett auseinandergebaut und gereinigt. Jetzt habe ich das Ding schon zweimal zusammengebaut, aber er funktioniert nicht! Eine saublöde Konstruktion! Das macht der Hersteller absichtlich, nur um mich zu ärgern!«

»Gasflasche angeschlossen? Ventil auf?«, fragte Toni sicherheitshalber.

»Klugscheißer! Klar ist Gas dran und das Ventil geöffnet, für wie blöd hältst du mich eigentlich? Er funktioniert aber trotzdem nicht!«

»Vielleicht kriegen wir es zusammen hin«, bot Toni an.

»Bitteschön, wenn du eine zündende Idee hast!«

Toni betrachtete das Innenleben des Grills und sah Josch zu, wie der die Lochbleche über die Gasdüsen legen wollte.

»Stopp!«, sagte er. »Du musst zuerst die Zündkabel an die Enden der Düsen anklemmen. Von wegen zündende Idee!«

Josch schaute Toni an, als käme der von einem anderen Stern.

»Welche Kabel?«, fragte er staunend.

»Lass mal sehen!«, forderte Toni und schob Josch beiseite.

»Die hier!«, sagte er schließlich und zog zwei kleine Stecker aus den Löchern der Leiste hinter den Regelknöpfen. »Die sind dir beim Reinigen durch die Öffnungen gerutscht. Einer fehlt noch, gib mir mal eine Flachzange!«

Fünf Minuten später zündete der Grill und die Flammen züngelten über den Düsen.

»So, jetzt funktioniert er«, meinte Toni lapidar.

»Danke«, antwortete Josch. »Da wäre ich nicht draufgekommen.«

»Wärst du mit Sicherheit irgendwann; war halt nicht leicht zu erkennen.«

»Vielleicht, vielleicht auch nicht. Marion wird es jedenfalls freuen, dass wir am Wochenende die Grillsaison eröffnen können. Komm doch mit Daniela vorbei; was hältst du davon?«

»Lieb gemeint, aber wir wollen am Wochenende ins Theater«, lehnte Toni ab.

»Zwei Tage lang am Stück? Was ist denn das für ein Mammutwerk? Ich schlaf schon nach einer halben Stunde ein.«

»Ich habe zwei Karten für die Semperoper am Samstag. La Bohème. Daniela weiß noch nichts davon. Überraschung!«

»Semperoper? Dresden? So weit?«

»Mit dem ICE kein Problem. Freitagmittag hin, sonntags geht's zurück.«

»La Bohème! Aha! Verdi, oder?«

»Fast! Puccini!«

»Egal, auch ein Italiener! Um was geht's da? Oper ist nicht mein Fach!«

»Liebe, Leben und Tod im Künstlermilieu!«

»Ach Gott, klingt nach schwerer Kost. Apropos Kost! Soll ich uns was auflegen? Der Kühlschrank ist voll.«

»Ich wollte dir vorschlagen, dass wir beide zusammen zum CfK wandern und dort was essen. Du bist selbstverständlich von mir eingeladen.«

»Das ist ziemlich weit und steil«, warf Josch wie erwartet ein.

»Ach komm! Das ist nicht mal eine Stunde. So steil ist es gar nicht. Unterwegs plaudern wir, oben lassen wir es uns gut gehen, und wenn wir gemütlich nach Hause wandern, kehren wir unterwegs noch im Café ein und genehmigen uns einen Bienenstich; wie damals (*siehe Bienenstich), als wir uns kennengelernt haben.«

»Überredet!«, stimmte Josch überraschenderweise zu. »Ich muss wirklich mal wieder raus. Unter einer Bedingung: Vom Café aus nehme ich ein Taxi; zum Kraxeln ist es mir nämlich zu warm.«

»Kein Problem, der Berg hierauf ist wirklich nicht ohne. Also los, zieh dich um, ich räume hier derweil auf.«

* * *

Kurze Zeit später waren die beiden Wanderer unterwegs. Anfangs diskutierten sie über den Ausgang und die Konsequenzen der Landtagswahl, aber als es am Beckerwald in den Anstieg zum CfK ging, verstummte Josch und behauptete, er benötige seine Luft, um die Steigung zu schaffen.

Joschs Zurückhaltung änderte sich, als sie im Restaurant Platz genommen und bestellt hatten.

»Unsere Generation kann froh sein«, meinte Josch. »Wir können uns nicht darüber beschweren, wie unser Leben gelaufen ist. Ob das den kommenden Generationen auch vergönnt ist, wage ich zu bezweifeln. Vor allem bei uns im Saarland geht alles immer mehr den Bach runter. Die frohen Botschaften aus dem Wirtschaftsministerium glaubt mittlerweile kein Mensch mehr. Das wird sich auch mit der neuen Regierung nicht ändern. Oder glaubst du, dass es in absehbarer Zeit wieder bergauf geht?«

»IHK und andere blasen ins selbe Horn, aber die Wirklichkeit ist eine andere«, entgegnete Toni und nickte. »Es bewegt sich nichts, die Bürokratie ufert weiter aus und der Regulierungswahnsinn hemmt die gesamte Wirtschaft. Das Beamtentum hat sich mittlerweile verselbstständigt. Wenn dieser Trend nicht gebremst werden kann, wird sich die Abwärtsspirale fortsetzen.«

»Na ja!«, intervenierte Josch. »Bei den Multis und Global-Playern ist ein gehöriges Maß an Misstrauen durchaus angebracht.«

»Korrekt, aber davon haben wir hier im Saarland keine, und anderswo traut sich keiner an die ran. Bei uns ist alles Mittelstand. Die Prüfungsämter haben nix anderes zu tun, als diesen mittelständischen Firmen das Leben schwer zu machen. Wir haben zu viele unproduktive Beamte, die mittlerweile gar nicht mehr wissen, weshalb sie eigentlich eingestellt worden sind. Wenig Leistungsdruck, keine Innovation, das eine bedingt das andere.«

»Da möchte ich den Polizeidienst aber ausdrücklich ausklammern!«, widersprach Josch.

»Ich meine die Verwaltungen, nicht die Polizei und den Vollzugsdienst!«

Als das Essen serviert wurde, unterbrachen die beiden ihr Gespräch und ließen es sich schmecken.

»Hat Daniela eigentlich etwas über die Leiche im Binsenthal erzählt?«, fragte Josch überfallartig, nachdem das Geschirr abgeräumt worden war.

»Woher weißt du denn davon?«, wunderte sich Toni.

»Im Saartext gab es zwar nur eine kleine Notiz, aber Spiesen-Elversberg ist ein Dorf, da spricht sich alles schnell rum. Und dann gab es gestern oder vorgestern einen Zeugenaufruf im Fernsehen.«

»Ach ja? Habe ich gar nicht mitbekommen. Mir hat Daniela nicht viel erzählt«, drückte sich Toni erkennbar.

»Der Tote soll aus Quierschied sein«, bohrte Josch weiter. »Die Polizei sucht Zeugen, angeblich war er mit dem Fahrrad unterwegs.«

»Ja, das hat sie erzählt, aber ob aus Quierschied, weiß ich nicht.«

»War es auch eine Übertötung wie neulich am Turm?«

»Was um Himmelswillen ist eine Übertötung?«, staunte Toni.

»In unserer Branche spricht man von Übertötung, wenn mehr Gewalt angewendet worden ist, als zur Tötung des Opfers eigentlich nötig gewesen wäre.«

»Seltsamer Begriff und unlogisch. Toter als tot geht nun mal nicht. Der am Turm wurde zudem posthum verstümmelt, von dem anderen weiß ich nicht, ob der auch erst nach seinem Tod kastriert wurde.«

»Auch dann spricht man von Übertötung. Der im Binsenthal wurde also ebenfalls entmannt«, spekulierte Josch. »Das ist ja interessant!«

Toni erkannte, dass er sich verraten hatte, wollte Joschs Vermutung jedoch nicht bestätigen.

»Warum ist das interessant?«, fragte er stattdessen.

»Weil wir es damit mit hoher Wahrscheinlichkeit mit ein und demselben Täter zu tun haben.«

»Das ist mir auch klar, dafür muss ich kein Kriminalist sein«, meinte Toni. »Das sagt schon die Logik. Motiv: Hass oder Rache! Fragt sich nur, wer mit den beiden eine Rechnung offen hatte.«

Spätestens jetzt wusste Josch, dass er mit seiner Annahme richtig gelegen hatte, aber er wollte Toni nicht weiter in Verlegenheit bringen.

»Das stimmt wohl«, entgegnete er. »Katja, das Team und Daniela werden jetzt eine Menge Arbeit haben. Hoffentlich klappt das bei euch mit der Semperoper.«

»Wenn Daniela keinen Ärger mit mir bekommen will, wird sie das einrichten. Sie weiß wie gesagt noch nichts davon, aber heute Abend telefonieren wir.«

»Warst du eigentlich schon mal am Turm?«, fragte Josch.

»Du meinst den oben am Altenheim. Ja da war ich schon oft. Ist aber schon eine Weile her. Warum?«

»Die Gemeinde will das Umfeld neugestalten. In den Plänen sieht das ganz vernünftig aus. Das solltest du dir vielleicht mal anschauen.«

»Weshalb? Haben die was Besonderes vor?«

»Spielplätze, eine Eventfläche, Gastronomie, Wanderwege ... ich finde das Konzept gut.«

»Das beste Konzept nützt nix, wenn die Naturschützer mal wieder einen seltenen Uhu aussetzen und hinterher behaupten, dass der dort heimisch ist. Wie oft sind solche Projekte schon gestorben! Batteriefabrik, Windkraftanlagen, Umgehungsstraßen ... falls doch, dauert es Jahre, weil jeder Knallkopp meint, er müsse unbedingt dagegen sein.«

»Trotzdem. Wenn du dort mit etwas Geld einsteigst, könntest du das Ganze vielleicht beschleunigen.«

»Ich habe dir erklärt, dass ich nicht in die öffentliche Hand investiere«, erklärte Toni brüsk.

»Ja, schon, aber wenn du das gesamte Gelände kaufen würdest, und das Projekt selbst in die Hand nimmst, wäre es vielleicht etwas anderes.«

»Ich als Bauinvestor oder Projektentwickler? Nein danke!«

»Denk drüber nach, Toni. Wir sollten demnächst mit dem Bürgermeister drüber reden. Ich bringe euch gerne zusammen.«

»Von mir aus«, brummte Toni, damit er zu diesem Thema seine Ruhe hatte. »Lass uns aufbrechen. Bis wir unten sind, wird das Café geöffnet sein. Ich freue mich schon auf ein Stück Bienenstich.«

»Du und dein Bienenstich!«, lachte Josch. »Erinnerst du dich an unseren ersten gemeinsamen Fall.«

»Der erste und der letzte! Komm bloß nicht auf die Idee, dich in die beiden Mordfälle einzumischen!«

»Ach was!«, versicherte Josch, aber irgendwie juckte es ihn in den Fingern.

14

Sonntag, 24. April

»Schön war's«, schwärmte Daniela und schmiegte sich an Tonis Arm. »Ich hätte nicht gedacht, dass ich mal in die Semperoper komme und will gar nicht wissen, wie du es geschafft hast, kurzfristig Karten zu bekommen. Dieses Wochenende hat sicher ein Schweinegeld gekostet.«

»Es wird mich nicht ruinieren«, lachte Toni. »Das könnten wir öfter haben, wenn du dich endlich für den Ruhestand entscheiden würdest.«

»Es ist ja nicht mehr weit hin.«

»Dann wirst du keine Hetze mehr haben, freitags um 12 Uhr Feierabend zu machen. Du siehst, dass die Welt nicht untergeht, wenn du am Wochenende mal ausnahmsweise nicht erreichbar bist.«

»Erinnere mich bloß nicht daran! Na ja, schlussendlich hat es ja funktioniert.«

»Auf die letzte Minute«, seufzte Toni. »Möchtest du in den Speisewagen, oder sollen wir noch etwas warten?«

»Der Zug ist voll, da bekommen wir sowieso keinen Platz. Außerdem habe ich keine Lust, mit der Maske vor der Nase durch den Zug zu laufen. Wir haben reichlich gefrühstückt; ich habe noch keinen Hunger. Wir werden gegen 19 Uhr zu Hause sein, lass uns dort Essen gehen, das ist viel entspannter.«

»Gute Idee. Wenn du es so lange aushältst …«

»Tu nicht so, als ob ich dauernd am Futtern wäre.«

»Ich muss zugeben, dass du diesbezüglich um einige Gänge runtergeschraubt hast«, erwiderte Toni. »Kompliment. Anscheinend tut es dir gut.«

»Schmeichler! Ich habe immer noch einige Pfunde zu viel.«

»Kein Vergleich zu der Zeit, als wir uns kennengelernt haben.«

»Und das alles nur, um dir zu gefallen!«

»Das ist dir nachdrücklich gelungen!«

»Charmeur! Komplimente höre ich selten.«

»Du hörst auch selten die Frage, ob du mit jemandem zusammenziehen willst.«

»Das hat mich außer dir noch nie jemand gefragt!«, seufzte Daniela. »Außer in meiner ganz frühen Jugend, aber das war eher als Angebot für eine Nacht gemeint.«

»Dann wird es Zeit, dass du die Eingangsfrage endlich mal positiv beantwortest«, beharrte Toni.

»Klingt ja fast wie ein Heiratsantrag!«

»Man muss es ja nicht gleich übertreiben!«, lachte Toni.

»Toni, überrumpele mich nicht ständig mit deinen Zukunftsvisionen!«

»Visionen? Ich bitte dich! Uns bleiben rein statistisch keine zwei Jahrzehnte mehr! Wie lange willst du noch warten? Denk an Nicole!«

»An welche Nicole?«, fragte Daniela überrascht.

»Ein bisschen Frieden! Ist mittlerweile auch schon auf den Tag genau 40 Jahre her.«

»Was du alles weißt!«, staunte Daniela.

»Aktueller denn je, wenn man sich anschaut, was Putin in der Ukraine treibt! Erst Corona, dann Ukraine ... wer weiß, was morgen kommt? In unserem Alter macht es keinen Sinn, die Dinge auf die lange Bank zu schieben. Ich denke, du solltest dich entscheiden, und zwar bald!«

»Ich weiß«, entgegnete Daniela. »Aber ich kann nicht nebenbei mein Leben neugestalten; nicht solange ich beruflich im Dauerstress bin!«

»Womit sich die Katze in den Schwanz beißt. Marion und Josch haben das im Übrigen auch geschafft.«

»Da war Josch bereits im Ruhestand!«

»Aber Marion noch nicht!«

»Gibt es von den beiden eigentlich was Neues?«, versuchte Daniela vom Thema abzulenken. »Du warst doch neulich bei Josch.«

»Anscheinend nicht. Jedenfalls hat Josch nichts Besonderes erzählt.«

»Über irgendwas werdet ihr ja wohl geredet haben«, versuchte Daniela beim Thema zu bleiben.

»Politik, Pläne der Gemeinde am Turm und über die beiden Mordopfer dort oben und im Binsenthal.«

»Du hast ihm hoffentlich keine Details über die jüngsten Fälle erzählt?«, warf Daniela ein.

»Ha, dass ich nicht lache! Der wusste mehr als ich!«

»Woher? Wieso?«, wunderte sich Daniela, in der nun die Staatsanwältin Oberhand gewann.

»Mein Gott, das weiß ich nicht! Aber es ist doch logisch, dass sich so etwas rumspricht, auch wenn ihr versucht, den Deckel draufzuhalten. An den Fundstellen waren Schaulustige, dann die Zeugen sowieso, Rettungskräfte, was weiß ich. Die haben alle irgendwas mitbekommen, machen sich ihren eigenen Reim drauf, erzählen es im Freundeskreis oder in der Stammkneipe weiter, und dann kursieren schnell Gerüchte. Ist doch völlig normal, gerade hier im Saarland und erst recht in Spiesen-Elversberg.«

»Was sagt er denn?«, fragte Daniela.

»Wer?«

»Josch, wer sonst?«

»Nichts Konkretes. Er ist der Überzeugung, dass es der gleiche Täter war.«

»So schlau sind wir auch!«, entgegnete Daniela und schüttelte den Kopf.

»Josch war schließlich mal Teil eures Teams. Ist doch logisch, dass er sich Gedanken macht und mit seiner Erfahrung seine Schlüsse zieht.«

»Das stimmt allerdings. Ich hoffe nur, dass er sich raushält.«

»Was sollte er denn machen? Auf eigene Faust ermitteln? Das glaubst du doch selbst nicht!«

»Nein; dazu fehlen ihm die Hintergrundinformationen«, gab Daniela zu.

»Ich bin allerdings auch überrascht, dass ihr in den beiden Fällen nicht weiterkommt. Ich meine, es liegt auf der Hand, dass es zwischen den beiden Fällen Zusammenhänge gibt ...«

»Du wiederholst dich! Das Problem ist, dass Logik und Indizien zwei Paar Schuhe sind. Und jetzt will ich von dem Ganzen nichts mehr hören! Ab morgen früh werde ich mich oft genug damit beschäftigen müssen!«

»Einverstanden«, nickte Toni. »Ich schlage dir einen Deal vor.«

»Und der lautet wie?«, seufzte Daniela.

»Wenn diese beiden Fälle gelöst sind, trittst du kürzer und bereitest deinen Ruhestand vor.«

»Aha! Gegenleistung deinerseits?«

»Ich fahre mit dir von Oper zu Oper, quer durch die Republik.«

»Warum nicht rund um den Globus?«, fragte Daniela zynisch.

»Weil dafür ein Wochenende nicht ausreicht. Da müsstest du schon erheblich kürzertreten oder endgültig im Ruhestand sein.«

»Angenommen, ich lasse mich auf deinen Vorschlag ein. Nur mal angenommen, das ist nicht als Zusage zu verstehen! Immer nur Oper ist auch nicht das Gelbe vom Ei. Für meinen Ruhestand brauche ich ein ausfüllendes Hobby! Mein Problem: Ich habe keins! Zeitlebens habe ich mich mit Gerichtsakten und Rechtskram beschäftigt; nach Dienstschluss und an den Wochenenden, quasi rund um die Uhr. Das war und ist meine Welt. Ich wollte das so. Punkt aus und fertig! Wenn das vorbei ist, kann ich nicht für immer und ewig mit dir ausschließlich in Opern und Konzerten rumhängen! Da würde ich auf Dauer wahnsinnig werden.«

»Hast du eine Idee?«, fragte Toni.

»Nein, nichts Konkretes! Irgendwas Kreatives! Töpfern, Keramik, Malerei … Kunst im weitesten Sinne.«

»Wie wäre es mit der Schriftstellerei. Nach all den Berufsjahren hast du eine Menge zu erzählen. Du könntest alte Fälle anonymisieren und als Krimiautorin zu Papier bringen. Ich stelle mir das spannend vor.«

»Ach was! Noch so ein bescheuerter Krimiautor! Die beschreiben nie die Wirklichkeit! Die ist nämlich ziemlich langweilig. Wer interessiert sich schon für akribische Polizeiarbeit? Und krach, bumm, peng war noch nie mein Ding.«

»Dann als Sachbuch oder Doku. Warum sollte das nicht funktionieren? Ich denke, es wäre einen Versuch wert. Mit Josch als Co-Autor oder so.«

»Du hast Ideen!«, beendete Daniela die Diskussion. »Wir sind bald da. Bestell telefonisch schon mal einen Tisch. Ich habe nun doch ein bisschen Hunger.«

15

Mittwoch, 27. April

Die Ermittlungen zu den beiden Tötungsdelikten waren nicht nur schleppend verlaufen, sie waren bisher für das gesamte Team um Katja Reinert eine einzige Enttäuschung. Ein Durchbruch war auch anfangs der neuen Woche nicht in Sicht, dementsprechend wurde die Laune der Ermittler von Tag zu Tag schlechter. In gleichem Maße stieg der Druck, der auf ihnen lastete.

Am Mittwochmorgen änderte sich die Situation, worauf die Hauptkommissarin die Staatsanwältin telefonisch zu einem spontanen Informationsgespräch in ihr Büro bat.

»Hast du Zeit? Es gibt Neuigkeiten.«

»Klar«, antwortete Daniela Sommer. »Ich komme sofort. Ist es angebracht, noch jemanden hinzuzuziehen?«

»Das bleibt dir überlassen«, erklärte die Hauptkommissarin. »Ich für meinen Teil brauche sonst niemanden.«

»Okay, ich bin schon unterwegs.«

»Setz dich, Daniela«, bot Katja Reinert fünf Minuten später an und zeigte auf die Besucherecke. »Ich habe dir einen Kaffee besorgt.«

»Danke, sehr nett von dir. Es scheint eine größere Sache zu werden.«

»Das kann man so sagen«, bestätigte Katja Reinert, nahm ebenfalls Platz und legte ihre Unterlagen auf den kleinen Tisch.

»Geht es vorwärts?«, fragte die Staatsanwältin ungeduldig und trank von ihrem Kaffee.

»Der Reihe nach! Erstens haben wir endlich die kompletten Laborergebnisse der Rechtsmedizin bekommen. Das war vor etwa einer Stunde, ich habe das zuerst mit dem Team intern besprochen und das weitere Vorgehen abgestimmt. Zweitens haben auch unsere eigenen Ermittlungen endlich zu brauchbaren Ergebnissen geführt.«

Katja machte eine kleine Pause und trank einen Schluck Kaffee.

»Mach's nicht so spannend!«, forderte Daniela Sommer ungeduldig und sah die Hauptkommissarin erwartungsvoll an.

»An beiden Tatorten wurden DNA-Spuren sichergestellt, die nicht den Opfern zuzuordnen sind, was nicht automatisch heißt, dass sie vom Täter stammen müssen ...«

»Das ist nichts Neues«, warf die Staatsanwältin genervt ein.

»Richtig! Neu ist allerdings, dass sowohl am Turm wie auch an der Hütte DNA nachgewiesen werden konnte, die von der gleichen männlichen Person stammt.«

»Womit wir den eindeutigen Beweis haben, dass es zwischen den Taten einen Zusammenhang gibt!«

»Zumindest hatten beide Opfer einen Bezug zu der gleichen Person«, korrigierte die Hauptkommissarin

»Ist die fremde DNA irgendwo in unseren Datenbanken registriert?«, wollte die Staatsanwältin wissen.

»Das wird derzeit überprüft. Es dauert eine Weile, bis die Daten vollständig durchforstet sind.«

»Klar, verstehe!«, murmelte Daniela Sommer. »Klingt eher wie in einem schlechten Krimi.«

»Es gibt keine guten«, lachte die Hauptkommissarin.

»Toni meint, das könnte ich ändern«, warf Daniela Sommer plötzlich ein.

»Ha? Wie das jetzt?«, wunderte sich Katja Reinert.

»Ach nix. Er hatte bloß die fixe Idee, ich sollte Schriftstellerin werden.«

»Muss ich das jetzt verstehen?«

»Nein! Ist aber auch egal. Zurück zum Thema! Bevor wir diese Informationen nach oben weiterleiten, muss alles absolut sicher überprüft sein. Wir müssen wasserdichte Fakten haben, sonst ...«

»Völlig klar!«, unterbrach Katja. »Die Überprüfungen laufen auf Hochtouren. Mit mehr Personal ging's natürlich schneller, aber das Problem ist ja nicht neu.«

»Weiß ich, Katja; aber da fällt mir noch etwas anderes ein ...«

»Ich war zwar noch nicht fertig, aber okay, du zuerst.«

»Entschuldige! Ich habe unlängst in einem Fachreferat gelesen, dass über die DNA auch eine Altersbestimmung der zugehörigen Person möglich ist. In dem Beitrag ging es um die Altersfestlegung junger Asylanten, die keine Papiere haben. Soweit ich das einschätzen kann, ist die Methode bei uns in Deutschland juristisch noch nicht ausdiskutiert, allerdings bin ich in der Materie nicht tiefer gehend drin. Bohr bitte mal nach, ob ...«

»Habe ich schon! Nach derzeitigem Stand führt die Altersbestimmung über die DNA noch zu relativ ungenauen Ergebnissen. Mit einer Trefferquote von maximal neunzig Prozent kann eine Altersangabe mit einer Genauigkeit von plus minus fünf Jahren ermittelt werden.«

»Immerhin; das ist zwar vor Gericht nicht unbedingt verwertbar, aber uns könnte das weiterhelfen.«

»Genau! Ich habe eine Analyse daher über deinen Kopf hinweg angeordnet; außerdem analysieren die jetzt zusätzlich die Blutgruppenzugehörigkeit, schauen nach Gendefekten und weiteren Details. Das ist zwar kostspielig und dauert, aber ich hoffe, dass du das trotzdem im Nachhinein absegnest.«

»Klar! Kein Problem! Leg mir das bitte umgehend in die Mappe, damit sich die Kollegen nicht auf Formalitäten zurückziehen können. Selbstverständlich segne ich das ab.«

»Mache ich sofort.«

»Wir werden demnach hoffentlich bald ein ungefähres Täterbild vor uns haben. Alter, Blutgruppe und so weiter.«

»Ja. Wenn wir Glück haben, erfahren wir weitere Details. Natürliche Haarfarbe, Augenfarbe ... Wir durchforsten bereits alle Fotos aus den Nachlässen auf männliche Personen, die uns unbekannt sind. Vielleicht lässt sich das später mit den Ergebnissen weiter eingrenzen; wenn der Täter irgendwo abgelichtet ist, könnten wir ihn damit vielleicht später identifizieren.«

»Das wäre natürlich optimal! Gute Arbeit! Aber du sagtest eben, dass du noch etwas hast.«

»Genau! Sam hat in akribischer Kleinarbeit recherchiert, dass Fischer und Kleinschmitt eine Zeit lang im gleichen Ort, nämlich in Quierschied gewohnt haben. Das muss zwischen 1985 und 1990 gewesen sein. Einzelheiten würden jetzt zu weit führen, sind auch nicht relevant. Jedenfalls waren beide damals Jugendliche, beide etwa Anfang zwanzig ...«

»Fischer war etwas jünger als Kleinschmitt, oder?«

»Stimmt! Etwa drei Jahre«, bestätigte die Hauptkommissarin. »Es ist durchaus möglich, dass sich die Beiden aus ihrer Quierschieder Zeit kannten.«

»Ja, das ist durchaus möglich. Eine gemeinsame Clique oder im Verein; guter Ansatz!«

»Sam klopft jetzt noch einmal alle Bekannten, Vereine und andere mögliche Kontaktstellen ab. Vielleicht erinnert sich jemand.«

»Okay! Ich habe den Eindruck, der Neue macht sich ganz gut«, urteilte die Staatsanwältin.

»Das stimmt. Ich bin froh, dass ich ihn in meiner Truppe habe. Überhaupt: Es läuft ziemlich gut mit den neuen Kollegen.«

»Sie werden von dir auch gut geführt«, lobte Daniela Sommer. »Freut mich, mal was Positives zu hören. So, war es das? Ich meine, nicht dass du das falsch verstehst, das sind ja ziemlich viele Neuigkeiten, aber ich muss ...«

»Nee, schon klar! Im Schnelldurchgang war's das fürs Erste. Willst du die Informationen weitergeben, oder warten wir, bis wir Sicherheit haben?«

»Bis die bestätigten Ergebnisse vorliegen, kann es unter Umständen ein, zwei Tage dauern, so lange kann ich nicht warten; diese Neuigkeiten kann ich nicht zurückhalten. Ich verfasse eine Kurzinfo, mit Vorbehalt und streng vertraulich. Das genügt erst mal, damit sie sich nicht an die Öffentlichkeit wenden. Ich sage zu, dass wir die Bestätigung so schnell es geht nachliefern. Ist das in deinem Sinne?«

»Damit kann ich leben«, nickte die Hauptkommissarin.

»Super! Danke für die Info und melde dich umgehend, sobald du Genaueres weißt. Egal wann!«

»Sowieso! Aber, sag mal! Willst du wirklich Schriftstellerin werden?«

»Ach was! Toni hat manchmal merkwürdige Vorstellungen, wie ich später meinen Ruhestand gestalten könnte.«

»Verstehe! Aber was hast du wirklich vor? Ich meine, es ist schließlich nicht mehr ewig hin, bis du hier die Koffer packst. Da solltest du dir rechtzeitig einen Plan zurechtlegen.«

»Nun fang du nicht auch noch damit an!«, polterte Daniela. »Mir reicht's schon, wenn mir Toni damit ständig auf den Wecker geht.«

»Trotzdem wird es Zeit, dass du endlich Nägel mit Köpfen machst, finde ich!«

»Das musst ausgerechnet du sagen! Such dir endlich einen Lover, bevor du eine alte Schachtel wirst, wie ich eine bin.«

»Solange ich in diesem scheiß Präsidium rumhänge, wird das wahrscheinlich nichts werden«, stöhnte Katja.

»Pass auf! Wir lösen die beiden Fälle, dann sehen wir weiter«, entschied Daniela. »Danach wird etwas passieren! Versprochen!«

16

Donnerstag, 28. April

Am fortgeschrittenen Donnerstagnachmittag berief Katja Reinert eine Dienstbesprechung mit allen Ermittlern und der Staatsanwältin ein.

Mittlerweile war der Druck von oben derart groß geworden, dass Daniela Sommer nichts anderes übrig blieb, als auch die Oberstaatsanwaltschaft und den Polizeipräsidenten formell über das hausinterne Netzwerk zu der Besprechung einzuladen. Von dort kam allerdings keinerlei Reaktion, was wahrscheinlich darauf zurückzuführen war, dass die betreffenden Herrschaften sich bereits in den Feierabend verabschiedet hatten.

»Mir soll's recht sein«, kommentierte Daniela Sommer. »Ich habe sie informiert, mehr kann ich nicht tun. Morgenfrüh werden die zwar an die Decke gehen, aber die können mich mal!«

»Ich will mich kurzfassen!«, begann die Hauptkommissarin. »Wir werden heute zwar nichts mehr verreißen, aber ihr müsst vorab informiert sein, damit wir morgen gleich in die Gänge kommen. Also: Was haben wir?«

Katja Reinert berichtete zunächst, dass sich in der Zweitanalyse die bisherigen Ergebnisse bestätigt hatten. Kleinschmitt war am Tatort mit 99,9-prozentiger Sicherheit in Begleitung eines Mannes gewesen, dessen DNA auch am ersten Tatort nachgewiesen werden konnte; so viel stand fest. Dass er von dieser Person auch ins Jenseits befördert worden war, ließ die Spurenlage zwar offen, war aber höchstwahrscheinlich, denn es gab keinerlei Indizien, dass zum Tatzeitpunkt weitere Personen am Tatort zugegen waren.

»Ich brauche Unterstützung«, forderte Sam Wolff. »Um Kontaktpersonen in Quierschied zu ermitteln und zu befragen;

das ist eine riesen Kiste. Ich bin bisher nicht weitergekommen, es geht schleppend. Wenn ich endlich jemanden aufgetrieben habe, der damals dort gewohnt hat und heute im entsprechenden Alter ist, kann er sich an Details nicht mehr erinnern, weil es zu lange her ist, und die Leute …«

»Hast du ihnen Fotos gezeigt?«, wollte Ken Arndt sicherheitshalber wissen.«

»Logisch! Aber die Bilder zeigen Kleinschmitt und Fischer im fortgeschrittenen Alter, und nicht, wie sie damals ausgesehen haben. Jugendbilder haben wir in den Nachlässen nicht gefunden. Ich versuche, über die Schulen an Klassenfotos ranzukommen, aber das ist mühselig und zeitraubend …«

»Ist mir klar«, nickte die Dezernatsleiterin. »Ich kann dir allerdings niemanden zur Seite stellen. Jeder hat eine Aufgabe, mehr Leute haben wir einfach nicht. Sofern ich Luft habe, unterstütze ich dich, aber eine große Entlastung werde ich dir nicht sein können.«

»Gibt's Möglichkeiten aus anderen Abteilungen?«, hinterfragte die Staatsanwältin, wissend, dass es dort personell auch nicht besser aussah.

»Ich werde mich umhören«, sagte Katja Reinert, »aber das Ergebnis ist vorhersehbar. Freiwillig stellt kein Dezernat Personal ab. Bis das von oben durchgepaukt ist, sind wir alle wahrscheinlich bereits im Ruhestand. Und ob die sich zu einer Sonderkommission entschließen können, wage ich zu bezweifeln. Bei der Aussicht auf eine politisch motivierte Tat in beiden Fällen, wäre das wahrscheinlich was anderes, aber so? Jedenfalls nicht kurzfristig.«

»So wird's wohl sein!«, seufzte Staatsanwältin Sommer.

»Laut Zeugenaussagen wurden am Tatmorgen im Binsenthal zahlreiche Radfahrer beobachtet, die Beschreibungen sind vage, teils widersprüchlich«, kommentierte Kommissar Christian Goldstein. »Da ist nicht viel zu holen.«

»Wir haben die Farbe des Helms, des Sportdresses, Farbe und Typ des Fahrrades, und trotzdem gibt es keine Zeugenaussage, bei der alle Einzelheiten zusammenpassen«, erklärte die Hauptkommissarin. »Die Leute vergessen solche Momentaufnahmen in der Regel schnell. Halt dich nicht zu lange damit auf; es ist zielführender, wenn du Sam unter die Arme greifst.«

»Sagt die Gen-Analyse etwas über die Blutgruppe des Mannes am Tatort?«, fragte die Staatsanwältin.

»Darauf wollte ich gerade eingehen«, nickte Katja Reinert. »Die wahrscheinliche Blutgruppe wird mit B positiv angegeben.«

»B ist in der Gesamtverteilung eher selten«, erinnerte sich Ken Arndt.

»Ja; weniger als zehn Prozent der Gesamtbevölkerung haben in Deutschland diese Blutgruppe«, bestätigte die Hauptkommissarin.

»Habt ihr inzwischen die Hausärzte oder die Zahnärzte der beiden Opfer ausfindig machen können?«, unterbrach Daniela Sommer.

»Negativ«, informierte Goldstein. »Es gibt in den persönlichen Unterlagen keine Hinweise auf Behandlungen oder Arztbesuche. Nach Auskunft der Krankenversicherungen waren beide sehr selten beim Arzt und nie zweimal bei dem gleichen. In den Terminkalendern gibt es keine diesbezüglichen Eintragungen. Wir haben logischerweise keine Auskünfte erhalten, weswegen sie dort waren, aber es kann nichts Wesentliches gewesen sein. Kleinschmitt war zweimal bei unterschiedlichen Orthopäden; mehr ist aus den Informationen der Versicherungen nicht rauszuholen. Außer den üblichen Hausmitteln haben wir in den Hausapotheken auch nichts gefunden. Keine Auffälligkeiten!«

»Während der Pandemie auch nicht?«, wollte die Staatsanwältin wissen.

»Nein. Beide Opfer wurden zu unterschiedlichen Zeiten im Impfzentrum Neunkirchen geimpft; das geht aus den Impfpässen hervor.«

»Gibt's heutzutage noch Leute, die nicht zum Arzt gehen?«, wunderte sich Daniela Sommer.

»Allem Anschein nach schon!«, bestätigte Goldstein. »Nur der Vollständigkeit halber: In den Terminkalendern der Opfer gibt es keine verwertbaren Eintragungen. Meist nur Uhrzeiten und Namen. Bei Fischer sind es Politveranstaltungen, bei Kleinschmitt fast gar keine, nur ein paar Kundentermine.«

»Leute, wir haben nicht den geringsten Ansatz!«, meldete sich Ken. »Im Grunde bleibt uns nichts anderes übrig, als alle Personen ausfindig zu machen, die beide Opfer kannten. Einen anderen Weg sehe ich im Augenblick nicht.«

»Einverstanden!«, bestätigte Daniela Sommer. »Beenden wir das Gespräch an dieser Stelle und machen uns an die Arbeit! Wenn uns noch etwas einfällt, kommunizieren wir das, wie gehabt. Ich werde das nach oben weiterleiten; bin mal gespannt, was die morgenfrüh dazu zu sagen haben, und welche Ideen von dort kommen. Egal wie, lasst euch davon nicht aufhalten, wir machen weiter, wie besprochen. Meldet euch, wenn es was Neues gibt oder es irgendwo hakt. Machen wir für heute Feierabend! Schönen Tag noch, und danke für die Info!«

17

Freitag, 29. April

Gegen Mittag hatte Toni Danielas Anruf erhalten, in dem sie zu seiner großen Überraschung mitteilte, dass sie erst am Samstagmorgen zum ihm nach Spiesen kommen werde. Sie müsse ein dringendes außerdienstliches Gespräch mit Katja Reinert führen, weshalb sie sich am Abend in Saarbrücken mit ihr zum Essen treffen wolle. Da sie wahrscheinlich das eine oder andere Gläschen trinken werde, wollte Daniela in ihrer Wohnung übernachten und erst am nächsten Morgen zu ihm stoßen.

Um was es bei dem Gespräch mit Katja gehen sollte, hatte Daniela nicht erwähnt und Toni hatte auch nicht weiter nachgefragt. Stattdessen hatte er sich erkundigt, ob es Neuigkeiten bezüglich der ungelösten Mordfälle gebe, und Daniela hatte ihm von der neusten Entwicklung erzählt.

»Meine Güte!«, entfuhr es Toni. »Womöglich der gleiche Täter! Quierschied, sagtest du? Da war ich meinem ganzen Leben noch nicht!«

Das sei nicht weiter verwunderlich, hatte Daniela erwidert; Quierschied sei nun mal nicht gerade der Nabel der Welt.

Nach dem Telefonat überlegte Toni, wie er die frei gewordene Zeit am Rest des Tages sinnvoll nützen könnte und kam zu dem Schluss, sich das Gelände rund um den Galgenturm einmal genauer anzuschauen.

Aus dem Internet lud er sich die Pläne der Neukonzeption des Turmgeländes auf sein Handy, eine knappe Stunde später stand er am Fuße des Galgenbergturmes.

Toni war zuvor bereits einige Male hier oben gewesen, aber nun fiel ihm zum ersten Mal auf, an welch exponiertem Platz das Gelände lag, und was für ein grandioser Ausblick sich dem Besucher bot.

Andere Gemeinden würden sich die Finger nach so einem Ambiente lecken, und es war geradezu die Pflicht einer Gemeindeverwaltung, dieses Kleinod zu fördern und den Bürgern zugänglich zu machen.

Als er sich auf den Rückweg machte, beschloss Toni, kurz bei Josch vorbeizuschauen, und ihn und seine Frau Marion in einer anderen Angelegenheit um Rat zu fragen. Freitagnachmittags hatte Marion seiner Erinnerung nach frei, wodurch sich vielleicht die Gelegenheit bot, mit ihr alleine zu sprechen, ohne dass Daniela etwas mitbekam.

Eine halbe Stunde später, mittlerweile ging es auf sechszehn Uhr zu, war Toni vor Ort. Josch wuselte vor dem Haus herum und stellte Stühle, Bänke und Tische auf.

»Grüß dich, mein Bester!«, empfing Josch den unerwarteten Gast. »Kommst du zur blauen Bank? Bist ein bisschen zu früh dran!«

»Herrje, ich hatte völlig vergessen, dass ihr freitags immer eure Bürgerversammlung einberuft. Nee, dann komme ich besser ein anderes Mal wieder. Kein Problem!«

»Hast du einen Clown gefrühstückt, oder was? Hilf mir lieber, und dann setzt du dich zu mir. Bis die anderen kommen, dauert es noch eine Weile. Ich bereite nur schon alles vor, damit ich nachher keinen Stress habe.«

»Na ja, aber nur kurz«, gab Toni nach.

»Das sagen sie alle«, lachte Josch. »Am Ende bleiben sie doch bis nach Mitternacht!«

»Ich nicht! Sag mal, ist deine Frau da?«

»Marion?«, wunderte sich Josch.

»Hast du noch eine?«

»Oh Gott!«, stöhnte Josch. »Das fehlte mir gerade noch. Ich wundere mich nur, weil du noch nie nach ihr gefragt hast.«

»Ich brauche eine Auskunft von ihr.«

»Aha! Dann hoffe ich, dass du ausreichend Zeit im Gepäck hast. Ein Mann, ein Wort; eine Frau, ein Lexikon! Sie ist in der Küche und macht irgendeinen Salat oder so. Willst du rein oder soll ich sie rufen?«

»Betritt nie eine Küche, wenn die Hausfrau am Arbeiten ist!«, erklärte Toni feierlich.

»Du lernst schnell«, grinste Josch. »Ich ruf sie. Leg schon mal die Polster auf die Stühle, und hol die kleine Bank und den Glastisch hoch; steht alles hinterm Haus.«

Toni tat, wie ihm aufgetragen, und als er mit dem letzten Teil vor dem Haus erschien, saßen Marion und Josch bereits auf der blauen Bank.

»Hallo Toni«, grüßte Marion. »Wo hast du denn deine bessere Hälfte?«

»Die steht vor dir! Hallo Marion! Im Übrigen sieht die andere Hälfte genauso aus.«

»Ich meine Daniela! Willst du ein Bier oder Crémant?«

»Ein Glas Crémant wäre mir lieber; danke. Daniela trifft sich mit einer Kollegin zum Plausch!«

»Soso! Kollegin! Na gut! Was willst du mich denn fragen, herzallerliebster Toni? Geht es um ein Geschenk oder brauchst du einen Ratschlag, wie du Daniela ins Standesamt zerren kannst?«

»Weder noch! Das heißt: Indirekt hängt es damit zusammen, andererseits aber auch nicht.«

»Dass ihr Männer euch immer so kompliziert ausdrücken müsst«, seufzte Marion.

Toni und Josch brachen in schallendes Gelächter aus, bis ihnen die Tränen in die Augen traten.

»Der war gut, Schatz«, urteilte Josch schließlich und prostete Toni zu, worauf auch Marion zu ihrem Getränk griff.

»Ihr seid doof!«, murmelte sie.

»Nein, im Ernst«, fuhr Toni fort, »es geht um ein Hobby, wenn Daniela nächstes Jahr in den Ruhestand geht. Sie will etwas Kreatives machen, weiß aber nicht genau, was das sein könnte. Du bist künstlerisch vielfältig unterwegs, was denkst du, was sie machen könnte? Du malst selbst … oder meinst du, eher was Musikalisches? Du bist bei der Musikschule beschäftigt, da hast du sicher einen Überblick, was zu Daniela passen könnte.«

»Du hast vielleicht Vorstellungen!«, ereiferte sich Marion ohne Vorwarnung. »Du kannst für Daniela kein Hobby aussuchen, wie man ein Haustier für die Kinder auswählt. Das muss einzig und alleine von ihr selbst kommen! Also ehrlich: Wie soll ich wissen, was ihr Spaß machen könnte?«

»Ich dachte, dass du als Frau sie besser einschätzen kannst«, versuchte Toni eine Rechtfertigung. »Ist vielleicht unlogisch, aber ich hoffte auf eine Idee.«

»Idee, Idee! Nein, ich habe keine, und ich will auch nicht die Vermittlerin sein. Nachher geht es schief, und ich bin dran schuld!«

»Verstehe ich sogar! Schade!«, erklärte Toni enttäuscht. »Aber gut, dann will ich auch nicht weiter stören.«

»Jetzt groll nicht rum!«, intervenierte Josch. »Ein bisschen Zeit wirst du wohl noch haben.«

»Das war von mir nicht böse gemeint, Toni«, versuchte Marion zu beschwichtigen, weil sie merkte, dass ihre Reaktion etwas zu forsch ausgefallen war. »Aber man kann für einen anderen keine Ruhestandsbeschäftigung aussuchen. Vielleicht hat sie Interesse an einem Ehrenamt. Seniorenbetreuung oder so.«

»Das hat sie mit Toni auch ohne Ehrenamt«, feixte Josch.

»Danke Kamerad!«, knurrte Toni.

»Macht was zusammen«, schlug Marion vor. »Tanzclub, Wanderverein …«

»Wandern kann ich auch ohne Verein«, blockte Josch ab, was Toni mit einem Nicken bestätigte.

»Genau! Und beim Tanzen mache ich bereits zeitlebens eine schlechte Figur; mir fehlt jegliches Taktgefühl«, erklärte Toni.

»Nach Überzeugung meiner Frau sind Männer per se taktlos«, funkte Josch erneut dazwischen.

»Jetzt bleib mal ernst!«, maßregelte Marion ihren Gatten. »Das kann man lernen; wo ein Wille ist, findet sich auch ein Weg.«

»Tanzschule, ich weiß«, seufzte Toni. »Und dann? Ein paar Wochen nach dem Kurs kannst du gar nix mehr, weil es keine Gelegenheit gibt, das Erlernte in die Praxis umzusetzen. Habe ich alles schon hinter mir.«

»Das ist natürlich ein Argument«, gab Marion zu. »Zu meiner Zeit konnten wir noch tanzen gehen, das gibt es heute kaum noch; und die Pandemie hat dem Ganzen den Rest gegeben. Wir waren früher beim Walter Lui in Neunkirchen oder im Roma! Boccacio in Uchtelfangen, das Thomé in Quierschied …«

»In Quierschied?«, staunte Toni, der sich an Danielas Bemerkung zu diesem Ort erinnerte. »Da gab es ein Tanzcafé?«

»Ja, ja; und das war super! Immer gerammelt voll und super Musik! Würde mich interessieren, ob es das noch gibt. Wohl eher nicht.«

»Ich weiß noch, dass dort die Mädels immer im Rudel aufgetaucht sind; die Jungs auch und dann ging das Schaulaufen los. Pfauentanz und Hühnergegacker!«, lachte Josch. »Mein Gott, was waren wir bescheuert!«

»Waren?«, intervenierte Marion. »Sag bloß, du warst als junger Mensch im Thomé?«

»Doch, war ich, aber selten.«

»Wann war das?«, wollte Toni wissen.

»Gefühlt gleich nach dem zweiten Krieg«, antwortete Josch. »Tja, wann war das …«

»Bei mir war das 73/74, schätze ich«, erklärte Marion. »Das war die Zeit vom Disco-Fox. Bis zum Abwinken. Willst du noch einen Crémant, Toni?«

»Nein, danke; ich mache mich jetzt auf den Weg.«

»Richte Daniela einen schönen Gruß aus. Ich muss mich jetzt um den Salat kümmern«, sagte Marion und verschwand ins Haus.

»Schön, dass du mal wieder vorbeigeschaut hast«, meinte Josch. »Gibt's bei Daniela etwas Neues über die beiden Tötungsdelikte?«

»Anscheinend kommt langsam Bewegung in die Geschichte«, antwortete Toni und plauderte aus, was Daniela ihm am Telefon über die Opfer, deren Herkunft und übereinstimmende DNA erzählt hatte.

»Großer Gott!«, entfuhr es Josch, als sein Gegenüber geendet hatte. »Das ist in der Tat kurios. Da werden die Kollegen heftig am Rotieren sein.«

»Ja, die sind ziemlich im Stress«, bestätigte Toni.

Danach gingen die beiden auf das Thema nicht weiter ein, aber in Joschs Gedanken brodelte es weiter.

18

Samstag, 30. April

Der Krieg in der Ukraine und einige aktuelle Corona-Infektionen in der Siedlung hatten die Lust auf ein ausgedehntes Maifest merklich getrübt.

Der Tanz in den Mai sollte in diesem Jahr entfallen, so jedenfalls hatten es die Frauen aus Joschs Nachbarschaft am Freitagabend kurzfristig festgelegt.

Marion und Josch beschlossen stattdessen, dem Stellen des Maibaums vor dem Rathaus beizuwohnen. Die Veranstaltung war in der Zeitung angekündigt, mit dem Hinweis, dass hinterher für das leibliche Wohl der Bevölkerung bestens gesorgt sei. Marion hatte für sich entschieden, dort im Hexenkostüm zu erscheinen, musste jedoch noch schauen, ob sie das richtige Outfit in ihrem Fundus auftreiben konnte.

Für Josch stand jedenfalls fest, dass er seine Frau an diesem Samstag tagsüber so wenig wie möglich stören durfte. Am frühen Nachmittag würde sie sich für das Maibaumstellen fertig machen und Josch ständig damit nerven, seine Meinung zu ihrem Outfit äußern zu müssen, was wie immer letztendlich im Streitgespräch enden würde. Es war daher besser, wenn er sich rechtzeitig aus dem Staub machte. Irgendwo in der Nähe würde mit Sicherheit ein Fußballspiel stattfinden, das als Ausrede herhalten könnte.

Marion war mit sich und der Vorbereitung ihrer Metamorphose zur Hexe derart beschäftigt, dass sie Joschs Flucht nur am Rande mitbekam. Sein »Bin bald wieder da, bin auf dem Sportplatz« nahm sie kommentarlos hin.

Erleichtert, keine banalen Erklärungen abgeben zu müssen, brauste Josch kurz vor 14 Uhr durch die Siedlung und bog auf der Hauptstraße in Richtung Elversberg ab.

Im Bereich der Kaiserlinde war der Teufel los, weil die Elversberger auf ihrem Weg zur Meisterschaft und dem damit verbundenen Aufstieg in die dritte Liga viele Zuschauer anlockten. Josch störte es nicht weiter, dass er wegen des Spiels eine Umleitung nehmen musste, denn die Sportarena war ohnehin nicht sein Ziel. Ihn zog es nach Quierschied, in der Hoffnung, dort eine Antwort zu erfahren, ob es das Café-Thome noch gab oder was daraus geworden war. Dass der Laden um die Zeit geöffnet war, war nicht unbedingt zu erwarten, aber irgendetwas würde sich vielleicht ergeben, und diese Aussicht war besser, als Zoff mit der eigenen Frau zu bekommen.

Zwanzig Minuten später erreichte er Quierschied und hatte Mühe, sich zu orientieren. Seit er zum letzten Mal in diesem Ort gewesen war, waren viele Jahre vergangen, mittlerweile sah es hier völlig anders aus, als er das in Erinnerung hatte. Das Einzige was sich nicht geändert hatte, war das bucklige auf und ab der Straßenführung. Noch schlimmer als in Spiesen-Elversberg, dachte Josch, und versuchte, sich am Routenplaner zu orientieren.

Marienstraße 16, hatte er recherchiert. Heutiger Name Club Eventum.

Die Marienstraße und der Rest des Ortes wirkten wie ausgestorben, was für einen Samstagnachmittag nicht ungewöhnlich war. Es gab Parkplätze en masse, und als das Navi meldete, dass er am Ziel sei, hielt Josch in einer Parkbucht, stieg aus und entdeckte in unmittelbarer Nähe ein Eiscafé über dem der Name Café Thomé prangerte. Beim Blick durch das Schaufenster war allerdings klar, dass der Laden geschlossen hatte. Links vom Eingang gab es eine weitere Tür, die eher an ein Werkstor erinnerte, rechts davon eine Klingelleiste mit dem verlotterten Schriftzug Club Eventum.

Allem Anschein war durch diese Tür schon lange kein Gast mehr eingetreten; Spinnweben und Staubwedel hatten sich breitgemacht. Zurück vor dem Schaufenster spähte Josch in den Innenraum. Drinnen stand das Mobiliar einsam im Raum, auch hinter der Theke war kein Lebenszeichen zu entdecken.

»Das war eine Metzgerfahrt«, murmelte Josch. »Aber egal, jetzt weiß ich wenigstens Bescheid.«

»Da ist immer noch zu!«, ertönte eine Stimme, worauf Josch sich nach der Quelle des Zurufs umschaute.

Im Nachbargebäude hatte am geöffneten Fenster des ersten Stockes ein Mann Stellung bezogen, die Arme auf einem Kissen gestützt; er hatte augenscheinlich die ganze Straße im Visier.

»Ah, guten Tag der Herr«, grüßte Josch und musterte den Mann eingehend.

Er war in etwa in seinem Alter, hatte ein freundliches Gesicht und eine Stirnglatze.

»Tach zurück«, erwiderte der Mann. »Da war gestern bereits ein Kollege von Ihnen und hat spioniert.«

»Ach ja? Merkwürdig!«

»Sie sind bestimmt auch von der Polizei, oder?«, fragte der Mann.

»Was für ein Kollege war das denn?«, wollte Josch wissen, um sich vor einer eindeutigen Antwort zu drücken, die ihm unter Umständen eine Anzeige wegen Amtsanmaßung eingebracht hätte.

»Den Namen habe ich vergessen, er war aber von der Polizei. Ein junger Kerl. Könnte vom Alter her Ihr Sohn gewesen sein. War wohl der Lehrbub.«

»Ganz recht!«, bestätigte Josch, um sich weitere Erklärungen zu sparen. »Hat mal wieder nicht Bescheid gesagt. Jetzt bin ich umsonst gekommen.«

»Ja, ja, die Jugend«, lachte der Mann. »Aber mal ehrlich: Wir waren auch nicht besser.«

»Da haben Sie wohl Recht!«, nickte Josch. »Haben Sie mit ihm gesprochen?«

»Na klar! Ich kriege nämlich alles mit, was hier passiert. Er wollte ins Café, und da habe ich ihm erklärt, dass da zurzeit tote Hose ist. Und im Eventum schon lange ... also er hat wohl gewusst, dass hier früher mal 'ne Disco war ... ich habe ihm erklärt, dass das lange vor seiner Zeit war, und die Bude seit Langem geschlossen ist. Die haben zwar versucht, den Laden zu reanimieren, aber dann kam Corona und das war es dann endgültig.«

»Das kann ich mir denken«, entgegnete Josch, dessen alter Ermittlerinstinkt nun endgültig geweckt war. »Hat er sonst noch was gefragt?«

»Er wollte wissen, seit wann das Thomé zu hat.«

»Und? Als ich das letzte Mal hier war, war es jedenfalls noch geöffnet.«

»Guter Mann! Das muss eine Ewigkeit her sein! Mindestens dreißig Jahre! Nee, mehr! Neunundachtzig hat das Thomé dichtgemacht. Wie viele andere auch in der Umgebung.«

»Oh Gott, dann sind das ja schon fast fünfzig Jahre her«, seufzte Josch. »Da kannst du mal sehen, wie die Zeit vergeht! Übrigens: Waren Sie selbst früher Stammgast in dem Schuppen? Wohnen Sie immer schon hier?«

»Ich bin in diesem Haus geboren, und wenn Gott will, werde ich hier auch sterben«, erklärte der Mann am Fenster. »Das Thome war so was wie meine zweite Heimat. Meine Kumpels und ich waren fast jeden Tag drin. Super Musik und die Mädels ... aber immer anständig! Wir haben noch gewusst, wo unsere Grenzen sind. Na ja, fast! Das ist heute bei den Jungen leider nicht mehr so!«

»Das waren andere Zeiten«, beschwichtigte Josch. »Dann kannten Sie wohl Jeden und Jede, die hier ein- und ausgegangen sind?«

»Kann man so sagen. Nicht alle, aber die meisten!«

»Ich habe noch eine Frage, Herr ...«

»Emich, mein Name. Mir gehört das Haus. Was wollen Sie denn noch wissen? Und warum interessiert ihr euch plötzlich alle für das Thomé? Da passiert seit Jahren überhaupt nichts mehr.«

»Das ist nicht einfach zu erklären, Herr Emich. Schon gar nicht aus dieser Entfernung.«

»Ich kann Sie aber nicht reinlassen, weil gleich die Sportschau im Dritten anfängt! Die ist mir heilig!«

»Verstehe ich vollkommen. Muss auch nicht sein. Sagen Sie: Haben Sie zufällig Fotos von damals?«

»Zufällig? Ich habe ganze Alben! So was wirft man nicht weg, da steckt meine halbe Jugend drin!«

»Hat mein Kollege die gesehen?«, fragte Josch perplex.

»Nee, danach hat er nicht gefragt. Er ist gleich wieder abgedüst. Die jungen Leute von heute haben keine Zeit mehr.«

»Sie sind vielleicht lustig! Woher hätte er denn wissen sollen, dass Sie ein ganzes Archiv im Schrank haben?«

»Auch wieder wahr! Aber ich will jetzt wissen, weshalb das alte Thomé plötzlich so interessant ist.«

»Wie ich schon sagte: Es ist kompliziert! Mein Kollege wird Ihnen das erklären, wenn er wiederkommt. Ich darf ihn doch zu Ihnen schicken, damit er sich die Fotos anschauen kann?«

»Von mir aus! Soll sich aber telefonisch anmelden, damit ich zu Hause bin.«

»Welche Nummer?«, fragte Josch.

»Steht im Telefonbuch. Emich, Heinz. Gibt's hier nur einmal. So, jetzt muss ich rein, die Sportschau ruft.«

»Ja, gut; dann viel Vergnügen, Herr Emich. Machen Sie's gut! Mein Kollege meldet sich nächste Woche bei Ihnen.«

Emich nickte, verschwand und schloss das Fenster. Josch kehrte zu seinem Wagen zurück und notierte sicherheitshalber den Namen des Fensterguckers. Immerhin war das etwas, womit die Kollegen vom LKA, genauer gesagt, die ehemaligen Kollegen, vielleicht etwas anfangen konnten.

Josch hatte keine Ahnung, wer der junge Mitarbeiter vom Kommissariat gewesen war und ob er überhaupt zu Katja Reinerts Truppe gehörte, aber das herauszufinden, sollte kein Problem sein. Er kannte die neuen Mitarbeiter zwar nicht einmal dem Namen nach, aber ein Anruf beim Pförtner, seinem ehemaligen Kollegen Robert, würde genügen.

Josch fuhr noch eine Weile durch die Gegend, aß an einem Imbissstand eine Rostwurst und verfolgte im Radio die aktuellen Spielergebnisse der Fußballligen, um gegebenenfalls Auskunft über seinen vorgeschobenen Sportplatzbesuch erteilen zu können.

19

Montag, 2. Mai

Als Josch am Montag aus den Federn kroch, war Marion bereits zur Arbeit gefahren.

Nun saß er alleine am Frühstückstisch, hatte bereits alle Neuigkeiten aus der Online-Zeitung studiert und fragte sich, wie er den Rest des Tages sinnvoll gestalten könnte.

Sein Aufgabenpaket, das Marion ständig aktualisierte, beinhaltete vor allem Gartenarbeiten mit allem Drum und Dran, was zur Vorbereitung der Sommersaison üblich war. Josch beschloss einstimmig, dass die Abarbeitung der Liste warten konnte. Anfang Mai, da war noch genug Zeit, kein Grund zur Hektik!

Zunächst war wichtig, die Kollegen vom LKA mit den Informationen aus seinem Besuch in Quierschied zu füttern. Josch griff zum Telefon und wählte die Nummer des Pförtners.

»Grüß dich, Robert! Hier ist Josch! Und? Immer noch nicht im Ruhestand?«

Robert Eisinger war beim LKA eine Institution. Er ging mittlerweile auf die Siebzig zu, war aber nicht zu bewegen, endlich in den Ruhestand zu gehen. Das einzige Zugeständnis, das er sich abringen ließ, war eine Reduzierung seiner Arbeitszeit, aber selbst die fand eigentlich nur auf dem Papier statt. Das LKA war sein Leben, seine Frau war ihm schon lange weggelaufen; jeder kannte ihn und alle schätzen seine freundliche Art, er hatte für jeden stets ein nettes Wort übrig. Er war mehr als nur der Pförtner, sondern eine Art liebenswertes Maskottchen, und selbst die bürokratische Personalabteilung wollte nicht an seiner Personalie rütteln, weil klar war, dass eine Zwangspensionierung von Robert Eisinger sich zu einem internen Tsunami der Emotionen entwickeln konnte.

»Ach, der alte Josch!«, freute sich Robert. »Gibt es dich auch noch, altes Haus! Hast dich lange nicht mehr blicken lassen, mein Freund. Bist ja jetzt verheiratet, da kannst du wohl nicht mehr so, wie du willst? Ich bin froh, dass ich meine los bin! Aber die alten Freunde vergisst man nicht; wieso kommst du nicht mal vorbei?«

»Ach, Robert! Bevor ich mir wieder einen Rüffel von der Staatsanwältin einfange, bleibe ich lieber weg!«, antwortete Josch, erkundigte sich nach Roberts Gesundheit und Neuigkeiten aus dem LKA.

Eisinger erzählte und erzählte, allerdings war kaum etwas dabei, was Josch interessierte. Als Eisinger schließlich eine kurze Pause machte, ergriff Josch die Gelegenheit.

»Sag mal, Robert! An meiner alten Wirkungsstätte gibt es, soweit ich weiß, zwei neue Kollegen. Wer ist das eigentlich? Ich meine, wie heißen die?«

»Der eine ist Oberkommissar Sam Wolff, der andere heißt Goldstein. Christian Goldstein, Kommissar. Die Reinert hofft, dass jetzt endlich mal Ruhe einkehrt. Andauernd neues Personal ist ja auch nicht …«

»Gib mir bitte mal die Durchwahl von den beiden Neuen«, unterbrach Josch. »Ich muss da was abklären.«

»Kein Problem«, erwiderte Eisinger sofort und gab die Nummern durch. »Soll ich dich zu Wolff durchstellen? Der Goldstein hat nämlich gerade eben das Haus verlassen.«

»Noch besser!«, erklärte Josch. »Danke dir, Robert. Vielleicht komme ich demnächst tatsächlich mal vorbei. Dann bringe ich dir ein paar von deinen Lieblingszigarren mit.«

»Übernimm dich nicht! Die Dinger sind mittlerweile sauteuer geworden. Moment, ich stell dich durch! Mach's gut, Josch! Bis dann!«

Es klickte und nach einer Weile meldete sich der Oberkommissar.

»Wolff; was kann ich für Sie tun?«

»Guten Morgen. Mein Name ist Schaum, ich …«

»Ich weiß, wer Sie sind«, lachte Wolff. »Robert hat geplaudert. Ein ehemaliger Ermittler! Um was geht es denn, Herr Hauptkommissar a.D.?«

»Zunächst mal danke für die Zeit! Frage vorab: Waren Sie vorige Woche in Quierschied, oder war das der Kollege Goldstein?«

»Nee, das war ich; warum?«

»Prima, da habe ich ja gleich den Richtigen am Apparat! Klingt vielleicht albern, aber ich wäre Ihnen dankbar, wenn dieses Gespräch unter uns bleiben könnte. Sonst drehen die Staatsanwältin oder Ihre Chefin gleich wieder am Rad!«

»Das kann ich nicht versprechen! Kommt drauf an, um was es geht!«

»Kann ich verstehen, aber es ist nicht ganz einfach. Ich war Samstagnachmittag zufälligerweise auch in Quierschied; am ehemaligen Tanzcafé und da habe ich …«

Josch erzählte von seinem Gespräch mit Heinz Emich und der Tatsache, dass der Mann über ein Fotoarchiv verfügt, das möglicherweise hilfreich sein könnte. Zudem erklärte Josch, wie er zu den Informationen über die beiden Tötungsdelikte gekommen war, legte aber Wert auf die Feststellung, dass sein Besuch in Quierschied reiner Zufall gewesen sei. Ob ihm der Oberkommissar das abnahm, war Josch erst mal egal.

»Ich denke mir halt: Wenn jemand etwas über diesen Kleinschmitt wissen könnte, dann Herr Emich; zumindest könnte er Kontakte aufzeigen. Und falls das erste Opfer ebenfalls dort unterwegs war, könnte …«

»Sie wissen eine ganze Menge! Anscheinend kommt jetzt der ehemalige Ermittler in Ihnen wieder hoch; verständlich nach so vielen Dienstjahren. Okay, danke für die Info«, entgegnete Wolff freundlich, als Josch geendet hatte. »Ich nehme gerne Kontakt mit dem Mann auf. Aber Sie halten sich aus der Sache raus!«

»Selbstredend! Und Sie erwähnen meinen Namen intern nicht!«, forderte Josch im Gegenzug.

»Sind Sie damals im Streit hier ausgeschieden?«, fragte Wolff nach. »Das würde mich wundern, denn hier reden alle in guter Erinnerung von Ihnen.«

Josch musste etwas ausholen, um dem jungen Beamten zu erklären, dass er sich nach seiner Pensionierung aus Sicht der Staatsanwältin einmal zu viel eingemischt und damit die ehemaligen Kollegen verärgert hatte.

»Das passiert mir nicht noch einmal«, schloss er. »Andererseits kann ich möglicherweise wichtige Informationen nicht zurückhalten, nur damit ich keinen Ärger bekomme.«

»Verstehe«, erwiderte Wolff. »Mal sehen, ob sich etwas ergibt.

»Es wäre nett, wenn Sie mich über das Ergebnis Ihrer Recherche informieren würden«, bat Josch.

»Lieber nicht! Wenn etwas dabei rauskommt, werden Sie das über Ihre Beziehungen bestimmt erfahren.«

»Gut möglich. Na ja, vielleicht komme ich demnächst mal bei euch vorbei; Gruß an die ... oder nee, besser nicht. Viel Erfolg und Tschüss.«

»Auf Wiederhören, und bleiben Sie gesund, Herr Schaum!«

Josch war mit dem Verlauf des Gespräches sehr zufrieden; besser hätte es kaum laufen können.

Jetzt war es an der Zeit, sich dem Aufgabenkatalog von Marion zu widmen. Rasen mähen stand ganz weit oben, aber Josch beschloss, dass es dafür noch zu früh war. Außerdem hatte er keine Lust dazu; der Aufbau der Hollywoodschaukel war wichtiger, und die Liegen und Gartenmobiliar konnten ebenfalls warten. Der Mensch braucht nun mal seine Ruhelager.

Notfalls musste Marion später drum herum mähen!

20

Erste Maiwoche

Nach dem Telefonat mit dem Hauptkommissar im Ruhestand überlegte Sam Wolff lange, was er von diesem Anruf halten sollte.

Einerseits hatte er keine Lust, Schaums Versteckspiel mitzumachen und sich auf die Vorschläge des alternden Mannes einzulassen, andererseits war er selbst mit seinen Ermittlungen seit Tagen keinen Schritt weitergekommen und hatte keine Idee, wie er schneller zum Erfolg kommen könnte. Der Druck auf das Team wuchs von Tag zu Tag, und die Stimmung wurde immer schlechter.

An den Mann am Fenster des Hauses neben dem Café konnte Sam sich nur dunkel erinnern, jetzt hatte er den Namen und die Kontaktdaten und damit die Möglichkeit diese angeblichen Fotos zu durchforsten. Ob das was bringen würde, war zu bezweifeln, andererseits musste er nach jedem Strohhalm greifen, der sich ihm anbot. Außerdem wäre es ein Risiko, es nicht zu tun, denn nachher würde ihn der ehemalige Hauptkommissar womöglich in die Pfanne hauen und dann …

»Scheiß drauf!«, murmelte der junge Oberkommissar vor sich hin. »Was soll's? Ich ruf da jetzt an! Weniger als nix kann nicht dabei rauskommen!«

Heinz Emich wusste sofort, um was es ging, als Wolff sich mit Namen und Dienstgrad bei ihm meldete. Sie vereinbarten einen Termin noch am gleichen Tag.

»Aber nicht vor 14 Uhr und nicht nach 17 Uhr!«, hatte Emich erklärt. »Bis zwei halte ich Mittagsschlaf und um fünf kommt meine Serie im Fernsehen!«

»Also gut«, hatte Wolff festgelegt, »ich bin kurz nach zwei Uhr bei Ihnen.«

Nun saß er im Wohnzimmer von Heinz Emich und nahm einen Schluck von dem Kaffee, den sein Gastgeber serviert hatte.

»Ganz schön viel, was Sie da zusammengetragen haben«, sagte Sam und deutete auf den Stapel Fotoalben, die Emich auf dem Tisch drapiert hatte. »Welchen Zeitraum umfassen die denn?«

»Die Eröffnung war in den Siebzigern, ich war als junger Bursche quasi Stammgast seit der ersten Stunde. Das ging bis 1989, dann ging es den Bach runter, wie überall, als die Groß-Discos aus dem Boden sprießten. 2015 ging es dann wieder los, aber es war nicht mehr das, was es früher mal war, und ich war aus dem Alter raus, wo ...«

»Welche Alben sind die von der ursprünglichen Nutzung bis 1989?«, wollte Sam wissen.

»Die beiden roten«, erklärte Emich. »Der blaue ist von noch früher, als ich ein Kind war; der grüne von später.«

»Dann schauen wir uns die roten an«, entschied der Oberkommissar.

»Kein Problem, aber wonach suchen Sie eigentlich?«

»Nach Fotos, auf denen diese beiden Männer abgebildet sind, oder einer von ihnen«, erklärte Sam Wolff und zog die Passbilder der beiden Opfer aus der Jackentasche. »Diese Aufnahmen sind ein paar Jahre alt. Wie die Herren vor dreißig oder vierzig Jahren ausgesehen haben, wissen wir nicht, aber vielleicht können wir sie anhand von Ähnlichkeiten entdecken.«

»Haben Sie die Namen der beiden?«, fragte Emich.

»Ja. Das hier ist Alexander Fischer, der andere heißt Lars Kleinschmitt.«

»Das ist zwar lange her, aber den hier habe ich vielleicht schon mal gesehen. Alex! Ja, ich glaube, der ist damals auch dabei gewesen. Moment, ich habe die Alben hundertmal durchgeblättert, ich finde es bestimmt schneller, wenn ich selbst ...«

»Nee, lassen Sie mal«, intervenierte der Oberkommissar. »Wir gehen die Fotos systematisch durch, und Sie sagen mir, wenn dieser Alex dabei ist.«

»Von mir aus«, brummte Emich. »Wenn Sie glauben, dass es dadurch schneller geht!«

Die beiden Männer vertieften sich in das erste Album und gingen die Fotos Seite für Seite durch. Emich murmelte ständig vor sich hin, zeigte auf das eine oder andere Bild und gab Kommentare ab, die Sam Wolff nicht zuordnen konnte. Das änderte sich, als Emich auf ein Bild zeigte, das eine Gruppe von drei Männern und zwei Frauen zeigte, die auf einer hufeisenförmigen Sitzecke mit roten Polstern saßen, davor ein ovaler Tisch mit zahlreichen Gläsern und Flaschen.

»Der hier!«, rief Emich freudig aus und zeigte auf den jungen Mann am rechten Bildrand. »Das ist der Alex; der war damals oft hier.«

»Wissen Sie, wie der mit Nachnamen hieß?«, fragte der Oberkommissar und stellte fest, dass die betreffende Person durchaus Ähnlichkeit mit dem Opfer vom Galgenbergturm hatte, sofern man genug Fantasie hatte, den jungen Mann im Geiste einige Jahrzehnte altern zulassen.

»Nee; das hat damals auch niemanden interessiert. Der stammte meiner Erinnerung nach nicht hier aus dem Ort; war glaube ich zugezogen. Wissen Sie, die alteingesessenen Familien kenne ich fast alle und …«

»Schon klar«, unterbrach der Oberkommissar. »Wer sind die Anderen? Kennen Sie die auch?«

»Daneben, das ist Maike, dann kommt Larry, und neben ihm, das ist die Susi. Den dritten Burschen kenne ich nicht.«

»Nachnamen haben Sie von denen wahrscheinlich auch nicht«, befürchtete Sam Wolff.

»Keine Ahnung! Die Mädels stammten jedenfalls auch nicht aus Quierschied, aber die kamen oft zusammen. Heiße Feger, das kann ich Ihnen sagen. Wenn die auf der Tanzfläche waren, ging die Post ab! Einmal da hatten wir …«

»Okay, kann ich mir denken. Was ist mit diesem Larry?«

»Der stammte ursprünglich aus Quierschied; eigentlich hieß der Lars, aber alle nannten ihn Larry. Die Familie hat nicht weit von hier gewohnt, ist dann aber nach Lummerschied gezogen. Der Alte hat angeblich irgendwelche krummen Dinger gedreht, aber Genaues haben wir nie erfahren. Ziemlich chaotische Familie … jedenfalls waren sie dann irgendwann weg. Bevor Sie fragen: Nein, an den Familiennamen kann ich mich nicht erinnern; beim besten Willen nicht!«

Als der Oberkommissar den Namen Lars hörte, gingen bei ihm alle Warnlichter an.

»Wie ging es mit Larry weiter?«, fragte er.

»Was aus dem geworden ist, weiß ich nicht. Er war nicht sonderlich beliebt. Ein aufgeblasenes Großmaul. Hat ständig versucht, zu schnorren, das kam nicht gut an.«

»Schnorren?«, fragte der Oberkommissar, der mit dem Ausdruck nichts anfangen konnte.

»Schnorren! Das kennen Sie nicht?«, wunderte sich Heinz Emich und lachte spöttisch. »Ja sagen Sie mal! Das gibt's doch nicht! Schnorren! Hast du mal 'ne Kippe für mich? Gibst du einen aus? So was oder in der Art. Aber selbst nie einen ausgeben. Das ist schnorren! Jetzt klar?«

»Absolut! Ja, solche Leute kenne ich auch; kann ich absolut nicht ausstehen!«

»Sehen Sie! Und so einer war der Larry!«

»Dann hatte der wohl auch nicht viele Freunde?«, hinterfragte der Oberkommissar.

»Nee. Erst recht nicht bei den Mädels; kann man sich logischerweise vorstellen.«

»Und wieso war er dann dabei? Ich meine: Auf dem Foto sieht alles ziemlich harmonisch aus, oder?«

»Keine Ahnung! Der Alex hatte den manchmal im Schlepptau; ich weiß auch nicht warum.«

»Wann wurde dieses Foto gemacht?«, fragte Sam Wolff.

»Ich denke, so gegen Ende vom Thomé«, spekulierte Emich. »Achtundachtzig, neunundachtzig, schätze ich; kann aber auch etwas früher gewesen sein.«

»Vielleicht steht auf der Rückseite, wann das Bild entwickelt wurde.«

»Ah, ja; gute Idee! Moment, ich versuche mal, das Foto vorsichtig abzulösen.«

»Woher die beiden jungen Frauen stammen und was aus ihnen geworden ist, wissen Sie nicht zufällig?«, fragte Wolff, während sich sein Gastgeber mit dem Foto abmühte.

»Wie gesagt: Die waren nicht von hier. Kamen aber immer zusammen. Mehr kann ich Ihnen dazu nicht sagen.«

»Und Sie, Herr Emich? Hatten Sie kein Interesse an den Mädels?«, lachte der Oberkommissar.

»Na ja, ich hatte damals ein paar andere Eisen im Feuer. Das war vielleicht ein Stress, kann ich Ihnen sagen! Aber das lassen wir lieber. Im Nachhinein betrachtet war das nicht immer okay. Heute die, morgen eine Andere und so. Damals haben wir uns nichts dabei gedacht, heute sehe ich das anders. Na ja, wir waren jung und … so, hier ist das Bild. Steht aber nix drauf. Ich hätte es allerdings gerne zurück, wenn Sie es haben wollen.«

»Nee, wir machen das anders!«, beschloss der Oberkommissar. »Ich fotografiere das Bild mit der Handy-Kamera ab.«

Sam Wolff legte das Foto auf eine glatte Oberfläche und schoss einige Fotos.

»Gibt es noch weitere Bilder, wo dieser Larry oder der Alex drauf sind?«, wollte er wissen.

»Wir können ja mal weiterblättern«, schlug Heinz Emich vor. »Vielleicht finden wir noch was.«

Es gab nur noch eine einzige Aufnahme, auf der die erwähnte Maike und dieser Larry im Hintergrund auf der Tanzfläche zu sehen waren. Die Bildqualität war allerdings dermaßen schlecht, dass es sich nicht lohnte, davon eine Fotografie zu machen.

»Was ist eigentlich passiert, als das Tanzcafé den Bach runtergegangen war?«, fragte der Oberkommissar.

»Wie meinen Sie das?«

»Gab es danach einen neuen Treffpunkt für die jungen Leute oder haben die sich in alle Winde verstreut? Wenn ich mir die Fotos ansehe, war das eine beträchtliche Fangemeinde, oder?«

»Ja, schon, aber es wurden im Laufe der Zeit immer weniger. Ich weiß, dass einige nach St. Wendel ins Flash abgewandert sind, das muss so um 1990 gewesen sein. Ich war dort nur einmal; diese Großraum-Discos waren nicht mein Ding und mittlerweile war ich aus dem Alter raus. Andere sind nach Saarbrücken abgewandert, aber da war ich nie dabei. Plötzlich kam eine andere Zeit, wir wurden älter, die Musik der Jüngeren war nicht mehr das, was wir uns …«

»Wohin hat es Sie selbst verschlagen, wenn ich fragen darf?«, unterbrach Wolff, bevor Emich in einen nostalgischen Monolog verfallen konnte.

»Dürfen Sie! Nirgendwohin! Ich war einer der ersten Gäste im Thomé und wahrscheinlich auch der letzte. Danach war ich nur noch auf privaten Partys unterwegs. Wie das halt so ist: heiraten und dann ist sowieso alles anders.«

»Entschuldigen Sie die indiskrete Frage. Sie wohnen anscheinend alleine hier.«

»Das stimmt und das bleibt auch so! Die Ehe hat nicht lange gehalten, aber das geht Sie nichts an. Seitdem bin ich solo und das ist auch besser so.«

»Kinder?«

»Fehlanzeige!«

»Was haben Sie eigentlich beruflich gemacht, Herr Emich?«

»Ich war auf der Rettungsleitstelle Maybach, später in Ensdorf. War gut da, aber Sie wissen ja, wie das mit Saarberg dann ausgegangen ist. Aus, Schluss, Vorruhestand. War aber okay, wie es für mich letztendlich gelaufen ist.«

»Gut! Danke fürs Erste«, kam Wolff zum Ende seiner Befragung. »Eine letzte Frage habe ich noch …«

»Das kenne ich«, lachte Heinz Emich. »Das hat Colombo auch immer gesagt. Und mit dieser letzten Frage hat er dann den Täter entlarvt.«

»Wer?«, wunderte sich der Oberkommissar.

»Colombo! Kennen Sie den nicht?«

»Nein, tut mir leid.«

»Mein Gott, junger Mann, Sie wissen ja gar nichts! Inspektor Colombo aus der Krimiserie … ach, vergessen Sie's. Da lagen Sie wahrscheinlich noch in den Windeln. Was wollen Sie denn noch wissen?«

»Gibt es alte Bekannte oder Freunde von damals, die mehr über die hier abgebildeten Personen wissen könnten?«

»Oh je«, seufzte Emich. »Von damals lebt hier fast keiner mehr. Der Jörg vielleicht, aber der hat jetzt angeblich eine Apotheke in Püttlingen. Habe ich zufällig erfahren, aber das ist nun auch schon über ein Jahr her.«

»Haben Sie einen Nachnamen für mich?«

»Sie und Ihre Nachnamen!«, entrüstete sich Emich. »Konnte ich mir noch nie merken!«

Emich machte eine Pause und überlegte.

»Nee, fällt mir nicht mehr ein. Der Name der Apotheke auch nicht, aber so viele wird's davon in Püttlingen wohl nicht geben.«

»Hoffentlich!«, stöhnte Wolff. »Dieser Larry oder Lars; hieß der vielleicht Kleinschmitt mit Familiennamen?«

»Guter Mann! Ich weiß es nicht! Sie vermuten, dass er einer der beiden Männer auf Ihren Fotos ist. Ich bin ja nicht blöd. Zeigen Sie bitte noch mal her!«

Der Oberkommissar kramte das Handy aus der Jackentasche, suchte nach dem Bild und hielt es Emich unter die Nase.

»Ja, da könnte eine gewisse Ähnlichkeit sein, andererseits …
ich kann's Ihnen mit Bestimmtheit nicht sagen, ob der das ist.
Weshalb suchen Sie denn nach ihm?«

»Wir suchen nicht nach ihm. Der Rest ist für Sie vorläufig
irrelevant«, entgegnete Wolff. »Sie sagten, dass er nicht beliebt
war. Hatte er Feinde; ich meine so richtig?«

»Nee, so kann man das nicht sagen. Sein Vater schon eher;
aber der Larry … der war halt bloß … blöd halt!«

»Wo genau wohnte seine Familie, bevor er von hier wegge-
zogen ist?«

»Weiter vorne, die Straße hoch. Rechts neben dem Blumenladen. Hausnummer weiß ich nicht. Aber da fällt mir ein: Edith
weiß vielleicht noch, wie die mit Familiennamen hießen.«

»Wer ist Edith?«, wollte der Oberkommissar wissen.

»Ach so, ja! Edith wohnt gegenüber, im zweiten Stock. Die
ist über achtzig und hört nicht mehr so gut. Sie hat schon dort
gewohnt, als ich noch klein war. Sie hat uns immer mit Süßig-
keiten versorgt. Ihr Vater hat nämlich …«

»Okay! Edith! Wie noch?«

»Mit Mädchennamen hieß die Schweitzer. Das weiß ich
noch, weil ihr Vater …«

»Mich interessiert der aktuelle Name!«

»Weiß ich nicht. Steht aber bestimmt auf dem Schild der
Klingel; wie gesagt, zweiter Stock. Edith hat nach dem Krieg
einen Franzosen geheiratet, der hieß Frederic, genannt Franzo-
sen-Fred. Aber wie der mit Nachnamen hieß … keine Ahnung;
der ist ja auch schon lange tot.«

Sam Wolff merkte, dass er hier im Augenblick nicht weiterkommen würde. Er musste dieser Edith wohl oder übel einen
Besuch abstatten.

»Gut, Herr Emich, wir sind erst mal fertig für heute«, stellte
Sam fest. »Kann aber sein, dass wir noch mal bei Ihnen vorbei-
schauen, falls wir weitere Fragen haben.«

Er verabschiedete sich von Emich, ging die Straße hinauf und fand schließlich den beschriebenen Blumenladen. Am Haus gegenüber wohnte laut Namensschild an der Klingel vom zweiten Stock jemand namens Picard. In der Hoffnung, dass er die von Emich erwähnte Edith gefunden hatte, drückte Wolff den Klingelknopf.

Aus der Sprechanlage kam ein kaum hörbares: »Ja bitte?«

Der Hauptkommissar stellte sich mit Namen und Dienstgrad vor, fragte, ob er Frau Edith sprechen könne und nannte stichwortartig den Grund seines Besuches.

Lange Zeit kam keine Antwort, worauf Wolff seine Durchsage wiederholte und erneut auf eine Antwort wartete. Nach einer Weile sagte die Stimme: »Moment!«

Dann ging plötzlich die Tür auf und ein junger Mann, breit wie ein Schrank, baute sich vor dem Oberkommissar auf.

»Polizei? Ausweis!«, blaffte er unfreundlich und aggressiv. »Ich sage dir gleich, mein Freund: Wenn du hier eine linke Tour vorhast, kannst du für morgen gleich schon mal einen Krankenschein beantragen!«

Sam Wolff zeigte geduldig seinen Dienstausweis und äußerte Verständnis für die Skepsis.

»Okay«, erwiderte der Hüne, nachdem er den Ausweis ausgiebig betrachtet hatte. »Verstehen Sie das nicht falsch, aber es sind derzeit ziemlich viele Leute unterwegs, die ältere Menschen verarschen wollen. Da muss man vorsichtig sein. Was wollen Sie von meiner Oma?«

»Gut dass sie einen Enkel hat, der auf sie aufpasst«, entgegnete Wolff. »Das finde ich gut! An Ihre Großmutter habe ich lediglich die Frage, ob sie sich an den Familiennamen der Leute erinnern kann, die früher gegenüber in dem Haus mit dem Blumenladen gewohnt haben. Mehr nicht, das wäre alles.«

»Ach du Scheiße! Warum wollen Sie das denn ausgerechnet von meiner Oma wissen? Die wird demnächst vierundneunzig!«

Wolff erklärte es dem Enkel, der schließlich einwilligte und den Oberkommissar einließ.

»Die weiß das bestimmt«, sagte der Hüne. »Sie hört zwar schlecht, aber im Kopf ist die noch voll fit. Ich gehe aber mit; ohne mich erzählt die Ihnen sowieso nichts. Warum wollen Sie das überhaupt wissen? Ist doch schon ewige Zeiten her!«

»Wir sind in laufenden Ermittlungen zu einem Verbrechen, das bis weit in die Vergangenheit zurückreichen könnte; mehr kann ich Ihnen dazu nicht sagen.«

Es dauerte eine gefühlte Ewigkeit, bis Edith Picard alles verstanden hatte und in der Lage war, die Fragen des Oberkommissars zu beantworten. Dann aber stand fest, dass Larry mit vollem Namen Lars Kleinschmitt hieß.

Zum ersten Mal schien der Beweis erbracht, dass Alexander Fischer und Lars Kleinschmitt sich gekannt hatten, denn Oberkommissar Wolff hatte keinen Zweifel, dass Heinz Emich mit seiner Einschätzung richtig lag, und der andere Mann auf dem Foto das Opfer vom Galgenturm war.

21

Gleicher Tag und die Tage danach

Die Ermittlungsergebnisse, die Oberkommissar Sam Wolff mit ins Präsidium gebracht hatte, ließen Katja Reinert aufatmen. Immerhin hatten sie jetzt einen ersten belastbaren Ansatz, auf dem sie aufbauen konnten.

»Dass die beiden Opfer sich gekannt haben, kann natürlich auch Zufall sein, aber die Wahrscheinlichkeit, dass der Mörder in ihrem gemeinsamen Bekanntenkreis zu suchen ist, scheint mir recht groß zu sein«, argumentierte sie gegenüber der Staatsanwältin, die sofort über die Recherchen des Kollegen informiert worden war.

»Darüber hatten wir bereits spekuliert, aber nun ist es offenkundig«, bestätigte Daniela Sommer. »Wie wollt ihr weitermachen?«

»Sam ist an diesem Apotheker dran; ich denke, dass er ihn bis morgen ausfindig machen wird. Wir versuchen mit Nachdruck, weitere Bekannte der beiden zu finden. Irgendwann wird sich ein Muster herauskristallisieren, das uns weiterbringt; davon bin ich überzeugt!«

»Verstehe!«, seufzte Daniela Sommer. »Unser Problem: Das braucht Zeit, die wir nicht haben.«

»Wer sagt das? Die Chefetage? Dein Oberstaatsanwalt? Der neue Innenminister? Es gibt unzählige vergleichbare Fälle, bei denen man Jahre gebraucht hat, um die Täter ausfindig zu machen.«

»Das stimmt zwar, aber der Druck wird trotzdem nicht geringer werden. Ich gehe davon aus, dass demnächst mal wieder eine Pressekonferenz anberaumt wird.«

»Von mir aus; macht, was ihr wollt«, knurrte die Hauptkommissarin. »Mich interessiert im Augenblick etwas anderes.«

»Ich höre!«

»Weshalb wurden beide Opfer im näheren Umfeld von Spiesen-Elversberg getötet? Weder Kleinschmitt noch Fischer hatten erkennbare Beziehungen zu diesem Ort. Sie haben nie dort gewohnt, waren dort nicht in Schule oder Ausbildung … kurzum: Sie sind in der Gemeinde nicht in Erscheinung getreten. Gut, Fischer hat dort Wahlkampf gemacht, aber das hat er im gesamten Wahlkreis getan; Kleinschmitt hat auch anderswo seine Radtouren gemacht. Warum also liegen die Tatorte ausgerechnet in Spiesen-Elversberg und der näheren Umgebung?«

»Hast du eine Idee?«, fragte die Staatsanwältin skeptisch.

»Wenn es nicht die beiden Opfer sind, muss der Täter eine Beziehung zu diesem Ort haben. Oder sein Motiv hat etwas mit den Tatorten zu tun, und er hat gewartet, bis seine Opfer in dieser Gegend unterwegs waren. Etwas anderes fällt mir dazu nicht ein.«

»Das klingt schlüssig, aber andererseits ist mir der Ansatz zu simpel; das kann auch Zufall sein. Beide Taten wurden offensichtlich akribisch und minutiös geplant. Es wäre geradezu fahrlässig blöd, wenn er als Täter vor der eigenen Haustür aktiv wird. Mir erscheint das nicht logisch, es sei denn …«

»Dein Logik-Toni färbt allmählich ab«, unkte die Hauptkommissarin lächelnd. »Nein, logisch wäre es nicht; an einen Zufall glaube ich allerdings auch nicht. Ein Ablenkungsmanöver scheint mir aber auch ziemlich weit hergeholt.«

»Wenn wir ihn haben, werden wir es erfahren«, seufzte die Staatsanwältin. »Erst mal ist es jetzt wichtig, dass ihr weitere Bekannte der beiden Opfer aufspürt. Irgendwem müssen die beiden übel mitgespielt haben. Diese Person müssen wir finden. Gib Gas, ich halte euch den Rücken frei, so gut es geht. Und richte Oberkommissar Wolff bitte aus, dass er einen guten Job gemacht hat.«

»Ich werde es ausrichten und dich auf dem Laufenden halten.«

Katja Reinert konnte zu diesem Zeitpunkt nicht ahnen, wie viel Zeit vergehen sollte, bis die Ermittlungen weitere Ergebnisse zutage fördern würden.

* * *

Zunächst war es für Sam Wolff nicht sonderlich schwierig, den von Heinz Emich genannten Apotheker in Püttlingen ausfindig zu machen. Es gab zwar sechs Apotheker, aber nur einer trug den Vornamen Jörg; Jörg Heinzmann.

Der war aktuell allerdings für den Oberkommissar nicht erreichbar, weil er sich im Urlaub befand. Ein Kollege hatte für die Zeit von Heinzmanns Abwesenheit die Vertretung übernommen, aber weder er noch das Personal konnte Angaben machen, wo sich der Chef aufhielt und wann er zurückkommen würde.

»In ein oder zwei Wochen«, hieß es am Telefon, aber Wolff hatte den Eindruck, dass Jörg Heinzmann klare Anweisungen hinterlassen hatte, seinen Aufenthaltsort und das Datum seiner Rückkehr auf keinen Fall an Dritte weiterzugeben.

Das brachte den Oberkommissar auf die Palme, weshalb er nach Rücksprache mit seiner Chefin persönlich in der Apotheke vorstellig wurde und der Urlaubsvertretung den Ernst der Lage deutlich machte.

»Entweder Sie sorgen dafür, dass ich schnellstmöglich Kontakt mit Herrn Heinzmann bekomme oder wir tauchen hier mit einem Durchsuchungsbeschluss inklusive Zwangsvorführung auf. Das geht ratzfatz; Sie können es sich aussuchen. Sagen Sie das Herrn Heinzmann, wie auch immer und zwar schnell, denn unsere Geduld hat Grenzen. Ich hoffe, ich habe mich klar ausgedrückt!«

Das blieb nicht ohne Wirkung, denn der Stellvertreter bat den Oberkommissar zu warten, und wenige Minuten später hatte Wolff den Apotheker Heinzmann am Telefon.

Im Gespräch stellte sich schnell heraus, dass Heinzmann einen guten Grund hatte, seinen Aufenthaltsort nicht an die große Glocke zu hängen. Er war auf Einladung eines Pharmakonzerns bei einem Kongress auf den Malediven und wollte im Anschluss einen mehrtägigen Urlaub dranhängen. Wolff war klar, dass das für den Apotheker zu einer heiklen Situation werden könnte, und machte ihm beschwichtigend klar, wie das LKA dazu stand.

»Herr Heinzmann, ob Sie auf Einladung von wem auch immer und mit wem auch immer unzulässige Vorteile wahrnehmen, ist mir völlig egal, solange Sie kooperativ sind und uns bei der Aufklärung eines Kapitalverbrechens helfen. Ich brauche Informationen und zwar sofort!«

In der Folge zeigte sich Heinzmann äußerst mitteilsam, bat jedoch um unbedingte Diskretion, die ihm der Oberkommissar auch zugestand. Der Apotheker gab seine aktuelle E-Mail-Adresse durch und die Nummer seiner Mobilfunkverbindung, worauf Wolff ihm das Foto aus dem Thomé übermittelte. Dass es auf den Malediven mittlerweile in den späten Abend hineinging, war dem Oberkommissar völlig egal.

Die Antwort ließ nicht lange auf sich warten.

Ja, er könne sich dunkel an die beiden Mädchen erinnern, habe aber seit damals nie mehr Kontakt zu ihnen gehabt. Die mit der Brille sei Susi Zimmermann gewesen, aus Schiffweiler, und die habe seines Wissens nach später beim Sozialamt der Stadt Neunkirchen gearbeitet. Mehr wisse er nicht.

Die andere sei Maike; den Nachnamen habe er nicht in Erinnerung. Da könne allerdings sein Kumpel Klaus Stumpf aus Wiebelskirchen eventuell mehr wissen, denn der sei zu der Zeit mit Maike im engeren Kontakt gewesen.

Die Frage »Wie eng?« konnte Heinzmann nicht beantworten, er wusste nur, dass Stumpf mittlerweile nach Hangard verheiratet und im Ruhestand war; das habe er vor einigen Monaten bei einem Klassentreffen der Ehemaligen erfahren.

Heinzmann erinnerte sich auch, dass Susi und Maike seinerzeit heißumschwärmte Teenager gewesen seien, erklärte aber übereinstimmend mit Emich, dass man sich später aus den Augen verloren habe, weil die Clique auseinandergefallen war. Mit Alexander Fischer und Lars Kleinschmitt konnte Heinzmann nichts anfangen.

Jungs hätten ihn damals nicht interessiert. Er erinnere sich nicht an die beiden Männer auf dem Foto, aber vielleicht wisse der Klaus ja mehr.

Wolff bohrte nach, konnte aus Heinzmann allerdings außer der Adresse von Klaus Stumpf keine weiteren Informationen herausbekommen. Er beendete das Gespräch und bat den Apotheker, sich unmittelbar nach seiner Rückkehr im Polizeipräsidium zu melden. Nach dem Gespräch machte Wolff sich auf den Weg nach Hangard, in der Hoffnung, den von Heinzmann genannten Klaus Stumpf dort anzutreffen; sollte er nicht zu Hause sein, würde er ihm eine Nachricht hinterlassen und um Rückruf bitten.

Wolff hatte Glück. Stumpf war anscheinend gerade nach Hause gekommen und dabei, Einkäufe aus dem Kofferraum seines Wagens auszuladen.

Der Oberkommissar stellte sich vor und zeigte seinen Dienstausweis.

»Die Kripo?«, wunderte sich Klaus Stumpf. »Hat meine Frau was angestellt?«

Anscheinend war Stumpf ein humorvoller Mensch, jedenfalls schien ihn so schnell nichts aus der Fassung zu bringen.

»Nein, keine Sorge; ich komme nicht Ihretwegen«, entgegnete der Oberkommissar. »Auch nicht wegen Ihrer Frau! Es geht um eine Sache, die schon viele Jahre zurückliegt, und wir hoffen, dass Sie uns bei unseren Ermittlungen weiterhelfen können ...«

Wolff erklärte, wie er über Jörg Heinzmann an Stumpfs Adresse gekommen war, umriss die Umstände knapp und gab an, welche Informationen er von seinem Besuch erwartete.

»Dann kommen Sie mal rein in die gute Stube«, meinte Stumpf freundlich. »Und wenn Sie schon mal da sind, können Sie gleich den Kasten Sprudel mit reinnehmen, dann muss ich nicht zweimal laufen. Sie sind jung und stark, ich schätze, die Kartoffeln schaffen Sie noch dazu, es sind ja nur fünf Kilo. Die Polizei, dein Freund und Helfer.«

Wolff blieb nichts anderes übrig, als dem Mann den Gefallen zu tun und das Zeug in den Keller zu schleppen.

»So, Dankeschön«, bedankte sich Stumpf, als alles verstaut war. »Wollen Sie einen Kaffee?«

»Nein danke, nicht nötig«, wehrte der Oberkommissar ab.

»Das ist gut«, lachte Stumpf. »Meine Frau Evi ist nämlich in der Kleiderkammer im Gemeindehaus und meine Plörre kann man nicht trinken. Vielleicht was anderes? Ein Wasser? Ich hätte auch einen selbstgebrannte Kirsch vom Obst- und Gartenbauverein, falls Ihnen das im Dienst erlaubt ist.«

»Nett gemeint, aber nein; alles gut!«

»Na, dann schießen Sie mal los!«, forderte Stumpf, nachdem sie am Wohnzimmertisch Platz genommen hatten.

»Es geht um Personen, die Sie vor vielen Jahren eventuell gekannt haben könnten. Alexander Fischer und Lars Kleinschmitt; sagen Ihnen diese Namen etwas?«

»Klar«, nickt Stumpf sofort. »Der Alex ist doch der, den man jüngst umgebracht hat, oder? War im Fernsehen und stand in der Zeitung. Spitzenkandidat der Grünen in unserem Wahlkreis. Schlimme Sache! Was den Larry betrifft ... ich gehe mal davon aus, dass Sie den meinen ...«

»Ich glaube schon, dass wir von der gleichen Person sprechen«, bestätigte Wolff.

»Also den habe ich vor ... boah, das muss drei oder vier Jahre her sein ... jedenfalls lange vor der Pandemie ... den habe ich mal zufälligerweise bei einer Radtour getroffen. Wo war das noch gleich? Ah ja; oben an der Stiefelhütte in St. Ingbert.«

»Okay; Sie kennen die beiden also, beziehungsweise Sie kannten sie …«

»Sie sind also wegen dieser Mordgeschichte an Alex hier«, analysierte Stumpf folgerichtig.

»Genau! Wir …«

»Und was hat der Larry damit zu tun? Hat der ihn etwa umgebracht?«, wunderte sich Klaus Stumpf.

»Wie kommen Sie zu dieser Vermutung?«, wollte Sam Wolff wissen.

»Wenn Sie nach beiden fragen, und der eine ermordet wurde, liegt es nahe, dass der andere der Mörder ist, oder?«

»Lars Kleinschmitt ist ebenfalls tot«, erklärte der Oberkommissar, ohne auf die Todesumstände einzugehen.

»Au Scheiße«, entfuhr es Stumpf. »Das ist ja ein Ding!«

»So ist es! Hatten Sie Kontakt zu Alexander Fischer?«

»Nee, ich habe das nur in der Presse verfolgt … also ich meine seine Kandidatur für die Grünen und habe mich gewundert; oder besser gesagt: amüsiert!«

»Wieso das?«

»Na hören Sie mal! Der und grün! Da könnte auch ein Veganer Werbung für Lyoner machen!«

»Wie meinen Sie das?«, fragte Wolff und amüsierte sich über den Vergleich.

»Ach, der Alex war früher schon ein Angeber und hat immer raushängen lassen, dass seine Eltern Geld hatten. Was kostet die Welt? Wir tranken Bier, aber der Alex hatte immer eine Flasche Dimpel im Depot der Diskothek; so mit Vorhängeschloss und dem Scheiß. Wir fuhren mit dem Bus, der Alex hatte einen Manta oder so. Gut, manche Menschen ändern sich im Alter, aber der? Nee, das nehme ich dem nicht ab. Total unglaubwürdig der Kerl.«

»Hatte er Feinde?«, wollte der Oberkommissar wissen.

»Das weiß ich nicht! Von uns Jungs wollte keiner etwas mit ihm zu tun haben. Man sah sich logischerweise in der Disco, mehr aber nicht. Bei den Mädels kam er besser an, aber nur wegen seiner Kohle. Als Tänzer war er nämlich eine Niete.«

»Sie haben erstaunliche Erinnerungen im Detail«, kommentierte Wolff.

»So einen Typ vergisst man nicht«, lachte Stumpf.

»Und Lars Kleinschmitt?«

»Der war ein Oberarsch! Hatte nix drauf und schwamm im Kielwasser von Alex mit. Den hat eigentlich keiner so richtig beachtet, aber wenigstens auf der Tanzfläche hat er eine passable Figur abgegeben. Na ja … übrigens: Woran ist der Larry eigentlich gestorben?«

»Dazu möchte ich mich im Detail nicht äußern. Nur so viel: Wir fragen uns, ob es einen Zusammenhang mit dem Tod von Alexander Fischer gibt.«

»Ist er der, den man vor kurzem am Weiher im Binsenthal gefunden hat?«, staunte Stumpf.

»Wie kommen Sie darauf?«

»Ich bin nicht blöd, aber informiert, Herr Kommissar! Wenn Sie so fragen, zähle ich eins und eins zusammen! So viele Morde gibt's in der Gegend Gott sei Dank nicht.«

»Wir haben den Namen des Opfers nicht veröffentlicht!«

»Mag sein; trotzdem!«

»Sie sagten die beiden seien früher befreundet gewesen.«

»Nein, das habe ich nicht behauptet. Larry hat schmarotzt; ob Alex das als Freundschaft angesehen hat, kann ich nicht sagen.«

Nun zog der Oberkommissar die Aufnahme aus Emichs Fotoalbum aus der Jackentasche.

»Kennen Sie die beiden Frauen auf diesem Foto?«, fragte er.

Klaus Stumpf warf einen kurzen Blick auf das Bild und antwortete, ohne zu überlegen.

»Klar! Das sind Susi und Maike.«

»Und weiter?«

»Susi Welter und Maike … trallala … vielleicht fällt es mir noch ein, aber im Augenblick erinnere ich mich nicht. Mit der Maike hatte ich nichts am Hut, bei der Susi war das etwas anderes.«

»Inwiefern?«

»Na ja, die Susi und ich … wie soll ich das formulieren? Wir waren für eine Weile zusammen; nicht lang, ein paar Wochen vielleicht. Das hatte sich so ergeben, weil wir uns zufälligerweise auf einer Party nähergekommen waren und so … na ja, dann ging man zusammen, aber das war normal.«

»Was war normal?«, wollte Sam Wolff wissen.

»Meine Güte, dass man nicht gleich geheiratet hat, nur weil man zusammen in der Kiste war. Das galt für die Jungs wie für die Mädels, das war damals ziemlich locker.«

»Ach so! Herr Stumpf, ehrlich gesagt, interessiert mich nicht, mit wem Sie vor mehr als drei Jahrzehnten in die … Sie wissen, was ich meine. Wir wollen wissen, was aus den Leuten von damals geworden ist. Vor allem, wo sie sich derzeit aufhalten könnten.«

»Von zweien wissen Sie es immerhin!«, entgegnete Stumpf.

»Sie haben einen merkwürdigen Humor«, grollte der Oberkommissar. »Wissen Sie etwas über den aktuellen Aufenthaltsort der beiden Frauen, oder kennen Sie jemanden, der das wissen könnte?«

»Susi ist seit ewigen Zeiten verheiratet, hat zwei Kinder und wohnt meines Wissens im Umfeld von Saarbrücken; aber fragen Sie mich nicht wo! Hat mir mal jemand aus dem Kreis der Ehemaligen erzählt; also der Abiturienten, nicht der Liebhaber.«

»Schon klar«, entgegnete Wolff. »Was wissen Sie noch?«

»Nichts; ich kenne nicht einmal ihren jetzigen Familiennamen. Von Hause aus hieß sie Welter. Hatte seinerzeit in Friedrichsthal gewohnt. Angeblich arbeitet sie beim Rundfunk oder hat mal dort gearbeitet.«

»Auf dem Halberg?«

»Ich wüsste nicht, dass es sonst noch wo einen Rundfunk hier in der Nähe gibt.«

»Ihr alter Kumpel Heinzmann meinte, dass sie beim Sozialamt in Neunkirchen gearbeitet hat«, klärte der Oberkommissar auf.

»Da hat sie ein Praktikum gemacht oder so; glaube ich jedenfalls, mich erinnern zu können. Dann habe ich sie irgendwann komplett aus den Augen verloren.«

»Ich hätte gerne eine Liste von den Ehemaligen, wie Sie Ihre alten Schulfreunde nennen«, forderte der Oberkommissar. »Wenn möglich mit Kontaktdaten; geht das?«

»Kein Problem, aber verstößt das nicht gegen den Datenschutz?«, lachte Stumpf. »Egal, das wird schon in Ordnung sein. Da muss ich an meinen Computer; ich habe nämlich eine Datei angelegt wegen der Einladungen zu unseren Klassentreffen.«

»Am besten drucken Sie mir die Liste einfach aus«, schlug der Oberkommissar vor.

»Da wäre ich jetzt selbst nicht draufgekommen!«, spottete Stumpf und schüttelte den Kopf. »Das dauert jetzt ein paar Minuten. Nicht dass Sie glauben, ich wäre getürmt.«

Merkwürdiger Kauz, dachte Wolff, lehnte sich im bequemen Sessel zurück, schloss die Augen und entspannte sich. Das sah ziemlich gut aus; Stumpf war eine sprudelnde Informationsquelle, und aus den Kontaktdaten konnte sich eventuell eine Art Schneeballsystem entwickeln, das letztendlich hoffentlich zum Erfolg führen würde. Fast wäre der Oberkommissar eingenickt, aber Stumpf erschien gerade noch rechtzeitig, bevor Wolff weggedämmert war.

»So, hier ist die Liste. Ganz oben steht der harte Kern; die treffen sich mehr oder weniger regelmäßig. Es sind nur rund zehn Personen. Unten stehen die, zu denen wir Kontakt haben ... also die laden wir zu den großen Treffen ein, so alle drei Jahre ... da kommen allerdings nur die Wenigsten. Ist ja auch kein Wunder, mittlerweile sind die alten Kameraden über die halbe Welt verstreut.«

»Bis auf eine Ausnahme alles Männer?«, wunderte sich der Oberkommissar, als er die Liste betrachtete.

»Logisch! Schließlich waren wir auf dem Knabenrealgymnasium! Das war damals so. Bis auf die Gaby, die hatte irgendwie eine Ausnahmegenehmigung, weiß nicht mehr wieso. Die ist jetzt Ärztin in Ulm.«

»Verstehe! Alexander Fischer und Lars Kleinschmitt stehen nicht auf der Liste; demzufolge waren sie nicht in Ihrer Klasse, oder? Waren die in einer anderen Klasse oder auf einer anderen Schule?«

»Nee, die waren nicht am Gymnasium. Keine Ahnung, wo die waren.«

»Und Susi und Maike?«

»Susi war auf dem Mädchengymnasium, gleich gegenüber von unserer Schule. Vor Schulbeginn traf man sich an der Bushaltestelle, in der Pause oben vor einem Lebensmittelgeschäft, beim Biehl; das gibt's schon lange nicht mehr. Dass die Jungs und die Mädels sich dort trafen, war zwar verboten, aber das hat uns nicht weiter gekümmert.«

Als Stumpf lachte, schaute ihn der Oberkommissar erwartungsvoll an.

»Das können Sie jetzt nicht verstehen, Herr Kommissar. Da wurde geknutscht, bis die Lippen wund waren.«

»Aha! Sie und Susi Welter!«, lächelte Wolff zurück. »Da macht Schule Spaß!«

»Genau! Nicht nur mit Susi, aber das ist ein anderes Thema … ach, jetzt weiß ich wieder, wie die Maike mit Familiennamen hieß: Lambert; Maike Lambert!«

Sam Wolff machte sich Notizen auf der Rückseite der Liste und fragte weiter.

»War die auch auf dem Gymnasium?«

»Weiß ich nicht mehr; vermutlich ja. Aber die war in den Pausen und so nie dabei. Einige gingen da nicht hin; die Streber schon gar nicht. Die hatten Schiss, dass sie negativ auffallen; das war eben nichts für … wie soll ich sagen?«

»Weicheier?«, schlug Wolff vor.

»So ist es!«, bestätigte Stumpf.

»Ich habe erwähnt, dass ich bei Jörg Heinzmann war. Wie war der damals so?«

»Super Typ! Ist er heute noch. Im Gegensatz zu vielen anderen von uns hat der jedoch trotzdem ein Einser-Abitur hingelegt. Na ja, hat dann ja auch Pharmazie studiert.«

»Heinzmann hat allerdings gemeint, dass Sie was mit Maike hatten, nicht mit Susi Welter. Was stimmt denn nun?«

»Da irrt er sich; das hat er verwechselt. Nein, mit der Maike hatte ich nichts. Ich erinnere mich auch nicht, dass die überhaupt mit jemandem zusammen war. Die war nur zusammen mit Susi bei uns in der Clique.«

»Gut, Herr Stumpf«, versuchte Wolff langsam zum Ende zu kommen, »einige Informationen konnten Sie mir geben, aber über Fischer und Kleinschmitt konnten Sie mir nicht viel sagen. Das wundert mich, weil Sie doch in ihrem näheren Umfeld aktiv waren.«

»Ach wissen Sie, Herr Kommissar, es gibt Menschen, die sind einfach da, aber mit denen beschäftigt man sich nicht näher. Die beiden waren für die meisten von uns einfach nur Mitläufer; ich habe Ihnen gerade erzählt, was wir von denen hielten.«

»Ja, das sagten Sie bereits!«, seufzte Wolff. »Sie könnten mir einen Gefallen tun und mir die Arbeit erleichtern, Herr Stumpf. Sie sind dazu allerdings nicht verpflichtet, es ist lediglich eine Bitte.«

»Wenn ich helfen kann, gerne. Aber nur wenn es nix mit der Susi zu tun hat. Wissen Sie, das war damals am Ende nicht so optimal gelaufen, und heute wäre mir ein Zusammentreffen peinlich. Man weiß nie, wie nachtragend ... ich glaube, Sie können sich vorstellen, was ich meine.«

»Nein, mit ihr hat mein Anliegen nichts zu tun. Sie könnten allerdings Ihre ehemaligen Mitschüler abtelefonieren und fragen, ob jemand Näheres über den Werdegang von Kleinschmitt und Fischer weiß; oder wie Susi und Maike jetzt heißen und wo sie wohnen. Vielleicht weiß jemand, ob es damals Streitigkeiten gab, in deren Zentrum Fischer und Kleinschmitt standen. Wenn Sie mit Ihren Kollegen reden, ist das wahrscheinlich unkomplizierter, als ein Anruf von mir mit komplizierten Erklärungen und so weiter. Würden Sie das tun?«

»Kann ich machen, aber ob da was dabei rauskommt?«

»Einen Versuch ist es wert. Hier ist meine Visitenkarte; rufen Sie mich an, falls Sie etwas erfahren.«

»Bin ich jetzt ein IM?«, lachte Stumpf und nahm die Karte entgegen.

»Wie? Ich verstehe nicht ganz ...«

»Ein Innoffizieller Mitarbeiter; wie damals bei der Stasi.«

»Quatsch! Sie sollen niemanden bespitzeln! Sie würden mir nur aufwendige Kontaktaufnahmen ersparen; unsere Personaldecke ist bekanntermaßen dünn!«

»Sollte ein Witz sein! Ja, natürlich mache ich das, dauert aber eine Weile.«

»So schnell es eben geht. Danke!«

Der Oberkommissar stand auf, verabschiedete sich und fuhr zurück ins Präsidium. Dort berichtete er Hauptkommissarin Reinert von den Gesprächen und erhielt den Auftrag, am Ball zu bleiben.

* * *

In den folgenden Tagen versuchten die Ermittler in mühevoller Kleinarbeit, die zusammengetragenen Puzzleteilchen zusammenzusetzen. Es war unabdingbar notwendig, das direkte

Umfeld und die Bewegungsmuster der beiden Opfer über einen längeren Zeitpunkt zu recherchieren, um daraus mögliche Motive und Täterkreise herausfiltern zu können.

Zwei Tage nach Wolffs Besuch meldete sich Klaus Stumpf telefonisch beim Oberkommissar und erklärte, dass einer der sogenannten Ehemaligen namens Paul Jung bei Lars Kleinschmitt vor einiger Zeit ein Fahrrad gekauft und mit ihm einen fürchterlichen Streit gehabt habe, weil der ihm minderwertige Ware angedreht habe und nicht bereit gewesen sei, das Rad umzutauschen oder den Kaufpreis zu erstatten. Im Nachhinein habe Jung herausbekommen, dass er nicht der einzige Geschädigte war, und Kleinschmitt sich die Masche anscheinend zum Geschäftsmodell erkoren hatte.

»Der hat wohl versucht, jeden über den Tisch zu ziehen, der in seinen Laden kam«, urteilte Stumpf. »Außerdem soll er in der Drogenszene mitgemischt haben.«

Der Oberkommissar hinterfragte diese Vermutung, aber Stumpf konnte nicht sagen, woher sein Kumpel Jung die Information hatte.

»Da rufen Sie ihn am besten selbst an. Und noch was!«, ergänzte Stumpf. »Johannes Fischer! Der hat die Adresse von Susi; die heißt jetzt Welter-Sahner mit Familiennamen.«

»Wer ist Johannes Fischer?«, wollte Sam Wolff wissen. »Auf der Liste steht er nicht. Ist er mit Alexander Fischer verwandt?«

»Nee, nicht dass ich wüsste. Der Jo steht nicht auf der Liste, weil er ein Jahr vor uns Schnell-Abitur gemacht hat; der war nur bis zur Mittelstufe in unserer Klasse.«

»Schnell-Abi? Das gab´s damals?«

»Ja, das war etwas für die ganz Schlauen! Fragen Sie mich bitte nicht, wie das damals genau war! Ich war froh, dass ich das Abi überhaupt gepackt habe.«

»Okay. Wo wohnt Frau Welter-Sahner? Haben Sie ihre Telefonnummer?«

»Die wohnt in Kaltnaggisch; die Nummer …«

»Wo? Wollen Sie mich verarschen?«, fragte Wolff schroff.

»Wo kommen Sie denn her?«, erboste sich Stumpf. »Kaltnaggisch! Auf Deutsch: Herrensohr! Gehört zu Dudweiler! Nie gehört?«

»Nee! Wieso Kaltnaggisch?«, wunderte sich der Oberkommissar.

»Weil es dort früher keine Bäume gab und der Wind saukalt über den Berg pfiff! Wollen Sie jetzt die Nummer von der Susi oder nicht?«

»Entschuldigen Sie, aber das habe ich noch nie gehört! Geben Sie mir die Nummer, bitte. Und die von Jo Fischer bitte auch. Wo wohnt der?«

»In St. Wendel! Er hat dort eine Apotheke!«

»Noch ein Apotheker? Das war damals anscheinend ein schlauer Jahrgang«, vermutete Wolff.

»So allgemeingültig würde ich das nicht formulieren«, lachte Stumpf ins Telefon. »Wo Licht ist, gibt es bekanntermaßen auch Schatten. Ich stand eher auf der dunkleren Seite; bei mir ging nix mit Arzt oder Apotheker.«

»Hatte Herr Fischer auch Kontakt zu den beiden … also zu seinem Namensvetter und Kleinschmitt?«, hinterfragte der Oberkommissar.

»Er sagte, dass er die beiden nicht kennt, was mich nicht überrascht, weil der Jo damals nicht mit uns unterwegs war. Der hat immer nur für sein Abi gepaukt.«

»Wenn Jo Fischer nicht in Ihrer Clique war, wieso kennt er dann die aktuelle Adresse von Frau Welter-Sahner?«, wunderte sich Sam Wolff.

»Saarländische Lösung, Herr Kommissar! Der Jo war mal auf dem Halberg für ein Interview … als Vorsitzender vom Apothekerverband oder was weiß ich. In der Kantine hat ihm der Aufnahmeleiter beim Mittagessen seine Frau vorgestellt; tja, und man glaubt es nicht: Das war die Susi. Der Jo hat die nicht gekannt, aber man kam ins Gespräch … wie das halt so geht.

Gemeinsame Bekannte, Gymnasium Neunkirchen, er bei den Jungs, sie bei den Mädels. Man tauscht sich aus … glücklicherweise haben die nicht über mich gesprochen.«

»Wieso nicht? Hätte doch nahegelegen?«

»Der Jo hatte damals wahrscheinlich gar nicht geschnallt, dass die Susi und ich zusammen waren. Wie gesagt: Der hat nur über seinen Büchern gehockt.«

»Verstehe! Gibt es sonst noch was, Herr Stumpf?«

»Das war schon mal eine ganze Menge, oder?«

»Stimmt auch wieder! Danke fürs Erste. Sie melden sich, wenn Sie noch etwas erfahren«, forderte der Oberkommissar.

»Langsam wird es Zeit, dass wir eine Erfolgsprämie aushandeln«, lachte Stumpf. »Auf Wiederhören.«

»Wiederhören.«

Nach dem Gespräch versuchte der Oberkommissar, Ordnung in seine Notizen zu bringen und überlegte eine Weile.

Zweimal der Name Fischer, zwei Apotheker, zwei Opfer, zwei Frauen. War es Zufall, dass vieles paarweise auftrat?

Zu klären war, ob die beiden Fischers tatsächlich nicht miteinander verwandt waren. Hatte Kleinschmitt wirklich etwas mit Drogen zu tun?

Nachfragen beim zuständigen Dezernat ergaben, dass Kleinschmitt diesbezüglich nicht auffällig geworden war. In seiner Wohnung waren zwar leistungssteigernde Präparate gefunden worden, aber nichts, was man als illegale Rauschmittel bezeichnen konnte. Dennoch sollten die Wohnungen der Opfer nochmals unter Mithilfe von Spürhunden gründlich durchsucht werden. Wolff klärte das ab und erhielt die Auskunft, dass die Durchsuchungen aus Termingründen erst am übernächsten Tag durchgeführt werden konnten.

Als das geklärt war, versuchte der Oberkommissar, Kontakt zu Susi Welter-Sahner aufzunehmen. Wenn Stumpfs Informationen stimmten, war Susi ihr tatsächlicher Vorname und nicht etwa die Abkürzung für Susanne. Wolff fragte sich, wie Eltern auf die Idee kommen konnten, ihrem Kind den Namen einer Disney-Figur aufs Auge zudrücken; zum Glück hatte Susi keinen Partner namens Strolch geheiratet, dann wäre die Katastrophe perfekt. Andererseits war Donald auch nicht viel besser, und trotzdem konnte man es damit bis ins Weiße Haus bringen.

Nach dem zehnten Klingelton brach Wolff ab und beschloss, es später noch einmal zu versuchen. Er brauchte drei weitere Anläufe, um Susi Welter-Sahner endlich ans Telefon zu bekommen, mittlerweile war es kurz vor 18 Uhr.

Sam Wolff begann das Gespräch sehr behutsam, weil er merkte, dass das Misstrauen seiner Gesprächspartnerin groß war. Vorsichtig versuchte er Susi Welter-Sahner davon zu überzeugen, wie wichtig ihre Mitarbeit eventuell sein könnte; nach einigen Minuten hatte er sie soweit, dass sie ihm zu vertrauen schien.

Im Prinzip erfuhr der Oberkommissar zunächst jedoch nichts Neues. Im Großen und Ganzen bestätigte die Frau die Aussagen von Heinzmann, Stumpf und dem Fenster-Späher aus Quierschied. Als Wolff auch den Namen von Stumpf ins Spiel brachte, reagierte Frau Welter-Sahner gelassen und erwähnte von sich aus nur, dass es damals ein kleines Techtelmechtel gegeben habe, verlor jedoch kein einziges Wort über das Ende der Liaison. Anscheinend empfand sie die damalige Trennung als weniger dramatisch, als Stumpf selbst sich das vorstellte.

Von Maike Lambert wusste sie, dass die im Hasenthal in Neunkirchen bei ihren Eltern aufgewachsen war. Sie sei mit ihr eng befreundet gewesen, aber ihre damals beste Freundin sei in einem strengen Elternhaus großgeworden; das sei nicht ganz einfach gewesen.

»Das waren in unseren Augen erzkonservative Spießer; die Mutter war Lehrerin, der Vater Finanzbeamter. Wenn wir in die Disco wollten, hat Maike sich immer bei mir umziehen müssen, weil die Alten die damals moderne Mode total ablehnten. Das hat uns auch irgendwie zusammengeschweißt, aber Maike war immer ängstlich und zurückhaltender als ich.«

»Wissen Sie, was aus ihr geworden ist, oder wo sie jetzt wohnt?«, fragte der Oberkommissar.

»Nein! Das war damals alles ganz merkwürdig! Von heute auf morgen war Maike von der Bildfläche verschwunden. Hat sich einfach nicht mehr gemeldet und alles abgebrochen. Das habe ich ihr bis heute nicht verziehen.«

»Wie meinen Sie das: verschwunden?«

»So wie ich es sage! Sie hat sich nicht mehr blicken lassen und sich auch nicht mehr gemeldet. Ich war dann irgendwann bei ihren Eltern, um zu fragen, was los ist. Da haben die mir erzählt, dass Maike zu Verwandten in die Staaten gezogen ist, weil sie dort eine Ausbildung machen konnte. Das Angebot sei plötzlich gekommen und eine einmalige Chance.«

»Haben Sie das geglaubt?«, fragte Wolff misstrauisch. »Ich meine, wenn man so eng befreundet ist, taucht man doch nicht einfach kommentarlos ab.«

»Ja, schon, aber Maike hatte mir oft von ihrem Traum erzählt, nach Amerika zu gehen; ich habe auch gewusst, dass sie dort Verwandte hatte. Fragen Sie mich nicht wo, das weiß ich nicht mehr. Warum hätte ich also daran zweifeln sollen? Ich habe es ihr sogar gegönnt, aber dass sie sich niemals mehr gemeldet, nicht mal geschrieben hat, war eine Sauerei. Zuerst hatte ich mich geärgert, später habe ich dann einfach nichts mehr von ihr wissen wollen.«

»Wie alt war Maike damals?«

»Oh, da waren wir so Mitte zwanzig.«

»Das war in welchem Jahr? Ich meine den Abgang in die USA?«

»Das muss 1990 oder 91 gewesen sein.«

»Was hat sie nach dem Abitur gemacht? Sie hat doch Abi gemacht?«

»Klar. Sie hat BWL studiert! Auf Druck des Vaters. Typisch!«

»Hatte sie Geschwister?«

»Nein!«

»Leben die Eltern noch?«

»Ach was! Die sind beide schon lange tot. Ich war sogar auf der Beerdigung der Mutter.«

»Die Tochter war nicht auf der Beisetzung?«, wunderte sich der Oberkommissar.

»Nein, aber das hat mich nicht sonderlich überrascht. Mit ihrer Mutter hatte sich Maike zeitlebens nicht verstanden.«

Der Oberkommissar stellte noch ein paar Fragen, aber weitere brauchbare Informationen konnte er seiner Gesprächspartnerin nicht entlocken. Zu den beiden Mordopfern konnte sie keine Angaben machen, die Namen sagten ihr nichts und selbst die per Handy übermittelte Fotografie weckte in Susi Welter-Sahner angeblich keine Erinnerung.

Wolff bat um Rückruf, falls ihr speziell dazu noch etwas einfallen sollte und beendete das Gespräch; danach machte er endlich Feierabend.

* * *

Am nächsten Tag trugen die Ermittler die aktuellen Ergebnisse zusammen und beratschlagten, wie sie weiter vorgehen wollten.

Noch immer waren keine klaren Linien zu erkennen, die die beiden Mordfälle miteinander verbanden. Die akribischen Nachverfolgungen der letzten Stunden, Tage, Wochen und Monate vor den Taten hatten keine Hinweise ergeben, dass die Opfer Kontakt miteinander gehabt hatten. Es gab einfach nichts, was die Beiden in jüngster Zeit miteinander verbunden hatte.

Es war zwar sicher, dass Lars Kleinschmitt es mit dem Gesetz in vielen Belangen nicht so genau genommen hatte, vom Handel mit minderwertigen Fahrrädern, über allerlei kleinere Betrügereien, bis hin zur Urkundenfälschung, aber nichts davon taugte als Motiv für seine Ermordung oder gar als Hintergrund für die Grausamkeit der Tat.

In Fischers Wohnung waren keinerlei Indizien gefunden worden, die auf den Konsum oder Umgang mit Rauschgift hindeuteten, so dass auch in diesem Bereich keine Übereinstimmung mit dem zweiten Opfer erkennbar war.

»Wenn es um Kleinschmitt allein ginge, könnte man sich mit viel Fantasie das eine oder andere vielleicht noch vorstellen, aber nicht im Zusammenhang mit Fischer; und die Todesumstände passen nicht ins Bild dieses Kleinkriminellen«, urteilte die Hauptkommissarin gegen Ende der Besprechung und fand damit die Zustimmung ihrer Kollegen und der Staatsanwältin, die sich zwischenzeitlich hereingeschlichen hatte.

»Ich werde versuchen, irgendwie an diese Maike Lambert ranzukommen, oder zumindest mehr über sie zu erfahren«, erklärte Sam Wolff. »Sie ist quasi die einzige Person, von der wir kaum etwas wissen, und deren Aufenthaltsort wir nicht kennen.«

»Konzentrier dich auf ihr plötzliches Verschwinden«, stimmte die Hauptkommissarin zu. »Da stimmt was nicht; geh der Sache nach!«

»Das scheint mir auch so«, bestätigte die Staatsanwältin. »Vielleicht musste sie von der Bildfläche verschwinden, weil ihre Eltern das so wollten.«

»Wenn sie ins Kloster verschwunden ist, finden wir die nie«, seufzte Christian Goldstein. »Das kehrt die Kirche unter den Teppich!«

»Na, du kennst dich ja aus!«, lachte Katja Reinert.

»Ich frage beim Einwohnermeldeamt nach und versuche über die Uni etwas über ihr Studium zu erfahren. Vielleicht kann mir die Finanzbehörde etwas über ihren Vater erzählen. Irgendwas wird sich schon ergeben. Oder ist das wieder zu zeitaufwendig?«

»Nein, machen Sie das!«, bestätigte die Staatsanwältin, worauf die Hauptkommissarin das Meeting beendete und viel Erfolg wünschte.

* * *

An den folgenden Tagen hatte Oberkommissar Sam Wolff mit der Bürokratie seine liebe Not. Auch für die Ermittler bedeuteten die Vorgaben des Datenschutzes fast unüberwindliche Hürden, und mehr als einmal bedurfte es einer richterlichen Anordnung oder der Unterstützung durch die Staatsanwaltschaft, um an die benötigten Auskünfte heranzukommen.

Ein weiteres Problem war der Umstand, dass Informationen aus jener Zeit nicht durchgehend digitalisiert waren, weshalb es trotz Dringlichkeit mehrere Tage dauerte, bis Wolff die Antworten auf seine Anfragen auf dem Schreibtisch hatte. Zusammengefasst ergab sich nun folgendes Bild:

Maike Lambert war Ende 1991 urplötzlich vom Radar der Behörden verschwunden. Kurz vor dem Abschluss ihres BWL-Studiums verlor sich ihre Spur in den Akten der Universität im Nichts. Da es keine Dokumentation über ein Diplom gab, war anzunehmen, dass die Studentin ohne Abschluss abgebrochen hatte; eine Übersiedlung an eine andere deutsche Universität war nicht vermerkt. Wäre sie zu einer amerikanischen Uni gewechselt, hätte das normalerweise in den Akten stehen müssen, das war aber ebenfalls nicht der Fall.

Beim Einwohnermeldeamt der Stadt Neunkirchen war Maike Lambert über das Jahr 1991 hinaus weiterhin gemeldet, allerdings war ihr Personalausweis 1992 abgelaufen, ohne dass er verlängert worden war. Erst Jahre später wurde auf ihren Namen ein neuer Ausweis von der Gemeinde Losheim ausgestellt; von dort wurde auch der neue Wohnort mitgeteilt. Maike Lambert war nun in Scheiden In der Dorfwies 59 als wohnhaft gemeldet; seit wann sie tatsächlich dort wohnte, war nicht bekannt, das Anmeldedatum lautete auf 12. Januar 2011. Zwanzig Jahre nach ihrem Verschwinden aus Neunkirchen tauchte sie plötzlich wieder auf.

Es stellte sich demnach die Frage, wo Maike Lambert in all den Jahren davor gewohnt hatte, oder ob sie dort gewohnt hatte, ohne angemeldet zu sein.

Die Frage relativierte sich auf der nächsten Seite der Mitteilung aus Losheim. Dort stand vermerkt, dass Maike Lambert am 6. März 2021 im Kreiskrankenhaus in Saarlouis verstorben war.

»Das war's!«, murmelte Sam Wolff und schrieb Hauptkommissarin Reinert eine Mitteilung.

Maike Lambert im März vergangenen Jahres verstorben; damit hat sich das erledigt.

22

Mitte bis Ende Mai

Katja Reinert und Staatsanwältin Sommer nahmen Sam Wolffs Ermittlungsergebnisse bei der nächsten Besprechung zunächst kommentarlos zur Kenntnis, reagierten allerdings zerknirscht, als auch Kommissar Goldstein und Hauptkommissar Ken Arndt keine nennenswerten Ermittlungsfortschritte zu vermelden hatten.

»Zehn Wochen sind seit dem ersten Tötungsdelikt vergangen, und wir stehen immer noch mit leeren Händen da!«, seufzte die Staatsanwältin. »Die Presse hat uns bereits mehrfach vorgeworfen, dass wir nicht von der Stelle kommen. Überraschenderweise reagiert das Innenministerium erstaunlich gelassen.«

»Wir befinden uns in der glücklichen Situation, dass die neugewählte Regierung noch in der Findungsphase steckt und sich vor allem mit Schuldzuweisung hinsichtlich der Pandemie beschäftigt«, entgegnete Ken Arndt. »Deshalb haben wir vorerst unsere Ruhe, aber irgendwann ist das vorbei; lange wird das nicht mehr dauern.«

»Das soll uns erst mal egal sein«, ging die Hauptkommissarin dazwischen. »Wir können den Täter nicht aus dem Hut zaubern! Dass mir jetzt bitte niemand mit Selbstzweifeln kommt! Wenn die von der Steuerfahndung zwei Jahre lang ermitteln oder in Sachen Clan-Kriminalität Wochen lang observiert wird, regt sich ja auch niemand auf. Nur bei uns fordert man den schnellen Erfolg. Ist halt so, kann ich nicht ändern! Wir machen weiterhin unseren Job und fertig!«

»Genau!«, bestätigte Sam Wolff die Einstellung seiner Chefin. »So sehe ich das auch!«

»Dann finde raus, was diese Maike in den Jahren zwischen ihrem Abgang in Neunkirchen und ihrer Wiedergeburt in Losheim gemacht hat! Warum ist sie von heute auf morgen verschwunden? Wie kam sie dorthin? Was hat sie dort gemacht? War sie zwischendurch verliebt, verlobt, verheiratet? Welche Rolle spielten ihre Eltern bei diesem Spiel. Womit hat sie ihr Geld verdient? Und so weiter! Und fühl dieser Susi mit dem Doppelnamen weiter auf den Zahn; Ich bin mit der noch nicht im Reinen …«

»Wieso beißt du dich jetzt an Maike Lambert fest?«, wollte Daniela Sommer wissen.

»Ich beiß mich nicht an der fest!«, widersprach Katja Reinert. »Sie ist nur die einzige auffällige Person, die uns bisher untergekommen ist.«

»Bis auf die fragwürdigen Geschäfte von Lars Kleinschmitt!«, warf Ken Arndt ein. »Allerdings bringen die uns auch nicht weiter.«

»Das stimmt, und deswegen bleibst du da auch dran! Und an diesem Apotheker in Püttlingen, dem traue ich irgendwie auch nicht über den Weg. Vielleicht hatte er doch irgendwelche Geschäftsbeziehungen zu Kleinschmitt; Doping- oder Potenzmittel; was weiß ich.«

»Wir dürfen auch Alexander Fischer nicht außer Acht lassen«, mahnte die Staatsanwältin. »Nach allem, was wir wissen, hat er ständig über seine Verhältnisse gelebt und war früher schon kein unbeschriebenes Blatt, als er noch in der anderen Partei aktiv war. Er muss sich zwangsläufig Feinde gemacht haben.«

»Davon will in der Partei heute keiner mehr was wissen«, entgegnete Ken Arndt. »Da wird gemauert ohne Ende. Ohne Druck von ganz oben kommen wir nicht an detaillierte Informationen.«

»Okay, ich werde nochmals versuchen, über die politische Schiene etwas in Erfahrung zu bringen«, versicherte Daniela

Sommer. »Aber ich fürchte, dass in diesem Umfeld auch eine Staatsanwältin wenig ausrichten kann, so lange wir keinen konkreten Hinweis oder Tatverdacht auf den Tisch legen können.«

* * *

Sie sollte Recht behalten, denn es gelang auch in den folgenden Tagen nicht, Details über die damaligen Missstände in jener Partei herauszufiltern. Unstimmigkeiten zwischen Fischer und dem Rest des Vorstandes, seine eigenmächtigen Entscheidungen, fragwürdige Geldgeschäfte mit Mitteln aus der Parteikasse, das alles war den Ermittlern bereits bekannt, aber an Hintergrundinformationen mangelte es nach wie vor. Man habe sich angeblich in beiderseitigem Einvernehmen getrennt. Soso! Aufzeichnungen seien nach so langer Zeit nicht mehr vorhanden. Zu Fischer habe man danach nie wieder Kontakt gehabt. Die Parteivorstände von damals seien heute nicht mehr aktiv. Von wegen! Und von persönlichen Anfeindungen gegenüber Fischer wisse man nichts; und überhaupt, das sei alles Schnee von übervorgestern! Ende der Fahnenstange.

Außerdem: Wenn man das jetzt wieder aufwärmen und an die große Glocke hängen wolle, würde man sich mit allen zur Verfügung stehenden Rechtsmitteln dagegen wehren. Man ziehe in Erwägung, sich beim zuständigen Ministerium zu beschweren …

Die Verantwortungsträger bei Staatsanwaltschaft und Polizei entschieden, die Ermittlungen in dieser Angelegenheit vorerst ruhen zu lassen … es sei denn, aus den weiteren Ermittlungen im Zusammenhang mit dem Tötungsdelikt zum Nachteil von Alexander Fischer … ergeben sich neue Aspekte, die einen Zusammenhang mit den damaligen Vorkommnissen … als zwingend wahrscheinlich ergeben lassen.

Klappe zu, Affe tot! Den Ermittlern waren die Hände gebunden.

Oberkommissar Sam Wolff ackerte indessen rund um die Uhr, um Licht in die Vita von Maike Lambert zu bringen. Tagelang kontaktierte er die entsprechenden Ämter, fand einen noch lebenden ehemaligen Kollegen von Maikes Vater beim Finanzamt Homburg, recherchierte in Kirchenbüchern und ging den Meldebehörden auf den Wecker.

Schließlich gelang es ihm, ein ungefähres Bild über den Werdegang von Maike Lambert zusammen zu setzen.

Nach ihrem Fortgang aus dem elterlichen Haus in Neunkirchen war sie offensichtlich nach Scheiden im Nordsaarland zu ihrem Onkel, einem Bruder ihrer Mutter gezogen. Ob mit Duldung der Eltern, auf deren Veranlassung oder warum auch immer blieb weiterhin unklar. Die Informationen über die Umsiedlung nach Scheiden beruhten auf Gerüchten und Vermutungen einiger Zeitzeugen, aber belegen ließ sich das nicht, denn die Ummeldung erfolgte erst Jahre später, was dem Oberkommissar bereits bekannt war.

Neu war, dass Maike Lambert am 12. Dezember 1991 im Kreiskrankenhaus Saarlouis einen Jungen entbunden hatte. Dort hatte sie als Wohnsitz die Adresse des Onkels in Scheiden angegeben; das Kind sollte den Namen Max tragen. Den Namen des Kindsvaters hatte sie nicht angegeben, und auch in weiteren Eintragungen tauchte der Name des Erzeugers nicht auf. Die Eltern von Maike wurden im Zusammenhang mit ihrem Enkel nie erwähnt, auch nicht im Stammbuch, das für den kleinen Max ausgestellt worden war.

Der Knabe wurde Anfang 1992 in St. Cyprien und Justina in Scheiden getauft. Einziger Taufpate war der Onkel: Max Strasser.

Die Bürokratie musste vor 30 Jahren ziemlich chaotisch gewesen sein, denn merkwürdigerweise war der Sohn im amtlichen Melderegister von Losheim aufgeführt, die Mutter allerdings nicht. Ob das der Schusseligkeit der Verwaltung zuzuschreiben war, oder Maike Lambert das irgendwie arrangiert hatte, blieb offen.

Nach der Geburt des Sohnes gab es jedenfalls in den Akten keine weiteren Eintragungen über Mutter und Kind. Erst als der Knabe eingeschult wurde, tauchten die beiden in den Registern der Ämter wieder auf. Die Wohnadresse war zwar immer noch die gleiche, aber im Meldeamt war Maike immer noch nicht registriert; offiziell wohnte sie nach wie vor bei ihren Eltern, was allerdings faktisch falsch oder unwahrscheinlich war.

Im Jahr 2011 änderte sich die Aktenlage plötzlich. Max Strasser verstarb, alleinige Erbin einschließlich des Hauses war Maike Lambert. Das war der Zeitpunkt, als sie sich einen neuen Pass ausstellen ließ, aus der Versenkung trat und sich offiziell beim Einwohneramt Losheim in Scheiden registrieren ließ.

Max Lambert war mittlerweile volljährig; weder er noch seine Mutter waren als Besitzer eines Führerscheins registriert. Wieder verschwanden beide von der Bildfläche der Bürokratie. Ob es bei den Finanzbehörden Unterlagen gab, war nicht zu ermitteln, weil es von dort ohne richterlichen Beschluss keine Auskünfte geben würde. Nach Ermittlungsstand war an einen solchen Beschluss nicht zu denken; gleiches galt für Auskünfte von den Krankenkassen und des Sozialversicherungsträgers zwecks Feststellung, ob und wo die beiden einer geregelten Arbeit nachgegangen waren.

Vorerst blieb es bei diesem Informationsstand, weitere Ermittlungen mussten von der Staatsanwaltschaft oder einem Ermittlungsrichter angeordnet werden, was in der Regel nicht einfach und ein zeitraubender Prozess war, so lange die zugehörigen Personen nicht im unmittelbaren Fokus eines Tatverdachtes standen.

Nach dem Tod der Mutter blieb Max im Haus, das sie von Onkel Max geerbt hatte. Es war anzunehmen, dass er nun das Erbe seiner Mutter angetreten hatte, aber sicher war das nicht, denn es gab hierzu keine Unterlagen in den Registern und umgeschrieben war das Haus nicht; weshalb, konnte der Oberkommissar bisher nicht klären.

Sam Wolff setzte eine Streife aus Losheim in Marsch, die in Scheiden überprüfen sollte, ob sich Max Lambert tatsächlich noch unter der Wohnadresse aufhielt, denn einen Telefoneintrag gab es nicht. Falls er dort angetroffen werden würde, sollte er gebeten werden, sich bei Oberkommissar Wolff vom LKA zu melden. Wolff wollte mit ihm ein persönliches Treffen vereinbaren, und ihn nach seiner Mutter und den beiden Mordopfern befragen.

Soweit kam es nicht, denn die Streife ließ ausrichten, dass man in der Wohnung niemanden angetroffen hatte; eine Benachrichtigung sei in den Briefkasten geworfen worden.

Sam Wolff ärgerte sich sehr, dass bei den Nachbarn nicht nachgefragt worden war, musste aber akzeptieren, dass er dafür keine Order erteilt hatte. An diesem Tag hätte er die Akten am liebsten in den Papierkorb gefeuert, begnügte sich aber damit, einige Überstunden und den Frust abzubauen und sich mit ein paar Kumpels in der Altstadt von Saarlouis zu treffen.

Das war der Stand der Dinge, als am Montag dem 30. Mai vormittags um 10 Uhr 30 Hauptkommissarin Katja Reinert das Ermittlerteam zusammenrief, weil es eine heiße Spur gab, der sie jetzt die volle Aufmerksamkeit widmen wollte.

23

Montag, 30. Mai

Das kurzfristig einbestellte Team der Ermittler spürte, dass die Leiterin des Kommissariats äußerst wichtige Neuigkeiten zu berichten hatte, denn die Hauptkommissarin saß mit ernster Miene vor ihrem Aktenbündel und begrüßte die Kollegen und Staatsanwältin Sommer nur mit einem beiläufigen Kopfnicken.

Entgegen sonstiger Gewohnheiten wurde kein Kaffee angeboten; alle starrten auf Hauptkommissarin Katja Reinert und warteten ungeduldig, dass sie mit den neuen Informationen herausrückte.

»Leute, wir haben einen vielleicht entscheidenden Hinweis bekommen«, stieg Katja Reinert schließlich in die Thematik ein und blätterte in ihren Aufzeichnungen. »Ich bekam vor etwa einer Stunde einen Anruf von einer Frau, die erst jetzt von dem Tötungsdelikt zum Nachteil von Alexander Fischer gehört haben will. Sie war vor mehr als drei Monaten Zeugin, als Alexander Fischer bei einer Wahlkampfveranstaltung angeblich bedroht worden ist …«

»Warum meldet die Frau sich erst jetzt?«, unterbrach die Staatsanwältin. »Beziehungsweise, wieso hat sie erst jetzt von Fischers Tod erfahren?«

»Der Reihe nach!«, entgegnete die Hauptkommissarin angespannt. »Die Frau heißt Ramona Seidel, 28 Jahre alt. Sie ist Umweltschutzaktivistin und war seit Anfang März drei Monate lang in Umweltcamps in Finnland, Norwegen und Schweden unterwegs; laut ihrer Darstellung zur Planung und zum Neustart von Aktionen für die Zeit nach Corona. Ich habe ihre Angaben, so gut es in der Kürze der Zeit ging, grob überprüft; was sie sagt, scheint zu stimmen, muss jedoch noch im Detail verifiziert werden. Ich werde mich der Einfachheit halber später selbst darum kümmern.«

»Von wem hat sie erfahren, dass Fischer ermordet wurde?«, fragte Hauptkommissar Ken Arndt. »Kennt sie die Todesumstände?«

»Wie viel sie insgesamt weiß, kann ich nicht einschätzen; das wäre in einem persönlichen Gespräch zu klären. Meinem ersten Eindruck nach, sind ihr die grausamen Details nicht bekannt, sonst hätte sie anders reagiert. Sie behauptet, über eine Parteifreundin von Fischers Tod erfahren zu haben. Ramona Seidel ist ebenfalls Mitglied bei den Grünen ...«

»Oder von dem, was davon noch übrig geblieben ist«, feixte Christian Goldstein, worauf der Rest der Gruppe lächelte.

»Oder so!«, entgegnete die Hauptkommissarin. »Jedenfalls werden wir uns mit dieser Frau eingehend unterhalten müssen ...«

»Du sagtest, dass Frau Seidel eine Aktivistin ist«, warf Sam Wolff ein. »Sie ist demnach engagiert! Wieso ging sie ausgerechnet zu diesen Veranstaltungen ins Ausland, anstatt hier vor Ort Wahlkampf für ihre Partei zu machen? Ich meine, die Grünen hätten nach all dem Palaver im Saarland jede hilfreiche Hand gebrauchen können.«

»Frag sie!«, entgegnete Katja Reinert. »Ich vermute, das war international organisiert, und da war eine Landtagswahl nicht relevant. Aber du hast Recht, Sam; gute Frage.«

»Wann und wo soll diese Bedrohung stattgefunden haben?«, wollte Ken Arndt wissen.

»Das genaue Datum hat Frau Seidel nicht in Erinnerung; wir müssen das über die Partei hinterfragen. Das damalige Wahlkampfteam wird wissen, wer, wann und wo unterwegs war. Die Zeugin meint, es sei Ende Januar oder Anfang Februar gewesen. Der Veranstaltungsort war jedenfalls in Bildstock, daran erinnert sich die Zeugin genau.«

»Wo da?«, hinterfragte Sam Wolff, worauf die Hauptkommissarin in ihren Unterlagen blätterte.

»Im Rechtsschutzsaal«, antwortete sie schließlich. »Was und wo auch immer das sein mag.«

»Kenne ich«, warf die Staatsanwältin ein. »Ist aber im Augenblick nicht wichtig! Weiter!«

»Der Mann, der Alexander Fischer dort angeblich bedroht hat, heißt Adrian Hofer«, fuhr die Hauptkommissarin fort. »Auf ihn richtet sich nun unsere Aufmerksamkeit. Eine Anfrage im Register läuft, zu mehr bin ich noch nicht gekommen. Das übernimmst du, Christian! Die Zeugin behauptet, Hofer sei als Störenfried bekannt und bereits zuvor mehrfach bei solchen Veranstaltungen aufgefallen. Angeblich gehört er dem rechten Spektrum an, Frau Seidel glaubt, dass er den Reichsbürgern zuzuordnen ist.«

»Wo wohnt der Mann?«, fragte Staatsanwältin Sommer.

»Das weiß die Zeugin nicht. Wie gesagt: Die Anfrage läuft. Frau Seidel meint, einmal gehört zu haben, dass er aus Friedrichsthal stammt, aber das sind meiner Meinung nach keine belastbare Aussage; klär das, Christian! Priorität eins!«

»Okay, mache ich!«, bestätigte der junge Kommissar voller Eifer.

»Wenn du Unterstützung brauchst, wendest du dich an Sam«, ergänzte die Hauptkommissarin.

»Ich bin mit Maike Lambert und ihrem Sohn noch nicht durch!«, intervenierte der Oberkommissar.

»Das hier hat jetzt oberste Priorität!«, entschied Katja Reinert.

»Wie du meinst, Chefin!«, maulte der Oberkommissar, der lieber die begonnene Recherche abgeschlossen hätte.

»Welcher Art war diese Drohung?«, hinterfragte Daniela Sommer.

»Während einer Wahlkampfrede von Fischer in Bildstock kam es zu Zwischenrufen. Als die Ordner eingriffen, hat Hofer gebrüllt, er werde Fischer eines Tages umbringen und am nächsten Baum aufhängen. Sinngemäß; an den genauen Wortlaut erinnert sich die Zeugin nicht. Hofer sei gewalttätig geworden, es kam zu einer Schlägerei mit den Ordnern, die ihn schließlich aus dem Saal warfen.«

»War die Polizei im Einsatz?«

»Davon hat die Zeugin nichts erwähnt.«

»Das solltet ihr rausfinden!«, forderte die Staatsanwältin.

»Wir müssen unbedingt wissen, wo sich Adrian Hofer aktuell aufhält; darum werden sich Chris und Sam kümmern! Ken wird versuchen, Hofers Vorleben zu durchleuchten. Ich fühle Ramona Seidel und ihrem Umfeld auf den Zahn. Die Staatsanwaltschaft sollte vorbereitet sein, falls wir für Adrian Hofer einen Durchsuchungsbeschluss benötigen oder dessen Festnahme ins Auge fassen müssen. Nicht dass dein Oberstaatsanwalt aus allen Wolken fällt, und alles wieder ewig dauert.«

»Ich bespreche das intern, Katja«, bestätigte die Staatsanwältin. »Mir macht allerdings Sorgen, ob die Chefetage bereit ist, die Füße still zu halten, sobald sie von den Drohungen dieses Herrn Hofer und seiner rechten Gesinnung erfährt. Ich fürchte, die werden bei diesem Thema auf jeden ungesattelten Gaul springen, den man ihnen vor die Tür stellt.«

»Die sollen warten, bis wir konkrete Ergebnisse haben«, entgegnete Katja Reinert unwirsch. »Alles andere wäre im Augenblick kontraproduktiv; notfalls mache ich das denen da oben selbst klar.«

»Mach du deine Arbeit«, widersprach Daniela Sommer. »Ich mach das schon …«

»Das Problem ist, dass wir im Augenblick noch keinen Bezug von diesem Hofer zu Lars Kleinschmitt kennen«, unterbrach Ken Arndt. »Da müssen wir ganz gezielt hinschauen! Falls Hofer mit Kleinschmitt ebenfalls ein Problem hatte, wäre das der Durchbruch; andernfalls ist es nichts weiter als eine Drohung, wie sie aus dem rechten Milieu öfter vorkommt. Ich werde überprüfen, ob in den sozialen Medien Posts oder Hetzkampagnen zu finden sind, die mit Hofer oder Fischer in Verbindung gebracht werden können.«

»Das ist korrekt! Kümmere dich drum! Also los, machen wir uns an die Arbeit! Ist es für euch okay, wenn wir uns um 16 Uhr 30 zur ersten Zwischenbilanz zusammensetzen?«

»Zu früh!«, entgegnete Ken Arndt. »In sechs Stunden bringt das nichts. Lass uns per Telefon oder Mail kommunizieren, falls es Neuigkeiten gibt. Alles andere kostet zu viel Zeit. Außerdem wollen wir auch mal pünktlich Feierabend machen; meine Frau wird langsam sauer!«

»Okay« willigte die Hauptkommissarin ein. »Dann bis morgen um 8 Uhr, aber bitte pünktlich! Viel Erfolg, bis dann!«

* * *

Bis in den späten Nachmittag hinein versuchten Sam Wolff und Christian Goldstein, mehr Licht in Adrian Hofers Vergangenheit und Persönlichkeit zu bringen und seinen aktuellen Aufenthaltsort zu ermitteln.

Ramona Seidel wurde zunächst telefonisch kontaktiert, worauf sie weitere Namen von Personen preisgab, die bei dem damaligen Zwischenfall im Rechtsschutzsaal dabei waren oder dabei gewesen sein könnten, worauf Wolff diese Personen kontaktierte und Goldstein deren Angaben protokollierte, auswertete und zu einem Gesamtbild zusammenfügte.

Katja Reinert durchforstete derweil das Archiv des LKA nach Eintragungen zur Person von Adrian Hofer und kontaktierte die Meldebehörden.

Staatsanwältin Daniela Sommer fütterte die Chefetage mit den neuesten Informationen und bat mit deutlichen Worten um Zurückhaltung gegenüber der Öffentlichkeit.

»Möglicherweise stehen wir kurz vor dem entscheidenden Durchbruch«, erklärte sie. »Da kann es nicht sein, dass wir uns in dieser Phase noch mehr Arbeit und zusätzliches Störfeuer aufhalsen! Das würde dem Ermittlungsfortschritt hinderlich sein. Also bitte keine Namen, keine Einzelheiten!«

»Mit irgendetwas werden wir die Medien bedienen müssen!«, forderte der Pressesprecher.

»Werfen Sie ihnen irgendeinen Köder hin«, entgegnete die Staatsanwältin. »Von mir aus, dass erhebliche Fortschritte zu verzeichnen sind und ...«

»Dann wird der Minister wissen wollen, welche das sind«, warf der Polizeipräsident ein. »Wenn wir dem Ministerium Einzelheiten preisgeben, können wir es auch gleich selbst der Presse mitteilen.«

»Das stimmt allerdings«, gab der Pressesprecher zu. »Dann haben wir das Ministerium und die Journalisten gleichzeitig am Hals.«

»Okay! Wie wäre es mit einer Nebelkerze?«, schwenkte Daniela Sommer um. »Wir behaupten, dass wir auf der Stelle treten und das BKA um Amtshilfe bitten werden.«

»Kommt überhaupt nicht in Frage«, echauffierte sich der Polizeipräsident. »Der Minister würde mich fragen, ob ich noch alle Tassen im Schrank habe, und wieso wir das nicht alleine hinbekommen. Außerdem: Was wollen Sie damit bewirken, Frau Staatsanwältin?«

»Zeit gewinnen, sonst nichts! Das BKA wird sich diesen Schuh sowieso nicht anziehen und ablehnen; bis dahin hätten wir ein paar Tage Luft.«

»Nein, nein, nein«, tobte der Polizeipräsident. »Da würde der Minister niemals mitspielen. Das machen wir auf gar keinen Fall!«

»Moment mal!«, meldete sich nun erstmals der Oberstaatsanwalt zu Wort. »Ich sehe nicht, dass wir uns groß rechtfertigen sollten! Nach der raschen Aufklärung der Polizistenmorde in Kusel vor vier Monaten erwarten zwar alle, dass sich auch in diesen beiden Fällen, die zweifellos zusammenhängen, ein schneller Erfolg einstellt, aber das sollten wir nicht zu unserem Thema machen. Das neu besetzte Innenministerium hat den überzogenen Erwartungen der Öffentlichkeit nicht energisch widersprochen, was ich verstehe, weil die Führungsebene erst kurz im Amt ist. Aber weshalb sollten wir uns dadurch selbst unter Druck setzen? Ich schlage vor, dass wir in der Öffentlichkeit klarstellen, dass die Sachlage hier eine völlig andere ist als seinerzeit in Kusel. Dort wurde am Tatort der Personalausweis des Täters gefunden, was neben anderen glücklichen Umständen zur unmittelbaren Identifizierung und Ergreifung geführt hat. Die Situation im aktuellen Falle ist eine völlig andere! Stellen Sie das öffentlich klar, positionieren Sie sich eindeutig, dann wird das jeder verstehen!«

Der Vorschlag fand in der Runde allgemein Zustimmung, nur der Polizeipräsident meldete Bedenken an.

»Das würde unseren Erfolg von damals im Nachhinein schmälern«, grummelte er. »Ich weiß nicht, ob das dem Minister gefallen würde.«

»Trennen Sie sich gedanklich endlich mal von dem alten Minister!«, entgegnete der Oberstaatsanwalt ungehalten. »Dem hätte das sicherlich nicht gefallen, aber seinen Nachfolger wird wahrscheinlich nicht interessieren, was vor seiner Zeit war. Sie hatten damals ihren Erfolg, Herr Präsident; berechtigterweise! Aber davon werden Sie nicht ewig zehren können.«

Nach diesem kritischen Einwand gab der Polizeipräsident schließlich klein bei und schloss sich dem Vorschlag an, wie man an die Öffentlichkeit treten und den Druck von den Ermittlern mindern könnte.

* * *

Pünktlich um 8 Uhr kam die Truppe am nächsten Morgen zusammen, um unter der Leitung von Katja Reinert die aktuellen Ermittlungsergebnisse zu besprechen.

Im Laufe der Sitzung zeichneten die Recherchen ein klares Bild vom gesuchten Adrian Hofer. Der 51-Jährige war in den letzten Jahren immer wieder unangenehm aufgefallen und des Öfteren mit dem Gesetz in Konflikt geraten.

Bei Demonstrationen gegen die Pandemieverordnungen war er mehrfach in Erscheinung getreten, zwei Mal vorübergehend festgenommen und einmal zu einer Geldstrafe verurteilt worden. Nach einem seiner zahlreichen Exzesse hatte er eine Nacht in der Ausnüchterungszelle verbringen müssen. Ein weiteres Strafverfahren war gerichtsanhängig, konnte aber nicht abgeschlossen werden, weil Hofer vor Gericht nicht erschienen war. Ein Wiederholungstermin war nicht anberaumt.

Hofer bewegte sich im rechtsradikalen Umfeld, kleidete sich entsprechend und neigte zu Gewalttätigkeiten bei seinen Auftritten. Einmal wurde ein Messer bei ihm sichergestellt; er behauptete jedoch, dass ihm die Waffe zugesteckt worden sei.

Als Wohnsitz hatte Hofer beim Sozialamt die Adresse seiner angeblichen Freundin Karla Sand angegeben. Die behauptete jedoch, dass sie ihn bereits vor Weihnachten des letzten Jahres aus der Wohnung geworfen und die Beziehung endgültig beendet habe, weil Hofer in volltrunkenem Zustand gewalttätig geworden sei; seitdem habe sie ihn nicht mehr gesehen. Über seinen Aufenthaltsort wisse sie nichts.

Wovon Adrian Hofer lebte, blieb unklar; wahrscheinlich von Diebstählen und anderen Delikten. Das Sozialamt hatte die Zahlungen seit Februar ausgesetzt, weil Hofer bei angesetzten Terminen nicht erschienen war und sich nicht gemeldet hatte. Sämtliche Versuche, Kontakt mit ihm aufzunehmen, waren erfolglos geblieben. Ein Mobiltelefon schien er nicht zu besitzen, jedenfalls war keine Nummer bekannt. Die Bank hatte sein Konto wegen Überschuldung gesperrt; an Bargeld kam Hofer demnach auf legale Weise seit einiger Zeit nicht ran.

Insgesamt passte Hofer in das Bild eines potenziellen Gewalttäters, aber niemand konnte Angaben machen, wo er sich zurzeit aufhalten könnte. Aus dem Umfeld der rechten Szene war nichts zu erfahren, angeblich kannte ihn dort niemand, was allerdings wenig glaubhaft war; es lag auf der Hand, dass das Milieu zusammenhielt und blockte.

»Frau Sand hat erwähnt, dass Hofer sich bisweilen in Sulzbach in den Ruinen der alten Blaufabrik eingenistet hat, wenn sie ihn wieder einmal aus der Wohnung geworfen hatte. Der letzte Rauswurf war anscheinend endgültig«, erklärte Sam Wolff.

»Dort kann er nicht mehr sein«, ergänzte Christian Goldstein. »Ein Großteil der alten Gebäude wurde im Februar abgerissen. Eine Streife hat das Umfeld gestern durchforstet. Nichts deutet darauf hin, dass sich dort außer den Bauarbeitern in letzter Zeit jemand aufgehalten hat.«

»Danke!«, entgegnete die Hauptkommissarin. »Einiges würde passen! Hofer verschwindet irgendwann Anfang des Jahres von der Bildfläche; Anfang März wird Alexander Fischer ermordet. Hofer ist gewalttätig und gehört dem rechten Spektrum an, ein politisch motivierter Bezug zur Tat ist damit nicht auszuschließen ...«

»Das wäre ein Bezug zu Fischer, aber nicht zu Opfer Nummer zwei«, intervenierte Ken Arndt. »Trotzdem: Hofer ist der einzige Verdächtige, den wir auf dem Schirm haben. Schreiben wir ihn zur Fahndung aus!«

»Haben wir ein Foto von ihm?«, erkundigte sich Staatsanwältin Sommer.

»Frau Sand hat uns eins überlassen«, erklärte Christian Goldstein. »Zwei Jahre alt und etwas unscharf, aber man kann es verwenden. In den Polizeiakten gibt es auch welche, die sind zwar besser, aber älteren Datums. Ich habe bei den Ämtern angefragt. Die arbeiten dran, dauert aber wie üblich!«

»Las mich raten!«, warf Sam Wolff ein. »Corona?«

»Bingo, Kollege! Hundert Punkte!«

»Gut«, nickte Daniela Sommer. »Unter normalen Umständen würde das, was wir haben, für eine Fahndung nicht ausreichen, aber in der momentanen Situation halte ich das für vertretbar.«

»Unser gesamter Fokus liegt bis auf Weiteres auf Adrian Hofer!«, erklärte Katja Reinert. »Hört euch weiter in der Szene um und befragt jeden, der euch unter die Finger kommt! Ich will Hofer binnen 48 Stunden im Verhörraum sitzen sehen!«

»Tot oder lebendig«, flachste Christin Goldstein.

»Mal den Teufel nicht an die Wand!«, stöhnte die Hauptkommissarin.

24

Dienstag, 31. Mai

Als Joachim Schaum gegen 10 Uhr das Café Lädchen in Spiesen betrat, traute er seinen Augen nicht. An einem Zweiertisch saßen Toni Lukas und Bürgermeister Huf im Gespräch vertieft beim Frühstück.

»Guten Morgen«, grüßte Josch in die Runde. »Diskutiert ihr immer noch den Ausgang der Landtagswahl, oder seid Ihr mit kommunalen Problemen beschäftigt?«

»Nein, mein Freund«, antwortete der Bürgermeister. »Wir spekulieren gerade, wann im Ort das nächste Mordopfer gefunden wird.«

»Moin, Josch«, grüßte Toni. »Nimm dir einen Stuhl und setz dich dazu!«

»Nee, lass mal! Erstens will ich nicht stören und zweitens brauche ich Platz für mein Frühstück. Bei Euch reicht es nicht mal für ein Ei und eine Tasse Kaffee.«

»Ich bin sowieso gleich weg«, entgegnete der Bürgermeister. »Die Pflicht ruft!«

»Ich höre nix!«, meinte Josch. »Aber ich komme später wieder, wenn Ihr Euer Geheimtreffen aufgelöst habt.«

Josch suchte sich einen Platz im Nebenraum, bestellte Orangensaft, ein Croissant mit Butter, Kaffee, einen Toast und Rührei mit Schinken. Als alles geliefert wurde, sprach er mit Wirtin Anick über die Probleme, die sie mit dem Café in den Zeiten der Pandemie hatte bewältigen müssen, und stellte während des Gesprächs fest, dass es bereits mehr als ein Jahr her war, seit er zum letzten Mal hier gefrühstückt hatte.

»Wahnsinn«, kommentierte Anick. »Ich habe mittlerweile keine Erinnerungen mehr daran, wann, was und wie abgelaufen ist; jede Woche wurde eine neue Sau durchs Land getrieben und eine neue Vorschrift kam auf den Tisch. Hoffentlich ist der Spuk jetzt endlich vorbei!«

»Abwarten!«, lachte Josch. »Wir sind erst bei Omikron, und das griechische Alphabet hält noch einige Buchstaben parat.«

Als er sah, dass Anick nicht verstand, was er sagen wollte, schob Josch hinterher: »Delta-Variante, dann Omikron …«

»Dein Humor ist und bleibt gewöhnungsbedürftig«, seufzte Anick und rauschte kopfschüttelnd davon.

Josch war noch mitten beim Frühstück, als Toni Lukas auftauchte und am Tisch Platz nahm.

»Guten Appetit«, wünschte er. »Ich komme besser zu dir, als dass du dein ganzes Frühstück rüber schleppst!«

»Ist Bernd schon weg?«

»Bürgermeister Huf? Ja, der ist zurück an seinen Schreibtisch!«

»Da gehört er auch hin! Ich hoffe, er hat dich wenigstens eingeladen.«

»Nein, das hat er nicht. Unser Gespräch war inoffiziell dienstlich«, erklärte Toni.

»Das erweckt in mir den Anfangsverdacht auf krumme Geschäfte«, lachte Josch. »Willst du die ganze Gemeinde kaufen oder nur Teile davon?«

»Lästere du nur! Nein, es geht um das Projekt am Turm, aber das bleibt unter uns.«

»Darf ich dich darauf hinweisen, dass ich es war, der dich darauf gestoßen hat! Steigst du nun ein oder nicht?«

»Mal sehen! Es war nur ein erstes Abtasten. Gut möglich, dass ich mich einbringe. Der Bürgermeister muss erst mal klären, ob Projekte dieser Art auch vom neuen Ministerium befürwortet werden. Immerhin hat die Zuständigkeit gewechselt und bei den Kommunen herrscht große Unsicherheit, ob die Zusagen von früher noch gelten.«

»Warum habt Ihr Euch nicht im Rathaus getroffen?«, wunderte sich Josch.

»Das wollte ich nicht; wäre mir zu offiziell. Außerdem kennt man das ja: Die Wände haben Ohren und der Flurfunk funktioniert in jeder Verwaltung.«

»Meinst du, dass ist hier anders?«, bemerkte Josch und schüttelte den Kopf.

»Zumindest gibt es außer dir keine Insider, die sich fragen könnten, was dahintersteckt.«

»Da wäre ich mir an deiner Stelle nicht so sicher; in Spiesen-Elversberg weiß jeder alles oder glaubt es zu wissen.«

»Was hast du eigentlich heute noch auf dem Zettel?«, fragte Toni.

»Nichts Besonderes; warum fragst du?«

»Ich beschäftige mich gerade mit einem Buch, das sich mit verlassenen Orten, mit lost places im Saarland beschäftigt. Sehr interessant …«

»Schwelgen in der Vergangenheit«, stöhnte Josch.

»Quatsch! Darum geht es nicht! Wenn man, wie ich, gerne draußen unterwegs ist, kann man sich auch ein historisches Objekt aussuchen, das vor der Haustür liegt; ist mal was anderes als immer nur pure Natur.«

»Verstehe! Kann ich ausnahmsweise nachvollziehen! Wo treibt es dich denn hin?«, wollte Josch wissen.

»Kennst du den Itzenplitzer Weiher?«

»Herzallerliebster Toni! Da war ich schon schwimmen, da hast du noch in die Windeln gemacht, du Jungspund! Fragt mich ein Zugezogener, ob ich den Itzenplitzer Weiher kenne! Ich fasse es nicht!«

»Sorry, das sollte keine Majestätsbeleidigung sein!«

»Was willst du denn dort? Baden im Weiher ist schon seit Jahren verboten.«

»Das wäre das Letzte, was mir einfallen würde. Nein, am Weiher selbst war ich schon mit Daniela, aber ich war noch nie auf diesem Weg rundum und auch nicht an der alten Zeche. Am See hat eine kleine Brauerei mit Ausschank seit Vatertag neu eröffnet und am Rundweg gibt es ein Gasthaus, ...«

»Ich weiß, Alt-Steigershaus«, unterbrach Josch. »Das kenne ich.«

»Und?«, fragte Toni. »Lohnt sich das?«

»Keine Ahnung! Ich war noch nie drin; Marion und ich wollten einkehren, das war voriges Jahr, aber es war wegen Corona geschlossen. Die haben allerdings einen schönen großen Biergarten und eine vielversprechende Speisekarte.«

»Hört sich gut an! Wir machen dort Halbzeitpause und am Ende der Tour genehmigen wir uns ein frisch gezapftes Bier am Brauhaus am See; was hältst du davon?«

»Wann?«

»Heute Mittag«, schlug Toni vor.

»Darauf bin ich nicht vorbereitet«, entgegnete Josch.

»Was willst du denn groß vorbereiten? Auf deinen Mittagsschlaf kannst du verzichten, Bewegung ist gesünder!«

»Moralapostel! Wie lange ist die Strecke?«

»Der Pingen-Pfad hat ungefähr acht Kilometer.«

»Was? Am Stück?«, moserte Josch. »Das ist normalerweise meine Monatsration.«

»Das wird für dich kein Problem sein. Natürlich brauchst du gutes Schuhwerk.«

»Hab ich! Aber wenn Marion erfährt, dass ich so eine lange Tour freiwillig mache, will sie in Zukunft an jedem Wochenende wandern«, behauptete Josch und schüttelte den Kopf.

»Dann mach's halt! Daniela war anfangs auch immer am Jammern, aber hinterher hat es ihr gefallen.«

»Ich muss verrückt sein!«, seufzte Josch. »Aber gut! Ich nehme an, ich bin der Chauffeur. Wir treffen uns unten vor dem Rathaus.«

»Okay, um dreizehn Uhr. Wir könnten aber auch ein Taxi nehmen.«

»Ja klar, mit dem Taxi zum Wandern! Sonst geht's noch? Um eins an der Bushaltestelle.«

»Super; ich freue mich!«

»Ich hoffentlich auch«, seufzte Josch und rief nach der Rechnung.

25

Am gleichen Tag nachmittags

Kurz vor halb zwei kamen die beiden Wandervögel auf dem Parkplatz am Itzenplitzer Weiher an.

»Am Vatertag hat vorne beim Pumpenhaus eine Gaststätte mit eigener Brauerei eröffnet«, bemerkte Josch. »Stand in der Zeitung. Dort könnten wir zum Abschluss einkehren.«

»Habe ich auch gelesen«, bestätigte Toni. »Die haben vorerst aber nur am Wochenende geöffnet.«

»Schade. Bei dem schönen Wetter wäre das auch an Wochentagen ein Geschäft. Das Waldhaus war lange Zeit verwaist, und jetzt wo es neu eröffnet hat, würden die Leute da sicher gerne einkehren.«

»Kommt bestimmt noch, wenn das Wetter stabiler wird. Der Wirt will das sicherlich erst mal austesten. So, und jetzt los!«

»Wo geht's lang?«, fragte Josch. »Mit oder gegen den Uhrzeigersinn um den Weiher?«

»Moment!«, antwortete Toni und tippte auf seinem Handy.

»Musst du jetzt erst anrufen und dir den Weg erklären lassen?«, frotzelte Josch. »Das kann ja heiter werden.«

»Ich habe eine Wander-App, damit kann man … das sind für dich eh böhmische Dörfer. Vergiss es! Rechtsrum!«

Sie gingen den Weg zum Weiher hinunter, wo an einer Verkaufsbude mit kleiner Terrasse ein Schild hing: Fischerhütte ASV Heiligenwald - Geöffnet. Darunter waren zahlreiche Speisenangebote aufgeführt.

»Wollen wir uns hier nicht erst mal stärken, bevor wir losmarschieren?«, schlug Josch vor.

»Das ist unlogisch«, entgegnete Toni. »Um sich stärken zu können, muss man sich vorher erst mal verausgaben. Bisher sind wir lediglich aus dem Auto gestiegen.«

»Eine Wurst als Wegzehrung wäre jedenfalls nicht schlecht, schließlich hatte ich kein Mittagessen.«

»Aber ein üppiges Frühstück vor gerade mal drei Stunden«, mahnte Toni. »Mach was du willst; meinetwegen nimm dir ein Würstchen mit auf den Weg.«

Josch ging zum Verkaufsstand und bestellte eine Rostwurst mit einem halben Doppelweck. *(Diese Art der Bestellung gibt es nur im Saarland von waschechten SaarländernInnen. Gemeint ist die Hälfte eines im Saarland üblichen Doppelwecks, der anders aussieht als eine Semmel.)*

»Heute kein Essen und keinen Schnaps«, erklärte der Mann in der Bude. »Chips hätte ich noch, ansonsten Bier, Cola, Limo, Wasser. Kaffee müsste ich erst aufsetzen.«

»Um diese Zeit schon ausverkauft?«, staunte Josch. »Alle Achtung!«

»Schön wäre es! Nee, mein Herr, wir sind schon zum zweiten Mal in diesem Jahr beklaut worden. Heute Nacht. Obwohl wir eine Kameraüberwachung und eine Einbruchsicherung haben. Weiß der Teufel, wie die das jedes Mal schaffen! Die klauen immer nur den Schnaps und die Wurst. Langsam reicht's mir!«

»Kann ich verstehen«, antwortete Josch. »Die Täter werden zu Hause von ihren Frauen bestimmt kleingehalten; demnach ist es eine Verzweiflungstat.«

»Das können Sie verstehen?«, entrüstete sich der Mann. »Na hören Sie mal!«

»Nein, ich kann verstehen, dass Sie sauer sind. Der Rest sollte ein Witz sein.«

»Merkwürdiger Humor. Wollen Sie nun Chips oder nicht?«

»Nein, danke, davon bekomme ich Sodbrennen«, erklärte Josch und verabschiedete sich.

Als er Toni von dem Vorfall erzählte, tröste ihn der Wander-freund, dass man sich in spätestens eineinhalb Stunden im Alt-Steigershaus für den Rückweg stärken könne, dann machten sie sich endlich auf den Weg.

Nach wenigen hundert Metern zweigte nach rechts ein Weg ab, den die Markierung Pingen-Pfad kennzeichnete.

»Mir ist bekannt, dass der Mensch namens Itzenplitz ein preußischer Minister war«, kommentierte Josch die Hinweis-tafel, »aber wer um Himmels Willen war dieser Herr Pingen?«

»Niemand«, belehrte Toni. »Das waren früher verbaute Grä-ben für den Tagebau, in vorliegenden Fall Steinkohle. Der Ver-bau ist verrottet, die Gräben stürzten ein, zurück blieben diese Mulden, die du hier überall siehst. Die nennt man Pingen. Der Begriff kommt aus dem Mittelhochdeutschen …«

»Schlaumeier!«, entfuhr es Josch. »Wer weiß denn so was? Schmökerst du den lieben langen Tag in Wikipedia oder was?«

»Nein, aber wenn mich etwas interessiert, dann will ich es halt wissen«, stellte Toni klar.

Der Weg führte zunächst einige hundert Meter sanft bergan, dann zeigte sich rechts im Tal das Gelände der ehemaligen Grube Itzenplitz mit Förderturm und einigen maroden Gebäuden.

»Kaum zu glauben, dass hier mal mehr als tausend Bergleute gearbeitet haben und eingefahren sind«, meinte Josch. »Das ist gerade mal sechzig Jahre her, ich war jedenfalls schon auf der Welt, als die zugemacht haben. Und jetzt gammelt das Ganze vor sich hin.«

»Stimmt! Unter Denkmalschutz stellt man sich was anderes vor«, bestätigte Toni.

»Das ist typisch für unser Land! Erst stellen sie alles Mög-liche unter Denkmalschutz, dann haben sie aber kein Geld, ums sich um die Objekte zu kümmern. Das hier ist kein Einzelfall.«

»Lass uns näher ran gehen«, schlug Toni vor, wartete Joschs Antwort erst gar nicht ab und verließ den Weg hangabwärts in Richtung der Umzäunung.

»Was willst du denn am Zaun?«, rief Josch ihm hinterher.

Als Toni immer noch nicht antwortete, stieg Josch zu ihm den Hang hinunter. Dort schauten sie zunächst durch den Maschendraht, dann ging Toni ein Stück nach links und deutete nach vorne.

»Da ist eine Lücke im Zaun. Komm wir schauen uns das aus der Nähe an!«, forderte Toni.

»Dadurch wird es auch nicht schöner!«, motzte Josch. »Nachher müssen wir die ganze Böschung wieder hochkraxeln.«

»Du hast bloß Angst, dass du zu spät an den Futternapf kommst«, feixte Toni. »Nur fünf Minuten, dann marschieren wir weiter. Wenn wir schon mal hier sind, können wir uns auch für einen Moment umschauen.«

Josch blieb nichts anderes übrig, als Toni zu folgen, der bereits durch die Lücke geschlüpft und auf das Gelände getreten war.

»Die Fördertürme sehen gar nicht mal so marode aus«, urteilte Toni. »Schau dir das an! Stählerne Kunst! Gewaltig und beeindruckend!«

»Da gibt's aber größere. Zum Beispiel den in Göttelborn«, moserte Josch. »Wieso sind es hier eigentlich zwei?«

»Der in Göttelborn ist aber nicht so alt wie der hier. Der eine war wohl für die Kohle, der andere für die Bergleute. Wäre jedenfalls logisch.«

»Schau dir das Gemäuer an!«, sagte Josch und zeigte auf ein großes Gebäude, an dem einige Fensterscheiben zersplittert und die Regenrinne unterbrochen waren. »Vor ein paar Jahren hätte man das Gebäude noch retten können, jetzt ist es wahrscheinlich zu spät. Da sind alle Spatzen gefangen!«

»Sag das nicht«, widersprach Toni. »Das war wahrscheinlich die Maschinenhalle. Mit ein bisschen Fantasie und viel Geld könnte man noch was draus machen. So wie in der Alten Schmelz oder der Baumwollspinnerei in St. Ingbert.«

»Du könntest das mit deiner Kohle ja übernehmen. Mach eine Eventhalle draus und schenk sie der Gemeinde Spiesen-Elversberg; damit wäre der Bürgermeister seine Hauptsorge los.«

»Tolle Idee!«, lachte Toni. »Eine Halle für Spiesen und Elversberg, und die steht Kilometer weit entfernt in Heiligenwald. Das ist die Lösung schlechthin. Außerdem hätte ich nicht die geringste Lust, mich mit der Bürokratie des Bergbaus und des Landes auseinanderzusetzen.«

»Ja, die alte Leier«, entgegnete Josch. »Weißt du noch, als wir seinerzeit unsere erste gemeinsame Wanderung gemacht haben, damals auf die Redener Halde? Das ist bereits Jahre her und schon damals hatten uns der Landrat und der Oberbürgermeister von Neunkirchen ihr Leid geklagt, dass die RAG, das Land und andere Beteiligte sich nicht einigen können, was das Bergbaugelände betrifft. Geändert hat sich daran bis heute nichts.«

»Kein Wunder! Betonköpfe und Bürokraten, die jedes Gefühl für die Realität verloren haben. Anstatt das Gelände freizugeben, damit etwas für die umliegende Bevölkerung entstehen kann, werden dutzende von Machbarkeitsstudien in Auftrag gegeben, weil man glaubt, was Extravagantes draus machen zu müssen. Völlig an der Realität vorbei! Ich habe übrigens gelesen, dass für die Halde mittlerweile eine Kompromisslösung gefunden worden sein soll; wie die genau aussieht, weiß ich allerdings nicht«, entgegnete Toni.

»Schau mal dort hinten; ganz am Rande des Areals, außerhalb der Umzäunung!« Toni zeigte auf einen Gebäudekomplex. »Dort scheint sich allerdings etwas zu tun. Da wurde kräftig renoviert.«

»Ah ja, ich sehe es. Darüber kam kürzlich was im Fernsehen. Wenn ich mich recht erinnere, hat das ein Zimmermann namens Kleer übernommen, und jetzt sind dort unter anderem ein Zahnarzt, ein Podologe und die VHS drin. Ich glaube, das ist die ehemalige Waschkaue.«, erklärte Josch. »Keine Ahnung, wie der Mann das fertiggebracht hat. Alle Achtung, er hat Mut zum Risiko!«

»Na also, geht doch! Da muss ein Handwerker aktiv werden und Risiken eingehen, die andere scheuen! Und warum? Weil jeder Angst vor dem ausufernden Denkmalschutz hat! Womit wir wieder am Anfang unseres Gesprächs sind«, kommentierte Toni.

Die beiden gingen weiter um die Maschinenhalle herum, blieben auf einer Freifläche stehen und schauten sich das wundervoll renovierte Ensemble auf der anderen Seite an, als plötzlich eine Stimme hinter ihnen erschallte.

»Hey, was macht ihr hier?«

Toni und Josch gehörten normalerweise nicht zu dem Schlag Menschen, die sich gleich vor Angst in die Hose machten, aber diese Stimme war so schrill und unerwartet, dass ihnen der Schreck in die Glieder fuhr.

Schlagartig fuhren sie herum und sahen in etwa zehn Metern Entfernung einen Mann, der eine doppelläufige Flinte auf sie gerichtet hielt. Der Glatzkopf war groß und hager, trug einen Kampfanzug und Springerstiefel, hatte abstehende Ohren und sah insgesamt aus, als sei Mephisto höchstpersönlich der Hölle entstiegen.

»Was wollt ihr hier?«, bellte er erneut. »Wer seid ihr? Wer schickt euch?«

»Nun mal ganz ruhig!«, antwortete Josch in beschwichtigendem Tonfall. »Nimm die Knarre runter, am Ende geht sie aus Versehen los und du tust dir weh, Kamerad!«

»Hat man euch in die Ohren geschissen? Ich habe euch was gefragt!«, schrie der Mann zurück.

»Wir sind Wanderer, die sich hier ein wenig umschauen wollen«, antwortete Toni ruhig.

»Und nun nimm endlich die Waffe runter«, forderte Josch weniger freundlich. »Gehörst du hier zum Wachpersonal oder was? Hast du eine Meise? Nimm das Ding runter, aber dalli!«

»Aha! Wanderer! Der Wanderweg ist da oben, ihr Pfeifen! Hier gibt es nix zum Wandern! Also: Wer seid ihr, was wollt ihr?«

»Bist du bescheuert?«, schrie Josch zurück. »Wenn du nicht sofort die Waffe runternimmst, bekommst du eine Menge Ärger! Verlass dich drauf!«

»Einen Scheißdreck werde ich!«, schrie der Fremde hysterisch. »Du sagst mir nicht, was ich zu tun habe! Du nicht und auch sonst niemand! Ist das klar?«

»Okay, okay«, beschwichtigte Toni und hob die Hände abwehrend hoch. »Alles klar! Wir verschwinden auf der Stelle und Sie beruhigen sich. Es ist nichts passiert, also weshalb die Aufregung? Wir machen uns aus dem Staub und die Welt ist wieder in Ordnung!«

»Nichts ist in Ordnung!«, brüllte der Kerl. »Ich will wissen, was ihr hier treibt, und wer euch geschickt hat. Die Polizei? Oder das Sozialamt oder was? Raus mit der Sprache!«

»Niemand schickt uns!«, blaffte Josch zurück. »Kapier das endlich! Wir sind harmlose Spaziergänger, die …«

»Halt die Fresse du Idiot! Willst du mich verarschen? Hier ist kein Spazierweg! Was erzählst du für einen Scheiß!«

»Das ist meine Schuld«, behauptete Toni Lukas. »Ich war neugierig und habe mich für die Geschichte dieser Grube interessiert; das ist alles. Im Übrigen hängt hier nirgendwo ein Schild, das darauf hinweist, dass man das Gelände nicht …«

»Schilder interessieren keine Sau!«, bellte der Mann. »Ich sage, was geht! Kapiert?«

»Ja, verstanden«, lenkte Josch ein. »So, wir gehen jetzt!«

»Ich sage, wann ihr geht! Ist das klar?«

»Willst du uns umlegen, oder was?«, schrie Josch zurück.

»Wer soll mich daran hindern? Du vielleicht, du Pfeife?«

»Sie müssen verrückt sein!«, rief Toni. »Sie sind gerade dabei, Ihr Leben zu ruinieren. Das macht alles keinen Sinn!«

»Was interessiert dich das? Kümmere dich um dein eigenes beschissenes Dasein. Geht da rüber! Los! Zur Halle! Wenn ihr versucht abzuhauen, schieße ich euch über den Haufen. Zwei Mann, zwei Schuss. Ich bin ein verdammt guter Schütze!«

»Mach keinen Scheiß!«, forderte Josch. »Wir gehen jetzt und fertig.«

»Eure Handys! Auf den Boden damit; wird's bald! Und dann rüber zur Halle! Los, macht schon! Meine Geduld geht langsam zu Ende.«

»Wir haben keine«, rief Josch.

»Der da hat eins. Ich habe euch beobachtet. Los hinlegen. Wenn ich merke, dass du auch eins hast, lege ich dich um.«

Toni nahm sein Mobiltelefon aus der Tasche und legte es vor sich auf den Boden. Josch reagierte nicht, denn er hatte tatsächlich kein Handy dabei.

»Da rüber, habe ich gesagt; sonst knallt's«, schrie der Fremde und zielte.

Langsam setzten sich die beiden Männer in Bewegung und gingen nebeneinander auf die Halle zu.

»Glaubst du, dass er tatsächlich abdrücken würde?«, raunte Toni.

»Ich will mich nicht drauf verlassen, dass er es nicht tut«, flüsterte Josch.

»Maul halten!«, tönte es von hinten. »Rechts rüber zur Tür!«

An der Seite des Gebäudes gab es eine verrostete Stahltür, auf die das Trio nun zusteuerte.

»Aufmachen, reingehen und nach drei Schritten stehen bleiben!«, forderte der Fremde. »Los!«

Josch öffnete die Tür, die sich nur schwer bewegen ließ und dabei knirschende Geräusche von sich gab. Er trat als erster ein, Toni folgte ihm. Nach drei Schritten blieben sie stehen.

»Noch drei Schritte weiter«, rief der Mann hinter ihnen; dann fiel die Tür mit einem lauten Knall ins Schloss.

Im Inneren des Gebäudes fiel das Sonnenlicht durch die Fensteröffnungen. In den schrägen Lichtstrahlen tummelten sich Insekten und der Staub warf milchige Schleier in den Raum.

In der gespenstischen Atmosphäre hallte das Echo der zuschlagenden Tür von den Ziegelwänden.

»Nach links«, befahl der Typ mit der Flinte und ging rechts an Josch und Toni vorbei, bis er ihnen gegenüberstand. Dann deutete er mit der Waffe in die angegebene Richtung.

»Setzt euch auf die Säcke, einer links, der andere rechts«, sagte er.

In einem Holzverschlag mitten im Raum lagen übereinandergestapelt gefüllte Säcke aus grober Jute, die von einer grauen Plane bedeckt waren. Anscheinend war das ein provisorisches Nachtlager, das sich der Fremde eingerichtet hatte. Der Verschlag hatte eine Tür mit Verriegelung, und Josch vermutete, dass er und Toni hier eingesperrt werden sollten.

Während sie sich auf den Verschlag zubewegten, überlegte Josch, dass es wahrscheinlich am besten wäre, den Forderungen des Verrückten nachzukommen, denn über einen längeren Zeitraum würde der sie hier nicht bewachen können. Irgendwann, in einem günstigen Augenblick, würde sich vielleicht die Möglichkeit ergeben, sich zu befreien, denn allzu stabil sah der Verschlag nicht aus. Falls der Mann sie hätte umbringen wollen, hätte er dazu längst eine Gelegenheit gehabt und würde sich nicht die Mühe machen, seine Opfer hier einzukerkern.

»Wir machen, was du willst«, sagte Josch. »Du bist der Boss! Okay? Wenn du die Polizei rufen willst, tu das. Wir werden geduldig warten, kein Problem. Es wird sich alles aufklären. Wir haben nichts zu verbergen. Gab es denn hier in letzter Zeit schon einmal Probleme, oder weshalb reagierst du so ausgeflippt?«

Josch formulierte seine Antwort bewusst kooperativ, obwohl ihm klar war, dass der Typ kein offizieller Wachmann sein konnte. Der Mann hatte sich, aus welchen Gründen auch immer, hier eingenistet und fühlte sich nun gestört. Wahrscheinlich hatte er Dreck am Stecken und musste sich verstecken. Vielleicht war er ein durchgeknallter Junkie, der sich in einer psychischen Stresssituation befand.

»Wir haben vom Wirt unten am Weiher gehört, dass dort schon einige Male eingebrochen wurde. Da kann ich natürlich verstehen, dass man nervös wird, wenn Fremde sich in der Gegend rumtreiben und …«

»Spar dir deinen Atem Alter und setz dich hin!«, entgegnete der Mann.

»Also, ich bin Toni und mein Kumpel heißt Joachim. Wir sind harmlose Wanderer und führen nichts Böses im Schilde. Vielleicht können wir behilflich sein, Ihre Probleme zu lösen«, erklärte Toni in ruhigem Tonfall, weil er die Strategie der Deeskalation seines Kumpels erkannt hatte.

»Ihr mir helfen!«, lachte der Mann. »Wie soll 'n das gehen? Ist ja ganz was Neues!«

Hinter einem Paletten Stapel holte er eine Schnapsflasche hervor, schraubte den Deckel ab und nahm einen kräftigen Schluck.

Josch tippte, dass das eine der Flaschen war, die dem Wirt am Weiher seit kurzem fehlten.

»Warum nicht?«, antwortete Josch. »Wir haben schon so Manchem helfen können, wenn er ein Problem hatte. Erstens sind wir Rentner und haben den lieben langen Tag Zeit und zweitens …«

»Ihr könnt mir nicht helfen«, unterbrach der Mann. »Die Bullen glauben, dass ich es war, aber das stimmt nicht.«

Erneut nahm der Mann einen Schluck aus der Pulle und wischte sich mit dem Ärmel über den Mund.

»Kann ich auch einen haben?«, fragte Josch, um seinem Gegenüber ein Gefühl von Kumpanei vorzutäuschen. »Bei der ganzen Aufregung könnten wir auch einen vertragen.«

»Nee«, wehrte der Kerl ab. »So viel von dem Zeug habe ich nicht mehr.«

Wieder trank er und schob sicherheitshalber noch einen Schluck hinterher.

Wenn der so weitermacht, dachte Josch, erledigt sich unser Problem bald von selbst. Sie mussten nur vermeiden, dass sich der Bursche im Suff zu einer Kurzschlusshandlung hinreißen ließ.

»Schade«, bedauerte Josch. »Was will die Polizei eigentlich von dir? Wenn du unschuldig bist, klärt sich das bald von alleine auf.«

»Sag das mal den Bullen, die mir an den Kragen wollen«, antwortete der Geiselnehmer, der nun erstaunlich ruhig weitersprach. »Die haben sich bei meinen Kameraden über mich erkundigt. Haben wohl nicht damit gerechnet, dass die mir das gleich stecken. Ich wollte vor einiger Zeit so einem grünen Arschloch von Vaterlandsverräter eins auf die Fresse hauen; hat leider nicht geklappt. Jetzt ist der Typ tot und alle glauben, dass ich es war. War ich aber nicht!«

»Wurde der ermordet?«, fragte Josch, erhielt jedoch keine Antwort, weil der Mann mal wieder an der Flasche nuckelte.

»Wenn Sie mit der Sache nichts zu tun haben, kann Ihnen ja nichts passieren«, machte Toni weiter.

»Was bist du'n für ein Komiker?«, antwortete der Kerl, dessen Aussprache sich plötzlich nicht mehr ganz so flüssig anhörte; anscheinend zeigte der Schnaps erste Wirkung. »Die würden mir kein Wort glauben. Seitdem dieses Wilderer-Arschloch die zwei Bullen umgelegt hat, drehen die sowieso am Rad. Für die bin ich Freiwild, so sieht's aus!«

»Woher wollen Sie das denn wissen?«, intervenierte Toni.

»Stand in der Zeitung.«

Allmählich schien der Typ den Faden zu verlieren.

»Was stand in der Zeitung?«, hinterfragte Josch, der nun eine Chance sah, den Mann in ein längeres Gespräch zu verwickeln und abzuwarten, ob sich eine Gelegenheit ergeben würde, ihn zu überrumpeln.

»Na, dass der Typ ermordet worden ist. Nicht weit von hier in Elversberg.«

»Sie meinen Alexander Fischer?«, fragte Toni ungläubig.

»Ach!«, stutzte der Mann. »Du kennst den also! Bist du auch einer von denen?«

»Quatsch!«, widersprach Josch an Tonis Stelle. »Der Name stand in der Zeitung; hast du selbst gesagt. Wir sind übrigens aus Spiesen-Elversberg, der Mord war dort in aller Munde.«

»Dein Glück!«, entgegnete der Schnapstrinker, der die Flasche mittlerweile mehr als zur Hälfte geleert hatte.

Josch wollte das Gespräch weiterführen, als von Ferne eine Polizeisirene ertönte. Sein Gegenüber geriet sofort in Panik und lief aufgeregt hin und her. Er rannte zur Tür, machte auf halbem Weg jedoch wieder kehrt, so dass Josch und Toni keine Chance hatten, die Flucht zu ergreifen, zumal sie nicht wussten, in welcher Richtung eventuell ein anderer Ausgang zu finden war. Klar nur, dass sie in verschiedene Richtungen würden abhauen müssen, damit sie kein einheitliches Ziel abgaben, aber dazu musste der Typ weit genug weg sein, und das Risiko wäre nach wie vor zu groß, dass er einen von beiden erwischte.

Als die Sirene lauter wurde, rastete der Kerl vollends aus und schoss in die Luft. Der ohrenbetäubende Lärm brach sich an den Wänden der Halle und stand sekundenlang im Raum.

Als ob er ihre Gedanken erahnte, pflanzte sich der Mann nun vor seinen Gefangenen auf und zielte auf Josch.

»Ich hab's gewusst!«, blaffte er. »Ihr seid Bullen! Aber bevor die mich erwischen, seid ihr dran, das schwöre ich euch!«

»Red keinen Mist!«, schrie Josch zurück. »Wir sind nicht von der Polizei!«

»Halts Maul! Ich weiß genau, was ihr denkt. Ihr meint, dass ich mit dem übrigen Schuss nur einen von euch erwischen kann. Okay, okay! Wer will zuerst? Oder wollt ihr darum würfeln? Tut mir leid, Würfel sind gerade aus!«

»Was haben Sie davon, wenn Sie einen von uns umlegen?«, schrie Toni. »Das macht alles nur noch schlimmer.«

»Wieso nur einer? Die einzige Tür liegt hinter mir. Bis einer von euch dort ist, habe ich längst nachgeladen, das geht ratzfatz. Also: Wer von euch will zuerst?«

»Hör auf!«, rief Josch und sprang auf. »Sei endlich still! Das Sirenengeheul hat längst aufgehört.«

Tatsächlich war es jetzt still, die Sirene war verstummt. Der Typ mit der Knarre blieb allerdings unsicher und nervös.

»Hör zu, Kamerad!«, begann Josch erneut. »Wenn die Polizei hier deinetwegen anrücken würde, glaubst du die kämen mit Fanfarenklang und Trommelschlag? Für wie blöd hältst du die? Wahrscheinlich ist da irgendwo ein Unfall in der Nähe oder es ist jemand in den Weiher gefallen. Schalt dein Gehirn an und denk nach! Wenn wir von der Polizei wären, kämen wir nicht unbewaffnet. Siehst du irgendeine Waffe bei uns?«

»Hinsetzen!«, befahl der Kerl und setzte sich auf eine Lattenkiste. »Hinsetzen und Maul halten! Wir warten. Ich muss nachdenken!«

Eine geraume Zeit lang passierte nichts und die drei Männer saßen sich schweigend gegenüber. Der Bewaffnete griff mehrfach zur Schnapsflasche und wurde allmählich ruhiger. Aber er schien nicht zu ermüden, wahrscheinlich vertrug er mehr, als Josch sich erhofft hatte.

Nach ewigen Minuten des Schweigens ergriff Josch das Wort und sprach mit ruhiger Stimme wie ein Vater auf den Mann ein.

Der Typ hörte nur zu und entgegnete kaum ein Wort. Plötzlich war seine Aggressivität wie verflogen, anscheinend hatte Josch den richtigen Ton getroffen. Toni war fast gerührt, mit wie viel Feingefühl und scheinbarer Einfühlsamkeit Josch versuchte, das Problem gewaltfrei zu lösen. Entweder hatte sein Kumpel Nerven wie Drahtseile oder an ihm war ein genialer Psychotherapeut verloren gegangen.

26

Kurz zuvor

»Polizei, Einsatzzentrale!«, meldete sich der diensthabende Beamte.

»Guten Tag; mein Name ist Eric Kleer. Ich rufe aus Heilgenwald an. Gerade habe ich beobachtet, wie ein Mann zwei andere Männer mit vorgehaltener Waffe bedrängt hat. Das sah ziemlich gefährlich aus. Zudem ist eben ein Schuss gefallen!«

»Wo befinden Sie sich genau, Herr Kleer?«

»Heiligenwald, Altes Grubengelände Itzenplitz. Die verdächtigen Personen sind jetzt in der unteren ehemaligen Maschinenhalle.«

»Bleiben Sie, wo Sie sind, bis jemand von uns zu Ihnen kommt. Nochmals: Sie bleiben wo Sie sind!«

»Ich bin auf dem Dach der alten Waschkaue und rufe vom Handy aus an«, erklärte Kleer. »Ich beobachte von hier aus weiter, bis die Polizei eintrifft. Wie lange wird das dauern?«

»Eine Streife kommt so schnell wie möglich. Sie sagten, dass eine Person bewaffnet ist. Konnten Sie erkennen, um was für eine Art von Waffe es sich handelt?«

»Ich denke, ein Gewehr oder eine Schrotflinte. Genau konnte ich das aus der Entfernung nicht erkennen.«

»Herr Kleer, bitte warten Sie, bis die Polizei vor Ort ist und weisen Sie die Kollegen ein. Danke für Ihren Anruf.«

Der Beamte in der Einsatzleitstelle arbeitete nun routinemäßig die vorgegebene Meldekette ab, die für solche Situationen vorgesehen war.

Als erstes wurde die Polizeiinspektion Neunkirchen mit einer Streife als Vorabkommando in Marsch gesetzt, um die Lage vor

Ort zu sondieren. Andere Einheiten wurden informiert oder auf Bereitschaft gesetzt; Rettungskräfte standen auf Abruf bereit.

* * *

Eric Kleer war vom Dach der Waschkaue herabgestiegen, als er die Sirene des nahenden Einsatzfahrzeuges gehört hatte. Er fragte sich, weshalb die Polizei solch ein Getöse machte und damit den Verdächtigen auf dem Gelände vorwarnte, aber als der Wagen vor der ehemaligen Waschkaue hielt, verschwendete er darauf keinen weiteren Gedanken.

Zwei junge Beamte stiegen aus, fragten, ob er der Anrufer sei und was genau er beobachtet habe.

»Normalerweise ist das Gelände abgesperrt, so einfach kommt man da nicht rein, aber wer es darauf anlegt, findet einen Weg«, sagte Kleer am Ende seines Berichts.

»Und Sie sind sicher, dass eine Person bewaffnet war und die beiden anderen bedrohte?«, fragte einer der Beamten.

»Na klar! Ich weiß doch, was ich gesehen habe!«

»In welchem Gebäude genau sind die Personen verschwunden?«

»Sehen Sie den vorderen Förderturm? In unmittelbarer Nähe rechts steht das Maschinenhaus. Davor ist eine freie Fläche, dort habe ich die Gruppe zum ersten Mal gesehen. Von dort aus hat der mit der Waffe die anderen zwei ins Maschinenhaus getrieben.«

»Von hier aus kann man den Eingang kaum einsehen«, zweifelte der andere Beamte, der anscheinend wenig Lust verspürte, Kleers Schilderung Glauben zu schenken.

»Ich war ja auch auf dem Dach der Waschkaue!«, erklärte Kleer ungeduldig. »Von dort aus sieht man das!«

»Wie kommt man auf das Gelände?«

»Gar nicht! Den Schlüssel vom Tor hat die RAG.«

»Irgendwie müssen wir da rein!«, beharrte der Beamte. »Ist irgendwo ein Loch im Zaun?«

»Hier nicht, aber auf der anderen Seite unterhalb vom Wanderweg gibt es ein paar Lücken. Da müssten Sie allerdings zu Fuß ganz um das Gelände rum, am Weiher vorbei, dann rechts ein Stück den Berg hoch und wieder zum Gelände runter an den Zaun. Das dauert; bis dahin sind die vielleicht schon abgehauen. Selbst wenn ich Ihnen hier vorne ein Loch in den Zaun schneide, glaube ich nicht, dass Sie ungesehen bis zum Gebäude kommen. Da gibt es auch keine Deckung, falls der Kerl auf Euch schießen würde. Mit zwei Mann können Sie wenig ausrichten.«

»Wir fordern Verstärkung an«, beschloss der andere Polizist. »Das ist mir zu heiß! Und Sie haben tatsächlich gesehen, wie eine Person die beiden anderen mit einer Waffe bedroht hat?«

»Wie oft wollen Sie mich das noch fragen?«, entrüstete sich Eric Kleer. »Da lief einer mit 'ner Knarre rum und hielt die anderen in Schach. Es sah nicht so aus, als ob die Cowboy und Indianer spielen wollten.«

Einer der Beamten ging zum Streifenwagen und setzte einen Funkspruch ab, während der andere weitere Fragen an Eric Kleer richtete.

»Habe Sie heute oder in letzter Zeit weitere Personen auf dem Gelände beobachtet?«

»Nein, mir ist sonst nichts aufgefallen. Ab und zu macht die RAG Routinekontrollen oder bessert was aus, aber das ist schon eine Weile her.«

»Was haben Sie eigentlich auf dem Dach gemacht?«

»Kleinere Schäden behoben.«

»Wer hat Sie damit beauftragt?«

»Niemand. Ich bin der Eigentümer des Ensembles.«

»Ach!«, staunte der Beamte. »Demnach sind Sie öfter hier?«

»Logisch! Ich bin von Beruf Zimmermann und habe noch andere Baustellen, aber hier schaue ich fast täglich nach dem Rechten.«

»Die wollen zur Erkundung mit einem Hubschrauber drüber fliegen«, verkündete der zweite Beamte, als er vom Fahrzeug zurückkam. »Es kommen außerdem zwei Einheiten zur Absicherung. Ziemlich viel Aufwand, aber wenn die das so wollen …«

»Was heißt ziemlich viel Aufwand?«, widersprach Kleer und schüttelte den Kopf. »Da nimmt ein bewaffneter Typ zwei Menschen in Gewahrsam! Was müsste denn Ihrer Meinung noch passieren, damit die Polizei reagiert?«

Eine Antwort erhielt Kleer von den Beamten nicht, stattdessen notierten sie seine persönlichen Daten, stellten weitere Fragen zur Beschaffenheit des Geländes, und ob er einen Lageplan und ein Fernglas in greifbarer Nähe habe.

»Oben im Büro«, antwortete Kleer.

Zwanzig Minuten später traf die erste Einheit ein. Sie organisierte sich im Bereich des Parkplatzes zwischen dem Gebäudekomplex und dem Corona-Testzentrum; dort erhielten die Beamten weitergehende Anweisungen ihres Einsatzleiters.

Nach einiger Zeit war das Knattern eines herannahenden Hubschraubers zu hören. Er umkreiste zunächst das Gelände, ging dann tiefer und verharrte schließlich über dem Maschinenhaus in etwa fünfzig Metern Höhe und drehte nach wenigen Minuten wieder ab.

Da vom Helikopter aus nichts zu erkennen war, wurde von der örtlichen Feuerwehr eine Drohne angefordert, die das Gebäude in geringer Höhe umfliegen sollte. Die Einsatzleitung gab dem Piloten anhand der Lagepläne vor, welchen Weg die Drohne nehmen sollte, um durch die Fenster Aufnahmen vom Inneren des Gebäudes machen zu können. Nach dem zweiten Umlauf lieferte die Drohnenkamera Bilder, die schemenhaft zeigten, dass sich mindestens zwei Personen im Gebäude aufhielten und eine davon eine Langwaffe auf ein nicht näher zu erkennendes Ziel richtete. Zu einer angeblichen dritten Person bestand kein Sichtkontakt.

Die Informationen wurden weitergegeben und nachdem weitere Einsatzkräfte angerückt waren, wurde ein Krisenstab gebildet, der entschied, dass das Gebäude in einem Umkreis von einhundert Metern umstellt werden sollte; das galt auch für den hinter dem Gebäude angrenzenden Waldbereich, weswegen sich etwa fünfzig Beamte vom Wanderweg aus bis zu der von Kleer beschriebenen Lücke im Zaun vorarbeiteten.

Während die Aktion in Vorbereitung war, strebten bereits die ersten Schaulustigen zum Ort des Geschehens und wurden von den Sicherungskräften abgedrängt.

Eine Stunde nachdem die erste Polizeistreife eingetroffen war, rückte der Rest der angeforderten Rettungs- und Einsatzkräfte an. Mittlerweile waren die Zufahrten von Schaulustigen blockiert, und die Ordnungskräfte hatten allerhand zu tun, um ein Chaos zu verhindern.

Inzwischen hatte die Presse Wind von der Sache bekommen. Reporter der schreibenden Zunft waren als erste vor Ort, wenig später tauchten Vertreter des Hörfunks und ein Kamerateam auf.

Staatssekretär Lang, Landrat Meng, Vertreter der RAG, Bürgermeister Fuchs, der Ortsvorsteher und Gemeinderatsmitglieder waren herbeigeeilt, um sich einen Überblick zu verschaffen. Außer den Einsatzkräften gab es allerdings nichts zu sehen.

Es verging eine weitere Stunde, bis sich die Einsatzleitung endlich durchringen konnte, die Kontaktaufnahme zu dem vermeintlichen Geiselnehmer zu forcieren.

Ein für solche Situationen speziell geschulter Beamter trat mit schusssicherer Weste hinter eines der Einsatzfahrzeuge, das dem Eingang zur Halle im inneren Absperrungsring am nächsten stand.

Über eine Lautsprecheranlage gab er bekannt, dass die Polizei das Gelände umstellt habe. Die Polizei sei daran interessiert, die Situation schnell und gewaltfrei zu beenden. Bisher sei nichts passiert, es bestehe daher kein Grund, das Ganze eskalieren zu lassen. Vordringlich wolle man wissen, ob alle Personen im Gebäude unverletzt und wohlauf seien.

»Zeigen Sie sich, kommen Sie raus und suchen Sie den Dialog mit uns. Lassen Sie uns miteinander darüber reden, wie wir die Sache schnell und unkompliziert beenden können!«

Eine Zeit lang passierte nichts, worauf der Beamte seine Durchsage fast wörtlich zweimal wiederholte, doch auch danach kam keine Reaktion.

Dann endlich, nach einer gefühlten Ewigkeit, öffnete sich die schwere Metalltür des Gebäudes, und das Quietschen der Türangel durchbrach die angespannte Stille. Ein Mann erschien, verharrte einen Augenblick im Türrahmen und schaute sich um. Er war groß und stämmig, trug die Kleidung eines Wanderers und war etwa sechzig Jahre alt. Gemächlichen Schrittes, beide Arme seitlich vom Körper weggestreckt, ging er vorsichtig auf die erste Reihe der Beamten zu. Mit den Waffen im Anschlag folgten die Einsatzkräfte jeder seiner Bewegungen. Nach zwanzig oder dreißig Schritten blieb der Mann auf Rufweite stehen.

»Ich bin unbewaffnet«, rief er. »Nehmen Sie bitte die Waffen runter, das macht mich nervös! Ich bin beauftragt, mit Ihnen zu sprechen.«

»Kommen Sie langsam und vorsichtig näher!«, forderte der Verhandlungsführer der Polizei und winkte ihn herbei.

»Wir treffen uns auf halbem Weg!«, kam es zurück. »Es gibt Anweisungen, an die ich mich halten möchte, damit die Sache nicht aus dem Ruder läuft.«

»Zuerst muss ich wissen, ob es da drinnen Verletzte oder Personen in Not gibt. Ein Zeuge hat einen Schuss gehört. Wurde jemand verletzt?«

»Nein, alles in Ordnung. Drei Personen. Mein Kamerad und der Mann mit der Waffe.«

»Und die dritte Person?«

»Steht vor Ihnen. Mann, machen Sie es nicht so kompliziert! Kommen Sie her und hören Sie, was ich Ihnen zu sagen habe!«

»Woher sollen wir wissen, dass Sie unbewaffnet sind? Vielleicht tragen Sie etwas unter der Jacke oder einen Sprengstoffgürtel«, rief der Beamte.

»So ein Quatsch! Ich soll mit Ihnen reden, das ist alles. Werden Sie endlich aktiv; ich will, dass der Blödsinn hier endlich vorbei ist.«

»Ziehen Sie Jacke und Hemd aus!«

»Okay, okay. Aber dann kommen Sie endlich in die Gänge! Ich bin schon ganz heiser von der Schreierei.«

Der Mann legte die genannten Kleidungsstücke ab, drehte sich einmal um die eigene Achse und wartete auf seinen Gesprächspartner, der sich nun in Bewegung setzte und etwa zwei Meter vor ihm stehen blieb.

»Was ist da drinnen los?«, wollte der Beamte wissen.

»Mein Name ist Toni Lukas. Im Gebäude befinden sich mein Kamerad Joachim Schaum und ein uns unbekannter Mann, der Joachim mit einer Waffe in Schach hält. Er hat uns quasi als Geiseln genommen; er fühlte sich anscheinend in seinem Versteck gestört. Er behauptet, dass die Polizei hinter ihm her ist und ihm einen Mord anhängen will, den er nicht begangen hat.«

»Einen Mord? Aha! An wem? Wen soll er angeblich ermordet haben?«

»Es geht wahrscheinlich um Alexander Fischer. Der Politiker, der vor einigen Wochen in Spiesen-Elversberg tot aufgefunden worden ist. Der Mann sagt, er habe mit der Sache nichts zu tun.«

»Hat er seinen Namen genannt?«

»Nein!«

»Ist er aggressiv?«

»Nicht wirklich. Nur verbal. Bis jetzt. Allerdings hat er mittlerweile fast eine ganze Flasche Schnaps intus und …«

»Was sind seine Forderungen? Worüber sollen Sie mit uns verhandeln?«

»Er will ein Interview mit der Presse und öffentlich erklären, dass er nicht der Mörder sein kann, weil er ein Alibi hat. Ein Zeitungsreporter und ein Vertreter von Funk oder Fernsehen; die müssen einen Presseausweis mit Lichtbild haben. Er will sehen, dass sie echt sind. Nach dem Interview will er rauskommen. Er hat Angst, dass ihn die Polizei andernfalls einfach abknallt, damit sie ihren Sündenbock hat, deshalb die Journalisten.«

Nachdem von der anderen Seite keine Reaktion kam, fuhr Toni fort.

»Mein Kamerad Joachim war früher Hauptkommissar beim LKA; reiner Zufall, dass ausgerechnet wir ...«

»Wie heißt der noch mal?«

»Hauptkommissar a.D. Schaum, besser bekannt unter seinem Spitznamen Josch.«

»Gut möglich, dass ich den kenne, spielt aber jetzt keine Rolle. Wie geht es ihm?«

»Josch hat genug Erfahrung, um ruhig und besonnen zu bleiben. Er verwickelt den Typ immer wieder in Gespräche, damit die Situation sich entspannt. Bisher ist ihm das gut gelungen, aber ich weiß nicht ...«

»Die Waffe: Was für ein Modell? Glauben Sie, dass sie echt ist?«

»Ich bin kein Spezialist; es ist eine doppelläufige Flinte. Jedenfalls hat er in die Luft geballert, wohl eher aus Panik. Hören Sie: Bis jetzt ist der Mann noch einigermaßen ruhig, aber ich weiß nicht, was passiert, wenn er weiterhin den Schnaps in sich rein schüttet. Wenn er in die Enge getrieben wird ...«

»Wir kennen das! Hat er Vorräte? Alkohol, Munition, andere Waffen?«

»Das weiß ich nicht, aber offensichtlich hat er hier seinen Unterschlupf. Ich gehe davon aus, dass er etwas gebunkert hat. Gehen Sie auf seine Forderungen ein, dann passiert wahrscheinlich nichts. Und beeilen Sie sich! Wenn Sie in diesem Tempo weitermachen, wird es dunkel werden, bevor Sie zu einer Lösung kommen. Ich habe keine Lust, da drinnen die Nacht zu verbringen! Außerdem ziehen Gewitterwolken auf, und ein Unwetter würde die Sache nicht einfacher machen!«

»Sie müssen da nicht wieder rein, wenn Sie nicht wollen. Wir können warten, bis es dunkel wird, und der Mann so fertig ist, dass er kaum noch Widerstand leisten kann. Dann gehen wir rein und fertig!«

»Auf keinen Fall! Ich lasse Josch nicht hängen! Wenn ich nicht zurückkomme, dreht der Typ vielleicht durch, und daran will ich nicht schuld sein. Also: Treffen Sie Ihre Entscheidung! Schnell, wenn ich bitten darf!«

»Wir brauchen ein paar Minuten«, sagte der Beamte. »Ich muss das besprechen. Warten Sie!«

»Nicht hier auf dem Präsentierteller! Ich gehe wieder rein. Sobald Sie eine Entscheidung getroffen habe, komme ich wieder raus. Ich hoffe, er lässt sich auf Ihre Bedenkzeit ein.«

»Es ist kein Unwetter vorhergesagt und bis Sonnenuntergang sind es drei Stunden. Ich denke, bis dahin werden wir das Problem gelöst haben. Sagen Sie ihm das!«

»Das wäre total unlogisch! Ich werde ihm klarmachen, dass die Journalisten sich freiwillig melden und erst gefragt werden müssen. Das macht für ihn die Zeitverzögerung glaubhaft. Wenn er den Eindruck bekommt, dass Sie auf Zeit spielen, macht ihn das womöglich unberechenbar«, erklärte Toni. »Ich will nicht, dass er am Rad dreht!«

»Sie sind ziemlich cool!«, nickte der Beamte. »Glauben Sie, dass Sie oder Herr Schaum die Möglichkeit haben, den Täter zu überwältigen?«

»Wir werden es nicht darauf anlegen. Der Typ ist um einiges jünger als wir. Wir sind zwar zu zweit, aber er hat die Waffe! Ich habe keinerlei Motivation, auf meine alten Tage den Helden zu spielen, und ich denke, dass Josch das genauso sieht. Das wäre die Ultima Ratio, falls die Sache eskaliert. Soweit darf es gar nicht erst kommen. Schaffen Sie die Journalisten bei, dann haben wir eine reelle Chance, dass es bald und ohne Blutvergießen vorbei ist.«

»Okay, einverstanden«, gab der Beamte klein bei.

»Ich hoffe, Ihr schießt mir in der Aufregung nicht in den Rücken, wenn ich mich jetzt umdrehe und zurückgehe«, grinste Toni.

»Herr Lukas, das ist …«

»Sollte ein Witz sein!«, unterbrach Toni. »Bis gleich; hoffentlich!«

Zwei Minuten später war Toni Lukas im Gebäude verschwunden und die Tür knallte zu.

Der Leitungsstab beriet sich, der Staatssekretär hielt sich nach telefonischer Rückversicherung mit seinem Minister zunächst bedeckt und überließ die Entscheidung den Spezialisten. Die kamen zu dem Schluss, dass es besser sei, den Forderungen des Geiselnehmers nachzukommen, denn die Kommunikation mit der Mordkommission hatte ergeben, dass es sich bei dem Verdächtigen wahrscheinlich um Adrian Hofer handelte, und die Beweislage zum Tatverdacht des Mordes an Alexander Fischer derart vage war, dass seine Unschuldsbeteuerung ernst genommen werden musste.

Zwei Journalisten zu finden, die das Gespräch mit dem Geiselnehmer führen sollten, war einfach. Fast alle anwesenden Pressevertreter erklärten sich bereit, so dass die Einsatzleitung schließlich die Auswahl treffen musste. Der Staatssekretär entschied jedoch überraschenderweise, dass das geforderte Interview aus juristischen Gründen in Anwesenheit eines Beamten stattfinden sollte.

Kurz vor halb sieben gab der Verhandlungsführer über Lautsprecher durch, dass sich die Polizei zum weiteren Vorgehen mit dem Geiselnehmer besprechen wolle, unter der Bedingung, dass ein Beamter dabei sei. Wieder erschien Toni Lukas als Gesprächspartner, nahm die Details entgegen, ging zum Gebäude zurück und tauchte wenige Minuten später erneut auf.

»Ich kann bestätigen, dass der Mann Adrian Hofer ist«, verkündete er. »Jedenfalls behauptet er das. Was den Beamten als Zeugen des Interviews betrifft, hat er eine Bedingung gestellt. Der Staatssekretär selbst soll dabei sein. Hofer will sicher sein, dass er der Polizei vertrauen kann.«

Während Toni auf eine Antwort wartete, nahm der Verhandlungsführer Kontakt zur Leitstelle auf.

Zehn Minuten später ging Toni mit zwei Journalisten und dem Vertreter des Ministers im Schlepptau auf die Halle zu.

* * *

Um 20 Uhr 30 war alles vorbei. In der aufkommenden Dämmerung war von dem Großaufgebot an Polizei, Feuerwehr und Sanitätskräfte nach kurzer Zeit nichts mehr zu sehen. Außer den Flatterbändern und den Fahrspuren deutete nichts mehr darauf hin, dass hier vor kurzem ein Geiseldrama ein glückliches Ende gefunden hatte.

Nur Eric Kleer saß auf einer Mauer vor der Waschkaue, hatte eine Flasche Bier in der Hand und erzählte seinem Vater, was sich am Mittag zugetragen hatte. Am Ende prosteten sich die beiden zu und setzten die Flasche zu einem kräftigen Schluck an.

»Vielleicht tut sich jetzt etwas«, sagte der Vater zu seinem Sohn. »Hoffentlich sehen sie jetzt endlich ein, dass mit dem Gelände etwas geschehen muss. Heute Morgen kam in den Nachrichten, dass die RAG zwanzig Millionen Euro im Stiftungsvermögen hat; damit könnte man einiges machen.«

»Dein Wort in Gottes Ohr«, lachte der Sohn. »Nach den Erfahrungen, die die Verantwortlichen heute gemacht haben, wird es hoffentlich ein Umdenken geben.«

27

Am folgenden Morgen, Mittwoch, 1. Juni

Im großen Besprechungszimmer des LKA wurden Toni Lukas und Joachim Schaum am darauffolgenden Morgen ab 10 Uhr von zahlreichen Ermittlern zu den Ereignissen des Vortags befragt. Im Anschluss sollte im Presseraum eine Pressekonferenz stattfinden, aber Toni und Josch hatten von Anfang an klargestellt, dass sie dafür nicht zur Verfügung standen. Der Trubel war ihnen zuwider, zumal völlig klar war, dass ihre Namen, vielleicht sogar Fotos, in den nächsten Tagen durch die Presse geistern würden, ohne dass sie sich dagegen würden wehren können.

»Zum Glück lief der Staatssekretär durchs Bild, sonst hätten sich alle Kameras auf uns fokussiert«, hatte Josch zu Hause erzählt.

Es hatte Stunden gedauert, und einer Vielzahl von Erklärungen und Schilderungen bis ins Detail bedurft, bis Marion ihm die Geschichte wenigstens halbwegs geglaubt hatte.

»Du willst mir hoffentlich nicht glaubhaft erklären wollen, dass dich jemand als Geisel genommen hat«, hatte sie gelacht. »Bei Toni ist das was anderes, der könnte wenigstens Lösegeld zahlen.«

»Ich hatte dich im Tausch angeboten«, hatte Josch frech behauptet. »Aber darauf wollte sich der Geiselnehmer verständlicherweise nicht einlassen.«

»Wie witzig!«

Auch nach Stunden hatte Josch Marions Zweifel nicht komplett ausräumen können, und es war nur der Müdigkeit seiner Frau zu verdanken, dass das Gespräch weit nach Mitternacht endlich ein Ende gefunden hatte.

Toni hatte Josch auf der Fahrt zum Präsidium erzählt, dass es ihm mit Daniela nicht viel besser ergangen war. Sie hatte über den Dienstweg von dem erlebnisreichen Ausflug der beiden Wanderer erfahren und ihn telefonisch bis spät in die Nacht mit Fragen gelöchert.

Dass Toni und Josch sich im Polizeipräsidium einfinden sollten, war ihnen am Vortag aufgetragen worden, nachdem sie erste Fragen beantwortet hatten, verpflegt und endlich nach Hause entlassen worden waren. Sie hatten widerwillig zugestimmt, aber einsehen müssen, dass sich eine ausführliche Befragung nicht vermeiden ließ.

Nun saßen sie nebeneinander an dem hufeisenförmigen Konferenztisch und warteten auf die Fragen der Ermittler. Staatsanwältin Daniela Sommer war ebenfalls zugegen, hatte sich allerdings vorgenommen, erst mal abzuwarten und sich zurückzuhalten.

»Meine Herren«, begann der Polizeipräsident und wandte sich an Toni und Josch, »der Herr Minister hat sich bereits gestern Abend bei mir gemeldet und dankt Ihnen für Ihren bewundernswerten Einsatz; dem möchte ich mich nachdrücklich anschließen. Herrn Hauptkommissar a.D. Schaum habe ich solch eine Kaltschnäuzigkeit berufsbedingt durchaus zugetraut, aber Sie Herr Lukas haben eine bemerkenswerte Kühnheit an den Tag gelegt. Dafür meinen vollsten Respekt, wenngleich die Polizei öffentlich immer wieder appelliert, dass sich niemand selbst in eine unkalkulierbare Gefahr begeben sollte und ...«

Josch hörte den langatmigen Ausführungen des Polizeipräsidenten bereits nach wenigen Sätzen nicht mehr zu und schaute zu Daniela Sommer rüber, die seinen Blick auffing und ihrerseits mit den Augen rollte.

Auch die Ermittler schauten gelangweilt auf die Tischplatte oder gedankenverloren an die Decke und hofften, dass der Monolog bald ein Ende finden würde.

»Ich gebe Sie nun in die Obhut der ermittelnden Beamten«, schloss der Chef des Hauses endlich seinen Vortrag, »und ich hoffe, dass Ihre Einlassungen für die weiteren Ermittlungen hilfreich sein werden. Nochmals herzlichen Dank für Ihren Einsatz!«

Die Runde klopfte beifällig auf die Tischplatte und atmete hörbar auf, als der Polizeipräsident den Raum verließ.

»Dem ist nichts hinzuzufügen«, meinte Katja Reinert. »Ich schlage vor, dass K5 mit seinen Fragen beginnt, schließlich seid Ihr für die Geiselnahme zuständig. Falls K3 in dem Zusammenhang Fragen am Tötungsdelikt zum Nachteil von Alexander Fischer hat, melden wir uns.«

»Danke, Kollegin«, begann einer der Ermittler, den Josch nicht kannte, weil der wohl nach Joschs Pensionierung zur Truppe gestoßen war. »Mein Name ist Müller, Hauptkommissar; ich leite das K5. Eingangsfrage: Was wollten Sie überhaupt auf dem Gelände? Ich verstehe, ehrlich gesagt, immer noch nicht, was Sie dazu bewogen hat, auf das abgesperrte Gelände der ehemaligen Grube Itzenplitz einzudringen. Haben Sie die Betretungsverbote nicht gelesen?«

Toni legte Josch eine Hand auf den Unterarm, als Zeichen, dass er die Beantwortung übernehmen wollte.

»Der Initiator war ich«, begann er mit ruhiger Stimme. »Ich hatte kürzlich in einem Buch über die Vergangenheit dieses ehemaligen Bergwerks gelesen. Als wir nun den Pingen-Wanderweg gingen, kam mir spontan die Idee, das Gelände aus der Nähe zu betrachten …«

Nachfolgend erklärte Toni, wie er das Loch im Zaun entdeckt und Josch dazu animiert hatte, ihm zu folgen.

»Wenn kleine Jungs spazieren gehen«, flüsterte Daniela ihrem Tischnachbarn zu.

Nun übernahm Josch das Wort und schilderte, wie sie von Adrian Hofer überrascht worden waren, ohne zu diesem Zeitpunkt gewusst zu haben, wer der Mann war und dass er von der Polizei gesucht wurde.

»Anfangs dachte ich, er sei eine übereifrige Sicherheitskraft des Eigentümers, aber schnell war klar, dass er sein eigenes Ding machte und anderweitig unterwegs war.«

»Was meinen Sie damit?«, lautete die Zwischenfrage.

»Rechte Szene, ein Camp der Reichsbürger, so was in die Richtung. Aber als wir in die Halle kamen, war klar, dass er ein Einzelkämpfer ist. Da war kein Lager für eine Gruppe, es war sein alleiniger Unterschlupf, das war für mich eindeutig erkennbar.«

»Okay, Ihre Einschätzung war zutreffend! Er hat sie mit einer Waffe bedroht. Hatten Sie nicht die Befürchtung, dass er Ernst macht und noch mal abdrückt?«, wollte ein anderer Ermittler wissen. »Sie konnten nicht wissen, ob die Waffe echt ist. War sie übrigens!«

»Sicher sein, kann man sich in so einer Situation nie!«, erklärte Josch. »Aber ich hatte nicht den Eindruck, dass er ein eiskalter Killer ist. Er hatte eine Hemmschwelle. Sein Auftreten stimmte irgendwie nicht mit seiner Person überein; schwer zu beschreiben, aber ich hatte den Eindruck, dass er die Hosen im Grunde genau so voll hatte wie wir.«

»Hat man das gerochen?«, fragte die Staatsanwältin schmunzelnd dazwischen und hatte damit einige Lacher auf ihrer Seite.

»Nein!«, gab Toni zurück. »Dazu war er zu weit von uns entfernt!«

Auch Tonis schlagfertige Antwort trug zur allgemeinen Erheiterung bei.

»Erzählen Sie weiter!«, bat der Chef vom K5.

»Richtig ernst wurde es, als die Polizeisirene in unmittelbarer Nähe ertönte. Da geriet der Mann kurz in Panik.«

Josch machte eine Pause, bevor er weitersprach.

»Außerhalb des Protokolls: Wer auch immer dafür verantwortlich ist … da hat wer richtig Scheiße gebaut! Bei einem Einsatz wie diesem mit Martinshorn vorzufahren ist fahrlässig, ja unverantwortlich! Das hätte uns das Leben kosten können!«

Betroffenes Schweigen in der Runde, denn alle wussten, dass Josch Recht hatte.

»Wie hat er sich in dieser Situation verhalten?«, wollte der Ermittler wissen. »Ich meine, wie ist es dazu gekommen, dass er dann doch nicht durchgedreht hat?«

»Er ist völlig aufgebracht hin und her gerannt. Hypernervös! Ich glaube, dass er vor Aufregung oder aus Versehen abgedrückt hat, und deshalb habe ich versucht, ihn zu beruhigen.«

»Was Ihnen offensichtlich gelungen ist. Wie haben Sie das gemacht?«

»Erst habe ich ihn beschwichtigt und ihm erklärt, das müsse nicht unbedingt ihm gelten. Ein Verkehrsunfall oder so. Als das Signal verstummte, beruhigte er sich langsam wieder. Dann kam der Hubschrauber, da ist er wieder ausgerastet. Ich habe erneut auf ihn eingeredet, aber sorry, was ich da genau gesagt habe, weiß ich nicht mehr im Detail.«

»Josch hat wie ein Vater zu ihm gesprochen«, übernahm Toni. »Hat ihm klargemacht, dass er nichts zu befürchten habe, und davon überzeugt sei, dass er kein Mörder ist. Dass er ein anständiger Kerl sei und jeder mal Mist baue, aber ein Mörder sei er nicht, das könne man sehen und spüren. Das Missverständnis würde sich mit Sicherheit rasch aufklären, aber nur wenn er jetzt nicht durchdrehe. Bis jetzt sei nichts Schlimmes passiert, da käme er mit ein paar Monaten auf Bewährung davon, anstatt für den Rest seines Lebens hinter Gittern zu landen. Dann hat Josch behauptet, dass er selbst schon mal hinter Gittern gewesen sei und deshalb wisse, wovon er rede …«

»Das habe ich gesagt?«, wunderte sich Josch.

»Ja, und dass du vor Gericht für ihn aussagen wolltest. Du würdest ihm unter die Arme greifen und ihm helfen, dass er wieder auf einen grünen Zweig kommt.«

»Ach Gott; Josch der Seelsorger!«, seufzte Daniela Sommer. »Du hättest Pfarrer werden sollen!«

»Da kannst du mal sehen, dass ich seit Jahrzehnten falsch eingeschätzt werde«, gab Josch zurück.

»Josch hat ihn quasi totgequatscht«, fuhr Toni fort. »Überraschenderweise hat der Alkohol den Typ mehr beruhigt als aggressiv gemacht. Zum Schluss war er fast so weit, mit Josch Brüderschaft zu trinken.«

»Na, na! Ganz so innig war es nun auch wieder nicht«, widersprach Josch heftig. »Die Idee, sich als Verhandlungsführer anzubieten und rauszugehen, kam schließlich von dir!«

»Er hat sie beide aber weiterhin mit der Waffe bedroht?«, wollte Hauptkommissar Müller wissen.

»Ja, das schon. Mehr oder weniger«, antwortete Josch. »Ich hatte allerdings keine Gelegenheit, ihm das Ding ohne Risiko wegzunehmen. Irgendwann war es dann egal, und es ging nur noch darum, die Sache zu einem vernünftigen Abschluss zu bringen. Das ist Toni ja auch gelungen.«

»Zurück zu Adrian Hofer«, meldete sich Hauptkommissarin Reinert jetzt. »Hat er sich geäußert, wie er zu dem Tatverdacht des Mordes steht? Hat er argumentiert oder einfach nur lapidar behauptet, er sei es nicht gewesen? Ich meine, bevor er seine Unschuld in Anwesenheit der Presse beteuert und seine Argumente vorgebracht hat.«

»Ja, hat er!«, entgegnete Josch. »Seiner Meinung sei Fischer zwar ein … sorry, ich zitiere … Arschloch gewesen, und er bedauere, ihm damals bei der Wahlveranstaltung nicht das Maul gestopft zu haben, aber er würde selbst im Stracksuff niemanden umbringen. So wie er sich verhalten hat, habe ich ihm das geglaubt. Katja, ich war viele Jahre bei der Mordkommission, da lernt man, die Menschen einigermaßen einzuschätzen. Klingt vielleicht blöd: Man sieht einem Menschen nicht an, ob er ein Mörder ist, aber man erkennt, wenn er kein Mörder ist!«

»Nicht nur Pfarrer, auch noch Philosoph«, stöhnte Daniela Sommer.

Erneutes Lachen in der Runde.

»Besser das, als Staatsanwältin«, keifte Josch zurück.

»Zum Schluss war der Kerl ziemlich fertig und selbst einfach nur froh, dass es vorbei war«, ergänze Toni.

»Hatte er die Idee mit den Journalisten von Anfang an, oder ist die im Laufe der Entwicklung erst entstanden?«, fragte nun wieder der Chef vom K5.

»Moment noch!«, ging Josch dazwischen. »Hofer hat noch erwähnt, dass er zum Zeitpunkt des Mordes an Alexander Fischer gar nicht in der Gegend gewesen sei. Da will er in irgendeinem Camp gewesen sein, aber ich habe nicht rausbekommen, wann und wo das gewesen sein soll, weil unser Gespräch durch die Lautsprecheransage unterbrochen wurde.«

»Wie war das mit den Journalisten?«, hakte der Ermittler nach.

»Die Idee kam eigentlich von mir!«, erklärte Toni.

»Was?«, entfuhr es der Staatsanwältin. »Von dir … ähm Ihnen? Was ist denn das für ein Schwachsinn?«

Niemand in der Runde außer Josch, Katja und Ken Arndt wussten, dass Daniela und Toni eine Beziehung hatten, weshalb der Versprecher nicht weiter auffiel.

»Kein Schwachsinn! Das ist Logik! Wenn Hofer eine Plattform brauchte, um seine Unschuld zu beteuern, weil er der Polizei nicht traute, sollte er sie haben, weil das für ihn eine Chance war; diese Chance war auch unsere Chance, heil aus der Sache wieder rauszukommen.«

»Geniale Idee«, kommentierte Hauptkommissar Müller. »Hofer alleine wäre wahrscheinlich nicht auf den Gedanken gekommen.«

»Nee, aber Toni!«, bestätigte Josch. »Er hat uns damit den Arsch gerettet.«

»Nachdem ich uns von Anfang an in diese Misere erst hineingebracht habe«, ergänzte Toni.

»Hat er das Angebot sofort angenommen oder mussten Sie ihn dazu überreden?«, fragte Müller.

»Er hat sofort zugestimmt. Zu dem Zeitpunkt war er bereits ziemlich platt.«

»Immerhin hat er den Ehrgeiz gehabt, den Staatssekretär antanzen zu lassen«, wunderte sich die Staatsanwältin.

»Die Idee kam nicht von ihm«, behauptete Josch.

»Was? Von wem sonst?«, rief Daniela Sommer aufgebracht. »Nein, bitte! Sag, dass das nicht wahr ist! Wer von Euch beiden ist auf diese Schnapsidee gekommen?«

»Das ist uns spontan gemeinsam eingefallen«, erklärte Josch ruhig.

»Wir dachten, wenn der Staatssekretär schon auf die Idee kommt, einen Beamten als Zeugen hinzuzuziehen, kann er den Job auch gleich selbst übernehmen«, ergänzte Toni lächelnd.

»Ich fasse es nicht!«, stöhnte die Staatsanwältin kopfschüttelnd.

In der Runde war es nun still, alle amüsierten sich über den gelungenen Gag, aber niemand traute sich, offen darüber zu lachen.

»Ihre Nerven möchte ich haben!«, staunte Hauptkommissar Müller.

»Sie müssen es ja nicht an jeden weitererzählen, wenn es Ihnen peinlich ist«, schlug Toni vor.

»Mir wäre es egal«, sagte Josch. »Eine Beförderung steht nicht an und meine Pension wird's nicht kosten.«

»Fehlt nur noch, dass der Innenminister euch für diesen Blödsinn für das Bundesverdienstkreuz vorschlägt«, erklärte die Staatsanwältin und erhob sich von ihrem Stuhl. »Mir reicht's vorerst! Katja, komm bitte mit, wir müssen uns um Adrian Hofer Kümmern. Ich bin gespannt, ob der auch einen Gag auf Lager hat.«

Die Befragung von Toni und Josch ging noch eine halbe Stunde weiter. Dabei ging es allerdings nur noch um Formalitäten und kleinere Details. Danach wurden sie nach Hause entlassen und gebeten, der Presse keine Informationen zukommen zu lassen und sich in den sozialen Medien nicht über das Thema zu äußern. Für Toni und Josch war das selbstverständlich, denn sie wollten nach diesem Erlebnis unbedingt ihre Ruhe haben.

* * *

In der Pressekonferenz um 12 Uhr spielten sich der Innenminister und der Polizeipräsident gegenseitig die Bälle zu.

Der eine bewunderte vor laufenden Kameras die Courage des Staatssekretärs, sich freiwillig in die Höhle des Löwen zu begeben, der andere war voll des Lobes für das entschlossene und erfolgreiche Vorgehen der Polizeikräfte.

Ansonsten gab es eine Reihe von Erklärungen, ohne dass konkrete Informationen mitgeteilt wurden. Phrasen und Allgemeinplätze, Statistiken ohne inhaltlichen Nährwert. Weder Josch noch Toni Lukas wurden namentlich erwähnt, die beiden Journalisten nur am Rande; für Statisten war kein Platz, die Hauptrollen hatten im Selbstverständnis der Vortragenden andere gespielt.

Auf die Fragen der zahlreich anwesenden Pressevertreter wurde nur ausweichend geantwortet und darauf hingewiesen, dass man wegen der laufenden Ermittlungen zu Detailfragen keine weiteren Informationen preisgeben wolle. Vieles sei noch zu klären, blablabla. Auch auf die Frage, ob Adrian Hofer denn nun der Mörder von Alexander Fischer sei, gab es keine eindeutige Antwort, da von oben angeordnet worden war, dass ausschließlich der Minister und der Polizeipräsident zu Wort kommen sollten. Folglich gab Staatsanwältin Sommer die Frage an den Polizeipräsidenten weiter.

»Wir können derzeit nichts ausschließen«, antwortete der. »Einiges spricht dagegen, anderes dafür. Die Ermittlungen gehen weiter; Alibis sind zu überprüfen, ebenso diverse Bewegungsprofile. Überdies sind einige Spuren noch in der Auswertung. Wir gehen allerdings davon aus, dass uns die Einlassungen des Herrn Hofer in der Aufklärung der Tötungsdelikte sowohl zum Nachteil des Herrn Fischer wie auch von Lars Kleinschmitt alsbald ein gutes Stück weiterbringen werden.«

Was redet der da?, fragte sich Staatsanwältin Sommer. Wenn sich Hofers Alibi bestätigt und er mit der Sache nix zu tun hat, sind wir keinen Schritt weiter! So ein Dummschwätzer!

28

Donnerstag, 2. Juni und danach

Einen Tag nach der Pressekonferenz, zwei Tage nach der Geiselnahme und mittlerweile fast zwölf Wochen nach dem Mord an Alexander Fischer glich das Polizeipräsidium einem aufgeschreckten Hühnerhaufen. Das Chaos nahm von der Chefetage ausgehend seinen Lauf und verbreitete sich rasch über alle Stockwerke und Abteilungen des Hauses. Besonders schlimm war es im Dezernat von Katja Reinert, und die Hauptkommissarin hatte Mühe, den Überblick zu behalten.

Auslöser des Wirrwarrs waren die Fernsehsendungen vom Vorabend und die Zeitungsartikel vom frühen Morgen. Dort waren das Interview mit Adrian Hofer ausgestrahlt oder im Wortlaut wiedergegeben worden, und das Bild, das dabei entstand, hinterließ in der Öffentlichkeit den berechtigten Eindruck, dass die Darstellungen der Offiziellen in der ebenfalls ausgestrahlten Pressekonferenz, vorsichtig ausgedrückt, geschönt waren, weshalb in den Kommentaren und sozialen Medien eine Menge an Spott und Ironie unterwegs waren. Das sorgte für erheblichen Wirbel auf ministerieller Ebene und bei der Spitze des LKA.

Gefordert waren Stellungnahmen, detaillierte Berichte, Gespräche auf allen Ebenen … kurzum: Die internen Querelen führten dazu, dass nahezu alle weiteren Ermittlungen zum Erliegen kamen.

Nach zwei Tagen war der Rauch verzogen, die Wogen glätteten sich, die Presse verlor das Interesse und die Ermittler gingen zum Tagesgeschäft über. Der Journalismus hatte andere Themen auf dem Schirm, allem voran die Entwicklung im Ukraine-Krieg, die daraus resultierenden wirtschaftlichen Auswirkungen und die Pandemie war auch noch nicht vorbei.

Das war die Situation, als am Freitagmorgen gegen 10 Uhr das Telefon im Büro der Staatsanwältin klingelte und Joachim »Josch« Schaum in der Leitung war.

»Ach!«, entgegnete Daniela Sommer, als sie hörte, wer am Apparat war. »Was gibt's? Willst du deine Aussage erweitern oder was verschafft mir die Ehre?«

»Schönen Gruß von meiner Frau Gemahlin; sie lässt fragen, ob du Lust hast, heute Abend zum Grillen zu kommen?«

»Warum fragst du nicht selbst?«

»Ich dachte, Marion ist das bessere Zugpferd!«

»Ich komme gerne, muss aber bei Toni nachfragen, ob er nichts anderes geplant hat.«

»Hat er nicht!«, antwortete Josch.

»Woher willst du das wissen?«

»Er sitzt neben mir; wir gehen gleich einkaufen.«

»Oh Gott! Da sind die zwei Richtigen zusammen! Hoffentlich wird der Supermarkt nicht gerade überfallen, wenn ihr dort seid!«.

»Was ist jetzt? Ja oder nein?«

»Wie viel Uhr?«

»Ab 17 Uhr; oder später, wie du Zeit hast. Toni meint, du kannst gleich hierherkommen. Er bleibt hier und hilft mir bei den Vorbereitungen.«

»Nee, ich fahr erst zu seiner Wohnung. Muss mich frisch machen und komme spätestens um sechs.«

»Also um sieben!«

»Haha! Ist blaue Bank oder was?«

»Das wird sich zeigen. Gegrillt wird jedenfalls im Garten.«

»Soll ich was mitbringen, vielleicht einen …«

»Nein, keinen Salat«, unterbrach Josch, wissend, was jetzt kommen würde. »Dafür hättest du ohnehin keine Zeit. Komm einfach und fertig!«

»Okay, bis dann, man sieht sich!«

* * *

Der Traum von einem Gartenfest war mittags um drei bereits ausgeträumt. Toni und Josch waren mitten in der Vorbereitung, als die ersten Tropfen fielen, eine halbe Stunde später schüttete es wie aus Kübeln.

»Laut Wetterbericht sollte die Sintflut erst am späten Abend einsetzen«, stöhnte Josch. »Fake News! Man kann heutzutage überhaupt nix mehr glauben!«

»Dass in Klarenthal ein Bekloppter um sich schießt und heute Morgen einen Beamten angeschossen hat, ist allerdings bittere Wahrheit«, entgegnete Toni. »Jetzt hat er sich in seiner Wohnung verschanzt und ballert durch die Fenster. Anscheinend gibt es nur noch Verrückte auf der Welt.«

»Stimmt, sogar das Wetter spielt verrückt. Kaum scheint mal die Sonne für zwei Tage, schon folgt wieder ein Unwetter und …«

»Wie soll's jetzt weitergehen?«, unterbrach Marion, die ihr Homeoffice gerade geschlossen hatte. »Ich schlage vor, dass wir zu viert grillen, wenn Daniela kommt. Falls Dagmar und Markus Lust haben, können sie gerne mitmachen; ich frag sie mal an. Was übrig bleibt, friere ich ein.«

»Genauso machen wir das!«, bestätigte Josch. »So ein Gasgrill ist eine feine Sache. Es entspricht zwar nicht der Tradition auf Buchenholz zu schwenken, aber es macht alles viel einfacher. Holzhacken, Feuer anzünden und das ganze Drumherum kann man sich sparen. Außerdem funktioniert es bei fast jedem Wetter!«

»Nur wenn man die Zünder anschließt! Es heißt immer: Der Saarländer schwenkt nur mit dem Schwenker und das zu jeder Jahreszeit«, entgegnete Toni. »Aber ich glaube, das wird überbewertet.«

Daniela Sommer kam früher als erwartet und hatte eine gute Portion Hunger mitgebracht; auch Dagmar und Markus waren gekommen, und als der Regen gegen Abend endlich nachließ, war das Grillen unter dem Balkon richtig gemütlich.

Während des Essens kam man ins Gespräch und logischerweise war bald auch die Geiselnahme von Toni und Josch ein Thema, wenngleich Daniela nicht darauf eingehen wollte.

»Sagt mal! Wenn das stimmt, was der Typ im Interview gesagt hat, dann …«, machte Dagmar dennoch weiter.

»Wer?«, bohrte Marion nach.

»Na der Typ, der deinen Mann und Toni in der Mangel hatte!«

»Adrian Hofer!«, stellte Josch kauend klar.

»Ganz genau! Der will es ja nicht gewesen sein, also …«

»Was will der nicht gewesen sein?«, unterbrach Marion erneut.

»Na der Mörder von diesem Dings … oben am Turm … wie hieß der noch gleich?«

»Alexander Fischer«, klärte Toni Lukas auf.

»Ja, der! War dieser Hofer es nun oder war er es nicht? Wenn der es nicht war, läuft der Täter immer noch frei rum!«, erklärte Dagmar.

»Du hättest zur Kripo gehen sollen«, meinte Marion.

»Wieso? Stimmt doch, oder?«, maulte Dagmar.

»Stimmt!«, bestätigte Toni, ohne eine Miene zu verziehen.

»Und wie geht es in dem Mordfall jetzt weiter?«, wollte Marion wissen. »Eigentlich sind es ja zwei!«

Alle außer Daniela Sommer schauten auf Josch, aber der wehrte ab und zeigte auf die Staatsanwältin.

»Da müsst ihr die da fragen!«

Daniela war das sichtlich peinlich, aber um eine Antwort konnte sie sich nicht drücken.

»Wir ermitteln weiter und fangen da wieder an, wo wir vorige Woche aufgehört haben«, erklärte sie.

»Wo ward ihr eigentlich stehengeblieben?«, fragte Josch neugierig. »Gibt es noch eine andere Spur?«

»Du weißt, dass ich mich zu laufenden Ermittlungen nicht äußern kann.«

»Ich würde eher von schleichenden Ermittlungen sprechen«, lachte Toni. »Mir kann niemand glaubhaft erzählen, dass es zwischen zwei so abscheulichen Verbrechen keine erkennbare Verbindung gibt.«

»Eine Verbindung gibt es schon, aber es ist nicht erkennbar, wer ein Interesse oder ein Motiv haben könnte, beide Männer umzubringen. Diesbezüglich kommen wir einfach nicht weiter.«

»Es muss in der gemeinsamen Vergangenheit der Opfer und des Täters irgendetwas geben«, spekulierte Josch. »Irgendeine Person gibt es da, und die ist der Schlüssel zu allem.«

»So schlau waren wir auch schon!«, ereiferte sich die Staatsanwältin. »Es gab in weiter Vergangenheit Verbindungen, die kennen wir; zumindest einige. Eine interessante Spur führt ins Nordsaarland, aber die betreffende Frau ist seit mehr als einem Jahr tot und scheidet somit aus. Andere Personen, die beide vor ewigen Zeiten kannten, hatten seit Jahrzehnten keinen Kontakt mehr zu den Opfern, und es gibt keinen Hinweis, dass diese Aussagen falsch sind. Es gibt sicherlich noch mehr gemeinsame Bekannte, aber von denen haben wir weder Namen noch Adressen, so dass wir nicht weiterkommen.«

»Es gibt Algorithmen, mit deren Hilfe man nachforschen kann«, schlug Toni vor.

»Schlaumeier!«, fauchte Daniela. »Das ist Jahrzehnte her. Damals gab es bei den Ämtern keine elektronischen Meldesysteme, und nacherfasst ist bei weitem nicht alles. Da ist nichts zu holen! Wir sind ja nicht blöd!«

»Sagt ja keiner!«, beschwichtigte Josch, der merkte, wie Daniela sich an der Ehre gepackt fühlte und vor die Ermittler stellte. »Aber die verstorbene Frau aus dem Nordsaarland scheidet sowieso aus. Der Täter war ein Mann, eine Frau hätte eine andere Methode gewählt!«

»Gift!«, rief Marion dazwischen.

»Ein Auftragskiller hätte sich so viel Mühe nicht gemacht!«, meinte Dagmar.

»Na toll!«, seufzte Daniela Sommer. »Um mich herum scheint es von erfahrenen Ermittlern ja nur so zu wimmeln!«

»Quatsch!«, entfuhr es Josch. »Es kann immer sein, dass man etwas übersieht, aber bitteschön, nicht mehr mein Problem!«

»Nun sei nicht gleich beleidigt!«, beschwichtigte Daniela. »Ja, vielleicht haben wir etwas übersehen. Wahrscheinlich sogar! Ab Montag werden wir uns verstärkt um das frühere Umfeld von Maike Lambert kümmern und ...«

»Ist das die verstorbene Person aus dem Nordsaarland?«, fragte Josch weiter.

»Genau! Da muss Katja jetzt nachhaken. Die Frau müsste gemäß unseren Nachforschungen die beiden Opfer gekannt haben, oder sogar mit ihnen befreundet gewesen sein; vielleicht können wir Bekannte ausfindig machen, die sich erinnern. Außerdem hat sie einen Sohn, den wir bisher noch nicht befragen konnten. Ich wüsste nicht, wo wir sonst ansetzen könnten. Und nun bitte ich darum, das Thema zu wechseln. Mir reicht das jetzt!«

»Gute Idee!«, rief Dagmar. »Erzähl mal, was der Staatssekretär gesagt hat, als der Typ ihn hat antanzen lassen. Toller Einstieg ins neue Amt!«

Daniela bekam einen Hustenanfall, sagte aber nichts zu dem Thema.

»Ich nehme an, dass er gleich erkannt hat, dass Hofers Waffe echt ist«, spekulierte Toni. »Der Mann ist schließlich Politiker!«

»Und warum hat Josch das dann nicht sofort gesehen, schließlich ...«, fragte Dagmar, wurde von Josch jedoch unterbrochen, bevor sie die Frage zu Ende stellen konnte.

»Weil ich kein Politiker bin!«, stellte er trocken fest.

Damit war dieses Thema vom Tisch, und das Gespräch schwenkte um auf die Meldung des Tages, denn irren Schützen von Klarenthal.

»Der Mann hat sich zwischenzeitlich vermutlich selbst erschossen«, wusste Daniela. »Als die Polizei in das Gebäude eindrang, lag er tot in der Wohnung.«

»Der wäre ohnehin nicht mehr aus dem Knast gekommen«, meinte Marion.

»Was ist eigentlich mit den Menschen los?«, regte Markus sich auf. »Erst der bescheuerte Wilderer, der die zwei Beamten erschoss, jetzt der Knilch in Klarenthal. Wo haben die alle die Waffen her? Das gibt's doch gar nicht!«

»Stimmt es, dass der auch Jäger war und ein ganzes Waffenarsenal zu Hause hatte?«, wollte Josch wissen.

»Der war nicht nur Jäger, sondern auch Jurist!«, erklärte Daniela und schüttelte den Kopf.

»Na Mahlzeit«, meinte Markus. »Da gibt es einiges aufzuklären.«

»Stimmt!«, entgegnete Josch. »Aber das ist nicht Danielas Bier! Die hat mit ihrer Truppe zwei Morde aufzuklären, und der Täter läuft noch frei rum!«

29

In den Tagen nach Pfingsten

Wie geplant, nahm das K3 in der Woche nach der Geiselnahme die Ermittlungen zur Aufklärung der Morde an Alexander Fischer und Lars Kleinschmitt wieder verstärkt auf.

Sam Wolff beschloss, selbst zur letzten Meldeadresse von Maike Lambert nach Scheiden zu fahren, um dort den Kontakt mit Nachbarn oder anderen Personen zu suchen, die vielleicht Auskunft über Maike oder deren Sohn Max geben konnten.

Sam hatte noch nie etwas von diesem Ort gehört, weswegen er überrascht war, dass das Dorf nicht weit vom Losheimer See entfernt liegt, obwohl er vor der Pandemie schon zwei Mal bei Musikveranstaltungen am See gewesen war.

Umgeben von Wäldern und Feldern lag Scheiden friedlich in der Mittagssonne, in der Ferne zogen allerdings erste Gewitterwolken auf.

Die Zieladresse war schnell erreicht. Sam stieg aus, saugte die frische Luft ein und schaute sich um. Das gepflegte kleine Haus schien ehemals zu einem bäuerlichen Anwesen gehört zu haben, war inzwischen in die Jahre gekommen und wirkte schlicht, war aber stilvoll instand gehalten. Zwei ausgetretene Sandsteinstufen führten zur Haustür. Einen Klingelknopf gab es nicht, aber auf dem Briefkasten klebte ein vergilbtes Namensschild: Lambert.

Sam pochte kräftig gegen die Haustür, aber es tat sich nichts. Auch nach dem dritten Versuch war es das gleiche negative Ergebnis wie bei der Polizeistreife in der Woche zuvor. Die Kollegen hatten damals zwar einen Zettel hinterlassen und um Kontaktaufnahme gebeten, aber gemeldet hatte sich Max Lambert bislang nicht.

»Wenn Sie den suchen, müssen sie früh morgens oder spät abends kommen!«, kam vom Gehweg her eine zittrige Stimme, worauf Sam sich umdrehte und eine alte Frau am Rollator erblickte.

»Hallo!«, erwiderte er freundlich. »Gut zu wissen! Vielen Dank. Ist Herr Lambert auf der Arbeit?«

»Das weiß ich nicht!«, erwiderte die Frau.

»Wissen Sie, wo er arbeitet?«

»Nein!«

»Schade! Ich dachte, dass in so einem Dorf jeder alles über den anderen weiß.«

»Sind Sie so einer von der Versicherung? Wegen dem Sturm neulich?«

»Nein, bin ich nicht. Ich suche Herrn Lambert in einer anderen Angelegenheit.«

»Na dann! Ich habe den Max übrigens schon lange nicht mehr gesehen! Aber das geht mich eigentlich gar nichts an. Auf Wiedersehen!«

»Moment noch, bitte! Wer könnte denn wissen, wo sich Herr Lambert gerade aufhält? Es ist nämlich ziemlich wichtig!«

»Ach, für euch jungen Leute ist immer alles wichtig. Wenn Sie erst mal so alt sind wie ich, werden Sie feststellen, dass gar nichts mehr wichtig ist, außer dass man morgens wieder wach wird.«

»Das mag so sein«, antwortete Sam unsicher. »Äh, wie alt sind Sie denn, wenn ich fragen darf?«

»Dürfen Sie! Ich werde im August nämlich achtundachtzig!«

»Wow! Sie sind aber noch ganz schön rüstig!«, schmeichelte Sam, um sich das Vertrauen der alten Frau zu sichern.

»Das sagen Sie so; Sie haben keine Ahnung, wie das ist, wenn die Beine nicht mehr das machen, was der Kopf will. Na ja, Hauptsache man muss nicht in ein Heim, das würde ich nämlich nicht aushalten! Nur alte Leute um einen rum, da wird man ja verrückt!«

»Da sind Sie aber aus einem anderen Holz geschnitzt! Wissen Sie wirklich nicht, wo ich Herrn Lambert finden könnte?«

»Junger Mann, darf ich fragen, wer Sie überhaupt sind? Es ist nicht richtig, eine alte Frau auszufragen. Weiß der Teufel, was Sie im Schilde führen! Im Fernsehen sagen sie immer, dass man vorsichtig sein soll.«

»Und das ist völlig richtig! Aber keine Sorge, ich bin von der Polizei. Hier, das ist mein Dienstausweis«, erklärte Sam und zeigte der Frau seine Plastikkarte. »Mein Name ist Wolff, Oberkommissar.«

»Kann ich ohne Brille nicht lesen und wenn es eine Fälschung wäre, würde ich das sowieso nicht mitbekommen. Aber ich glaube Ihnen ausnahmsweise, Sie haben so ein ehrliches Gesicht!«

»Finden Sie? Danke für das Kompliment.«

»Polizei? Hat der Max etwas ausgefressen? Das würde mich aber wundern.«

»Nein, ich brauche nur eine Auskunft. Kannten Sie seine Mutter?«

»Die Maike? Klar kannte ich die! Das arme Ding; so früh gestorben wegen diesem blöden Virus. Den braucht kein Mensch! Genauso wenig wie diesen Verbrecher aus Russland, den sollte man aufhängen, den Scheißkerl.«

»Ach, ich wusste gar nicht, dass Frau Lambert an Corona gestorben ist«, entgegnete Sam Wolff.

»Doch, doch! Voriges Jahr; ich glaube, im März war das. Die war sehr zurückhaltend. Hatte es auch nie einfach. Ihr Onkel, der alte Max, hat ihr zwar geholfen, aber der ist auch nicht alt geworden. Nee, einfach hatte die es mit Sicherheit nicht und …«

»Wieso das?«

»Na ja, von Anfang an ohne Mann als junge Frau mit einem kleinen Kind. Trotzdem ist aus dem kleinen Max so ein fleißiger Junge geworden. Ich glaube, er hat seine Mutter mehr geliebt als seine Freundin und …«

»Die wohnt aber nicht hier?«, unterbrach der Oberkommissar erneut, bevor die Frau ins Plaudern geraten konnte.

»Nein, nein! Ich habe die schon ewig nicht mehr gesehen. Im Dorf erzählt man, die hätten sich getrennt, weil der Max den Tod von Maike nicht verkraftet hat. Weiß man's? Na ja, es wird auch viel geredet, wenn der Tag lang ist. Wissen Sie …«

»Entschuldigung, Frau … wie war noch mal Ihr werter Name?«

»Den habe ich Ihnen noch gar nicht genannt! Adelheid Casper, vorne mit C.«

»Danke, Frau Casper. Die Freundin von Herrn Lambert … haben Sie einen Namen oder gar eine Adresse von der?«

»Nein, habe ich nicht. Ich habe die auch nur ein paarmal gesehen. Ich bin nämlich nicht …«

»Wer könnte mir denn diesbezüglich weiterhelfen?«, unterbrach Sam ihren Redefluss erneut und zeigte auf die Umgebung. »Das Nachbarhaus scheint unbewohnt und sonst gibt es hier niemanden in der Nähe.«

»Ja, da ziehen immer mehr junge Leute weg. Verstehe ich nicht, wo es hier doch so schön ist. In der Stadt möchte ich nicht wohnen. Ach so ja, Ihre Frage. Da fragen Sie am besten mal unten im Dorfkrug nach. Wenn jemand weiß, was im Dorf los ist, dann dort. So, junger Mann, ich muss jetzt aber weiter, wenn ich zu Bares für Rares zu Hause sein will; bei mir dauert das halt länger. Ich verpasse nämlich keine Sendung! Kennen Sie die?«

»Nur vom Hörensagen. Gesehen habe ich die noch nie!«

»Ist ja auch klar«, schmunzelte Adelheid Casper. »Um diese Zeit müssen Sie ja arbeiten. Ich werde langsam schusselig. Was die Leute da alles verkaufen, meine Güte! Und was die noch für ein Geld für den Kram bekommen! Völlig verrückt! Ich habe noch so viel Krempel im Keller, da bekäme ich bestimmt ein paar tausend Euro dafür. Was soll's? Wozu brauche ich das ganze Geld …«

»Wenn Sie wollen, fahre ich Sie nach Hause, Frau Casper«, bot der Oberkommissar an. »Schließlich habe ich Sie ja aufgehalten. Außerdem liegt ein Gewitter in der Luft.«

»Kommt überhaupt nicht in Frage! Nachher heißt es im Dorf, die Alte hat sich einen Jungen zugelegt und lässt sich von ihm durch die Gegend kutschieren. Soweit kommt's noch!«

»Wie Sie wollen, Frau Casper!«

Die alte Frau verabschiedete sich und ging an ihren Rollator gestützt gemächlichen Schrittes davon.

Sam Wolff schaute ihr eine Weile hinterher und warf dann einen Blick in den Garten des Anwesens. Über einen schmalen Pfad ging er zur Rückseite des Hauses und rief einige Male den Namen des Anwohners, aber es rührte sich nichts.

Der Garten war nicht sonderlich gepflegt aber auch nicht verwildert. Ein Gemüsebeet, große Wiese, ein Apfelbaum. Vor einem Schuppen stapelte sich allerlei Gerümpel, aber es sah trotzdem nicht chaotisch aus.

Wenn ich so ein großes Anwesen unterhalten müsste, würde es wahrscheinlich auch nicht anders aussehen, dachte Sam Wolff.

Er ging zurück zur Hausfront und schaute in den Briefkasten. Eine Werbebroschüre vom Wochenende, mehr war da nicht. Demzufolge konnte Max Lambert nicht allzu lange fort sein, und den Zettel der Streife musste er auch gelesen haben, sofern nicht jemand anderes nach der Post schaute.

Sam ging zurück zu seinem Wagen, fuhr durch den Ort und suchte nach dem Dorfkrug. Als er nicht fündig wurde, nahm er sein Handy und suchte im Internet nach einem Eintrag, aber einen Hinweis gab es nicht. Für Scheiden war nur eine einzige Gaststätte aufgeführt: Scheider Stuben. Wenige Minuten später parkte Sam vor der angegebenen Adresse und stieg aus.

Die Tür der Gaststätte war geschlossen.

»Na toll!«, ärgerte sich der Oberkommissar und ging zurück zum Wagen.

Als er losfahren wollte, entdeckte er im Garten gegenüber der Gaststätte einen Mann mittleren Alters, der ein Beet mit einer Harke bearbeitete. Sam stieg wieder aus und rief über den Zaun.

»Hallo! Darf ich Sie kurz stören?«

»Um was geht es denn?«, fragte der Mann aus der Entfernung.

»Max Lambert! Kennen Sie den?«

»Flüchtig; warum?«

»Ich suche ihn und kann ihn nicht ausfindig machen. Zu Hause ist er nicht. Wissen Sie zufällig, wo er stecken könnte?«

»Nein. Keine Ahnung, wo dieser Einzelgänger sich rumtreibt.«

»Wann haben Sie ihn zum letzten Mal gesehen?«

Nun kam der Mann näher an den Zaun, blieb jedoch misstrauisch in zwei Meter Abstand stehen.

»Ich glaube, das war vor ungefähr einer Woche. Da ist er mit seinem Moped hier vorbeigebrettert.«

»Ah, er hat ein Moped …«

»Hat er. Und wer sind Sie?«

»Mein Name ist Wolff, vom LKA«, stellte sich der Oberkommissar vor und zeigte seinen Ausweis.

»LKA? Klingt nicht gut«, urteilte der Mann und kam einige Schritte näher, um sich den Ausweis anzuschauen.

»Wir benötigen eine Auskunft von Herrn Lambert; das ist alles.«

»Na dann! Der Max ist ein Fall für sich. Früher gehörte er irgendwie zum Dorf, auch wenn er seltener unterwegs war als andere; aber seit seine Mutter tot ist, taucht er im Ort quasi gar nicht mehr auf. Der Max hat sich total verändert.«

»In diesem Lokal ist er dann auch wohl nicht verkehrt, oder? Wo ist eigentlich der Dorfkrug?«, fragte Sam.

»Das hier war früher mal der Dorfkrug«, lachte der Mann. »Ist aber schon gefühlte hundert Jahre her. Früher war der Max ab und zu mit seiner Freundin hier, aber nachdem Maike gestorben war, wurde er streitsüchtig und hat sich mit jedem angelegt; irgendwann bekam er Lokalverbot.«

»Um was ging es bei den Streitigkeiten?«, hinterfragte Sam.

»Weiß ich nicht mehr, aber der Max verstand einfach keinen Spaß mehr und ging wegen jedem Scheiß an die Decke.«

»Haben Sie einen Namen von dieser Freundin oder eine Adresse?«, wollte der Oberkommissar wissen.

»Ich weiß nur, dass sie Caro heißt. Wenn ich mich richtig erinnere, stammt sie aus Oppen. Mehr weiß ich nicht.«

»Oppen? Der Ort sagt mir nichts.«

»Ungefähr zwanzig Kilometer von hier. Richtung Schmelz, hinter Nunkirchen rechts ab und …«

»Okay, danke, ich denke, das werde ich finden.«

»So viel ich mitbekommen habe, sind die zwei nicht mehr zusammen«, warf der Mann ein. »Ich habe sie auch schon seit langem nicht mehr gesehen.«

»Gut, danke für den Hinweis. Sonst noch was, das mich weiterbringen könnte? Ich bin für jeden Tipp dankbar.«

»Der Max hat beim Globus in Losheim gearbeitet. Ob das immer noch so ist … keine Ahnung. Also ich meine wegen der Pandemie und weil er sich nach Maikes Tod komplett zurückgezogen hat.«

»Beim Globus in Losheim. Aha! Was hat er dort gemacht?«

»Der ist Metzger von Beruf, da wird er wohl kaum in der Camping-Abteilung gearbeitet haben«, lachte der Mann.

»Wird wohl so sein«, knurrte Sam, dem der Kerl langsam auf den Wecker ging. »Er hat also ein Moped. Hat er auch ein Auto?«

»Nee, nur ein Moped; für das braucht er keinen Führerschein. Den hat er nämlich nicht, soweit ich weiß; seine Mutter hatte auch keinen. Darüber haben sich alle oft gewundert, weil man hier ohne kaum was anfangen kann. Aber okay, deren Sache!«

»Ein Mofa also; welche Farbe, welcher Typ?«

»Rot. Älteres Baujahr. Ich kenne mich mit den Dingern nicht aus.«

»Gut, danke. Jetzt bräuchte ich noch Ihren Namen, wenn's recht ist.«

»Andreas Falk. Wie der Vogel ohne e. Ich wohne hier. Spätschicht; nicht, dass Sie meinen, ich hätte keinen Job!«

»Bin ich nicht von ausgegangen. Ich lasse Ihnen meine Karte da. Falls Sie Max Lambert begegnen sollten, sagen Sie ihm, dass er mich unbedingt anrufen soll. Wir haben ihm eine Nachricht im Briefkasten hinterlassen, aber darauf hat er nicht reagiert. Weshalb, wissen wir nicht, denn er hat nichts zu befürchten. Am besten, Sie rufen mich selbst an, falls er Ihnen über den Weg läuft. Gleiches gilt, falls Ihnen noch etwas einfällt. Wir müssen dringend mit ihm sprechen.«

Sam Wolff verabschiedete sich. Sein nächstes Ziel war der Globus-Markt in Losheim. Auf der Fahrt kam ihm der Gedanke, dass ein saftiges Steak zum Abendessen nicht verkehrt wäre.

* * *

Sich vom Infostand des Einkaufszentrums bis zur Marktleitung durchzutanken, war schwieriger und zeitraubender, als Sam Wolff erwartet hatte; da half auch der Dienstausweis wenig.

Die Mitarbeiter waren zwar höflich, aber irgendwie hatte Sam das Gefühl, dass alle erst mal auf Notbetrieb schalteten, sobald er sich als Polizeibeamter zu erkennen gab, und so dauerte es schließlich mehr als eine halbe Stunde, bis er dem Marktleiter endlich in dessen Büro gegenübersaß, und ihm Fragen zur Person von Max Lambert stellen zu konnte.

»Tja«, antwortete der Mann namens Clemens Scholz und sah den Oberkommissar vielsagend an, als wolle er zu einem längeren Vortrag ausholen. »Das mit Herrn Lambert ist eine merkwürdige Sache! Der hat überraschenderweise von heute auf morgen gekündigt. Ich verstehe das nicht, aber ... Am Freitagmorgen ist er hier aufgetaucht; mir schien, er war ziemlich durch den Wind. Ich habe versucht, ihm seine Entscheidung auszureden, aber keine Chance. Trotz allem Zureden. Er wollte seinen Resturlaub; sofort! Und aus heiterem Himmel aufhören! Ich war völlig überrascht ... das heißt ... ja, schon, aber seit dem Tod seiner Mutter hatte er sich merklich verändert und ...«

»Inwiefern?«, unterbrach der Oberkommissar.

»Schwer zu beschreiben! Max war immer hilfsbereit, verlässlich, pünktlich ... ein wirklich guter Mitarbeiter, wie man sich das als Chef wünscht. Hohe soziale Kompetenz, fleißig, aufgeschlossen ... einer, der keine Probleme macht, zudem bei den Kollegen hochgeschätzt. Tauschte freiwillig eine Schicht, wenn Not am Mann war und so weiter. Kam jeden Tag mit seinem Moped angetuckert, weil er keine Lust hatte, den Führerschein zu machen. Nach dem Tod seiner Mutter wurde er dann allerdings immer verschlossener und dünnhäutig. Manchmal reagierte er regelrecht cholerisch, und ich habe ihn ermahnen müssen. Danach zog er sich irgendwie in sich selbst zurück. Machte seine Arbeit und fertig. Kollegen und Kolleginnen kamen nicht mehr an ihn ran ... das war auffällig ... aber gut, so ein Verlust ist natürlich prägend.«

»Hat er einen Kündigungsgrund angegeben oder gesagt, was er vorhat?«

»Nein. Er wolle einfach nur weg, hat er gesagt. Und dass er eine Veränderung brauche.«

»Seit wann war er hier beschäftigt?«

»Seit 2009!«

»Hm. Nach so vielen Jahren kündigt er fristlos aus heiterem Himmel. Merkwürdig; in der Tat. Sonstige Probleme?«

»Sie meinen Drogen, Alkohol, Spielsucht ... nein, keinerlei Hinweise.«

»Finanzielle Probleme? Vorschuss oder so ...?«

»Nichts bekannt!«

»Er hat sich anscheinend vor einiger Zeit von seiner Freundin getrennt; sehen Sie da einen Zusammenhang?«

»Private Angelegenheiten unserer Mitarbeiter gehen uns nichts an. Trauerfälle ausgenommen.«

»Hat er noch einen Schrank in der Umkleide?«

»Den hat er am Freitag gleich geräumt.«

»Und Sie können sich wirklich nicht vorstellen, wo sich Max Lambert aktuell aufhalten könnte?«

»Tut mir leid«, antwortete der Marktleiter und hob beide Hände abwehrend vor die Brust. »Darf ich fragen, weshalb sich das LKA für Herrn Lambert interessiert? Das macht mich schon ein bisschen stutzig.«

»Weshalb?«

»Weil der Mann überdurchschnittlich korrekt und zuverlässig war. Er wäre der Letzte, dem ich eine Straftat zutrauen würde.«

»Darum geht es nicht. Wir ermitteln in einer Sache, zu deren Aufklärung Herr Lambert eventuell beitragen kann. Möglicherweise könnte er uns wertvolle Informationen liefern, deshalb wollen wir mit ihm sprechen. Er selbst weiß vermutlich gar nicht, dass er ein wichtiger Zeuge sein könnte. Gegen ihn selbst liegt nichts vor ...«

»Ihnen ist aber anzusehen, dass Sie nicht glauben, dass sein Verschwinden ein Zufall ist«, unterbrach der Marktleiter. »Oder sehe ich das falsch?«

»Glauben Sie mir«, entgegnete Sam Wolff, »wenn ich darauf eine zuverlässige Antwort hätte, wäre ich ein gutes Stück weiter!«

30

Eine Stunde später

Bereits während der Rückfahrt von Losheim zum Präsidium hatte Oberkommissar Wolff seine Chefin telefonisch vorabinformiert, worauf Katja Reinert sofort beschlossen hatte, dass man sich unmittelbar nach Wolffs Eintreffen mit den anderen Ermittlern und der Staatsanwältin zu einer Lagebesprechung zusammenfinden müsse, um das weitere Vorgehen festzulegen.

Jetzt saßen sie im Büro der Hauptkommissarin und waren gespannt, was Sam von seinem Besuch im Nordsaarland im Detail zu berichten hatte.

»Bevor wir ins Eingemachte gehen und weitermachen, noch ein paar Mitteilungen meinerseits«, begann die Hauptkommissarin. »Ich habe zwar noch keine abschließende Beurteilung von Adrian Hofers bisherigen Einlassungen, aber er hat mehrere Zeugen benannt, die bestätigen sollen, dass er zum Tatzeitpunkt … gemeint ist der Mord an Alexander Fischer … im Raum Neuwied bei einem mehrtägigen Treffen der rechten Szene gewesen ist. Das Ergebnis der Zeugenbefragung habe ich noch nicht auf dem Tisch, aber die Dienststelle in Neuwied hat protokolliert, dass Hofers Personalien zu eben diesem Zeitpunkt aufgenommen wurden, als die Polizei wegen Ruhestörung und Randale angerückt war. Es spricht also im Augenblick alles dafür, dass Hofers Behauptungen zutreffen, und er tatsächlich ein Alibi hat. Zum Tod von Lars Kleinschmitt äußert sich Hofer nur dahingehend, dass er davon nichts mitbekommen haben will. Mir persönlich fällt es zwar schwer, das zu glauben, ausschließen kann ich es allerdings nicht. Das Ergebnis seines DNA-Vergleichs mit den Spuren von den Tatorten steht noch aus, in zwei oder drei Tagen wissen wir mehr. So viel zum Einstieg!«

»Das habe ich befürchtet«, erklärte Ken Arndt. »Wir haben uns zu früh auf Hofer eingeschossen. Es gab außer dem Vorfall damals bei der Wahlveranstaltung in Bildstock keinen einzigen Hinweis, der Hofer mit den Morden in Verbindung gebracht hätte. Das war ziemlich dünn.«

»Hinterher ist man immer schlauer«, grollte Katja Reinert.

Jetzt war Sam Wollf mit seinen Ausführungen an der Reihe. Er fasste seine Ermittlungsergebnisse zusammen, ohne sich ausschweifend in Details zu ergehen.

»Kurz zurück zu Adrian Hofer! Im Prinzip stimmt, was der Kollege Arndt sagt«, bemerkte die Staatsanwältin. »Der Druck von außen war vielleicht zu groß und wir haben uns dem gebeugt … nun gut, es ist, wie es ist. Augen zu und durch. Abgehakt! Was haltet Ihr von diesem Max Lambert? Die jungen Kollegen vielleicht zuerst.«

Christian Goldstein meldete sich als Erster zu Wort.

»Dass Max Lambert zurzeit nicht auffindbar ist, macht ihn meines Erachtens noch lange nicht verdächtig; das kann ganz simple Gründe haben. Der Mann steckt offensichtlich in einer schweren persönlichen Krise. Nachvollziehbar … Tod der Mutter, Trennung von der Freundin. Er sucht womöglich einen Neuanfang, geht auf Abstand … in seinem Alter verständlich. Ich sehe im Augenblick keinen Zusammenhang mit unseren Opfern.«

»Seine Mutter ist immerhin eine Schnittstelle zwischen den beiden ermordeten Männern!«, stellte die Hauptkommissarin klar.

»Wie alt ist dieser Max noch mal?«, hinterfragte die Staatsanwältin.

»Knapp über dreißig«, antwortete Goldstein.

»Danke!«

»Wir müssen versuchen, diese Freundin beziehungsweise ehemalige Freundin Caro zu finden«, fuhr Goldstein fort. »Sie kann uns mit Sicherheit weiterhelfen.«

»Das sehe ich auch so«, bestätigte Sam Wolff. »Das Problem ist, dass wir außer ihrem Vornamen und einem eventuellen Herkunftsort nichts über sie wissen.«

»Oppen!«, seufzte die Staatsanwältin. »Ich war da zwar noch nie und habe nur eine vage Vorstellung, wo das liegt, aber all zu groß kann der Ort nicht sein …«

»Ich kenne den Ort!«, warf die Hauptkommissarin ein. »Liegt bei Beckingen. In der Tat überschaubar. Ich schätze um die tausend bis fünfzehnhundert Einwohner.«

»Na also!«, kommentierte die Staatsanwältin. »Da sollte es möglich sein, die infrage kommenden Personen über einen Algorithmus beim Einwohnermeldeamt einzugrenzen.«

»Über einen Algorithmus?«, staunte Katja Reinert, die Daniela Sommer lange und gut genug kannte, um zu wissen, dass sie diesen Ausdruck irgendwo aufgeschnappt hatte.

»Oder so ähnlich«, raunte Daniela Sommer, die sich ihrerseits ertappt fühlte. »Irgendwie muss das gehen!«

»Ich kümmere mich drum«, erklärte Goldstein. »Ich weiß, was Sie meinen. Setzt allerdings voraus, dass die Person in Oppen gemeldet ist oder war und in etwa Lamberts Altersgruppe zuzuordnen ist; ansonsten wird das eine zeitraubende Sucherei.«

»Wir sollten uns in Oppen umschauen«, schlug Sam Wolff vor.

»Alles gut und schön!«, warf Ken Arndt ein. »Aber da ist noch etwas! Maike Lambert ist seinerzeit angeblich von heute auf morgen aus ihrem Elternhaus in Neunkirchen ausgezogen. Wenn man die Daten analysiert, stellt man fest, dass das mit dem Studium in Amerika nicht stimmen kann. Nein, sie war meiner Einschätzung nach schwanger! Für ihre konservativen Eltern eine Katastrophe! Sie musste weg oder ging freiwillig. Max wurde geboren. Nicht in den USA sondern in Saarlouis. Die Zeitfenster passen. Jahre später erbt sie das Haus ihres Onkels; das Haus in Scheiden, in dem Max heute noch lebt. Meine Theorie: Maike ist von Neunkirchen aus direkt zu ihrem Onkel gezogen. Hat sich dort mit ihrem unehelichen Kind versteckt oder wurde quasi versteckt. Frage: Wer ist der Vater? Er ist nicht angegeben. Die alte Dame hat Sam erzählt, dass Maike alleinerziehend war. Trotzdem muss es einen Vater geben!«

»Korrekt!«, bestätigte Staatsanwältin Sommer. »Für irgendetwas müssen die Männer ja schließlich gut sein. Spaß beiseite; der Vater ist bisher bei keiner einzigen Aussage oder Recherche zur Sprache gekommen, namentlich benannt wurde er schon gar nicht. Die Mutter hat ihn nach der Geburt nicht angegeben; sie wird ihre Gründe gehabt haben. Wenn überhaupt, kann nur Max Lambert uns weiterhelfen, falls er seinen Vater überhaupt kennt.«

»Oder diese Caro«, intervenierte Katja Reinert. »Stell dir vor, du hast einen Freund; dessen Mutter stirbt. Dann spätestens erkundigt man sich logischerweise nach dem Vater seines Partners. Möglicherweise kennt sie ihn sogar, zum Beispiel von der Beerdigung, oder weil der Sohn Kontakt zu seinem Vater hatte.«

»Ja, das wäre möglich«, nickte Daniela Sommer. »So Leute, ich habe gleich noch einen Termin. Katja, wie willst du weiter vorgehen?«

»Goldstein kümmert sich um das Melderegister. Ken bleibt weiter an Max Lambert dran. Wolff und ich hören uns in Oppen um. Morgen früh geht's los.«

* * *

Bereits früh um acht Uhr waren Katja Reinert und Sam Wolff unterwegs nach Oppen. Da sich der Berufsverkehr in Grenzen hielt, benötigten sie lediglich eine Dreiviertelstunde, bis sie ihr Ziel erreicht hatten.

»Hast du dir eine Taktik ausgedacht, wie wir die Sache angehen?«, fragte Sam, als sie den Ortseingang von Oppen passierten.

»Ich fahre durch die Hauptstraße bis zum Ortsende. Merk dir, wo Geschäfte, Kneipen, Cafés und so weiter sind. Die klappern wir systematisch ab. Frag auch nach Caroline, das ist womöglich die Langfassung ihres Namens. Auf gut Glück, was anderes bleibt uns nicht übrig. Nimm du die rechte Straßenseite, ich die linke. Die Nebenstraßen nehmen wir uns später vor.«

Während der nächsten Stunde durchquerten die beiden Ermittler den Ort, ohne einen Hinweis zur gesuchten Person zu erhalten. In den wenigen Geschäften, die geöffnet waren, konnte oder wollte sich niemand konkret äußern. Das Misstrauen der Leute war spürbar, die Dienstausweise der Beamten verstärkten die Vorbehalte anscheinend mehr, als dass sich dadurch Türen öffneten. Eine Kneipe und ein Eiscafé öffneten erst am Nachmittag, so viel Zeit würden die Ermittler nicht investieren können.

»Keine Kirche, kein Friedhof …«, maulte Sam Wolff. »Hier ist wirklich …«

»Moment!«, unterbrach die Hauptkommissarin. »Wo ist Maike Lambert eigentlich beerdigt?«

»Keine Ahnung«, antwortete Sam und zuckte mit den Schultern. »So viel ich rausbekommen konnte, hat Scheiden keinen eigenen Friedhof mehr.«

»Ruf Goldstein an, der soll sich darum kümmern!«

»Was soll das bringen?«, fragte der Oberkommissar verwundert.

»Weiß ich nicht. Wenn Max seine Mutter so sehr geliebt hat, wird er wohl ihr Grab besuchen. Ich will wissen, wo das ist.«

»Da ist was dran«, murmelte Sam Wolff und rief seinen Kollegen an.

»Wir haben meiner Einschätzung nach im Augenblick zwei Optionen«, meinte die Hauptkommissarin, als Wolff das Telefongespräch beendet hatte. »Da vorne ist ein Sanitärgeschäft und ein Stück weiter gibt es ein Seniorenheim.«

»Was willst du im Seniorenheim?«

»Schaden kann's jedenfalls nicht! Geh du zum Sanitärfritzen! Wir treffen uns am Auto.«

* * *

»Ich hab was!«, sagte der Oberkommissar eine Viertelstunde später.

»Ich auch!«, erklärte Katja Reinert, noch bevor Sam seine Neuigkeiten loswerden konnte. »Du zuerst!«

»Die Frau, mit der ich gesprochen habe, meint, dass es einen Kunden gibt, der wiederum eine Tochter hat, die Caroline heißt. Die Familie heißt Aschenbach und wohnt in der Nähe der Tennisplätze; die Adresse habe ich.«

»Das deckt sich mit dem, was mir die Leiterin des Seniorenheims gesagt hat. Caroline Aschenbach spielt ab und zu mit ihrer Gitarre für die Bewohner zum Kaffee. Außerdem ist ihr Vater Unternehmer und sponsert die eine oder andere Veranstaltung im Ort.«

Wenig später parkten die Ermittler vor der angegebenen Adresse am Rande eines schmucken Wohngebietes.

»Die haben die Sportanlagen quasi direkt vor der Haustür«, bemerkte Sam. »Sportplatz und Tennisplätze!«

»Bei unserem Job würde uns die Nähe zu den Sportanlagen nichts bringen«, bemerkte die Hauptkommissarin. »Wenn wir Feierabend haben, sind die anderen alle schon in der dritten Halbzeit.«

»Stimmt! Ich habe früher Fußball gespielt«, erklärte Sam. »Aber ich konnte so selten ins Training, dass ich es irgendwann aufgegeben habe.«

Die Villa der Aschenbachs im toskanischen Stil war ein Traum, aber sie wirkte nicht protzig, sondern stilvoll bis ins Detail; hier hatten sich Bauherr und Architekt bei Planung und Ausführung viele Gedanken gemacht. In der Einfahrt parkte ein Audi A8 vor der geschlossenen Doppelgarage, im umzäunten

Vorgarten standen zwei Zypressen, ein schmaler Steinweg führte zur Haustür, die Zugangstür war offen.

Den Ermittlern fiel auf, dass der gesamte Bereich von Kameras überwacht wurde. Neben der Haustür war eine kleine Metallplatte an die Wand geschraubt: Henry Aschenbach-Steuerungssysteme.

Sam Wolff drückte den Klingelknopf. Wenig später ertönte eine weibliche Stimme aus der Sprechanlage.

»Ja, bitte?«

Der Oberkommissar nannte Namen und Dienstgrad und bat darum, mit Caroline Aschenbach sprechen zu dürfen.

»Moment bitte!«

Augenblicke danach öffnete sich die Tür. Die Frau, die aus dem Haus trat, konnte vom Alter her unmöglich Caroline sein.

»Meine Tochter ist nicht da. Was will denn die Polizei von ihr?«, fragte die Frau sichtlich besorgt und rief in den Flur. »Henry, kommst du mal bitte!«

Ein stämmiger Mann von stattlicher Größe erschien im Türrahmen. Höflich aber bestimmt fragte der Hüne, um was es gehe.

Als Sam Wolff sein Anliegen erläuterte, sich ausgewiesen und Katja Reinert als Kollegin vorgestellt hatte, bat Henry Aschenbach die Beamten ins Haus.

»Gehen wir ins Wohnzimmer«, entschied er. »In meinem Büro herrscht wie immer Chaos.«

»Homeoffice bringt das manchmal mit sich«, lächelte die Hauptkommissarin.

»Stimmt, aber bei mir ist das nicht vorübergehend wegen Corona. Ich bin selbstständig und entwickele Steuerungssysteme für die Automobilindustrie.«

»Hoffentlich zur Senkung des Benzinverbrauchs«, unkte Sam.

»Nein für die Fahrzeugproduktion und Automotive.«

»Soll ich einen Kaffee machen?«, fragte die Frau, die sich namentlich bisher nicht vorgestellt hatte.

»Machen Sie sich keine Umstände!«, erklärte Katja Reinert. »Und bitte auch keine Sorgen, was Ihre Tochter betrifft! Wir wissen nicht einmal, ob wir hier überhaupt richtig sind. Es geht um eine Person, die auch Caro genannt wird und mit Max Lambert aus Scheiden liiert ist oder war. Wir benötigen eine Information zu diesem Mann, das ist alles.«

»Ja, das ist unsere Tochter«, bestätigte Henry Aschenbach, worauf Sam Wolff befreit durchatmete. »Die Beziehung zwischen den Beiden ist allerdings schon seit einiger Zeit beendet.«

»Gut, wir sind also an der richtigen Adresse angekommen«, nickte die Hauptkommissarin erleichtert. »Wann können wir mit Ihrer Tochter sprechen? Wie können wir sie erreichen?«

»Caroline gibt Gitarrenunterricht«, erklärte die Mutter. »In der Musikschule in Beckingen. Ich denke, dass sie in einer Viertelstunde nach Hause kommt. Soll ich sie anrufen und …«

»Nein, nein, das ist nicht nötig! Wir warten draußen auf ihre Rückkehr; kein Problem.«

»Unsinn!«, entschied Henry Aschenbach. »Wir gehen raus in den Wintergarten. Wollen Sie nun vielleicht doch einen Kaffee?«

»Wirklich nur, wenn es keine Umstände macht«, erklärte Sam Wolff, der insgeheim jedoch auf ein aufmunterndes Getränk hoffte.

»Ich kümmere mich um den Kaffee, Susanne«, verkündete der Hausherr. »Bring unsere Gäste bitte nach draußen. Ich komme gleich!«

»Sie sind sehr nett«, sagte Katja Reinert zu Susanne Aschenbach, als ihnen Plätze auf den Korbsesseln angeboten wurden. »Und Ihr Mann ist wirklich sehr fürsorglich.«

Katja Reinert ließ den Blick über den parkähnlichen Garten schweifen. Das alles zu unterhalten, musste unendlich viel Zeit in Anspruch nehmen.

»Pflegen Sie das alles selbst?«, wollte Katja wissen, um die Konversation im Gang zu halten.

»Ja und nein! Wir haben einen Gärtnereibetrieb beauftragt, der sich vor allem im Frühjahr und im Herbst um das Grobe kümmert. Ansonsten haben mein Mann und ich unsere speziellen Bereiche. Er kümmert sich beispielsweise hauptsächlich um die Rosen und den Wein. Meine Leidenschaft gilt eher dem Oleander und den Gehölzen. Diese Aufteilung funktioniert wunderbar!«

»Im Übrigen möchte ich Ihnen sagen, dass Sie uns keine Antworten geben müssen, wenn Ihnen das unangenehm ist. Das möchte ich nur klarstellen!«, erwähnte die Hauptkommissarin.

»Ach Gott, was soll das denn?«, lachte Frau Aschenbach. »Wir haben nichts zu verbergen. Ich mache mir allerdings schon ein paar Gedanken, weshalb Sie wegen Max nachfragen. Ich meine, wir haben nie Probleme mit ihm gehabt, und dass das mit den beiden nicht geklappt hat, ist deren Sache. Man muss irgendwann loslassen, damit die jungen Leute ihre eigenen Wege gehen können. Ich weiß nicht, ob Sie das verstehen, aber die sind drei Mal sieben und für sich selbst verantwortlich.«

»Frau Aschenbach, ich werde Ihnen keine Details preisgeben, dafür bitte ich um Verständnis, aber ich versichere Ihnen, dass Sie sich wegen Ihrer Tochter keine Sorgen machen müssen. Wir suchen nach Max Lambert, weil er für uns ein wichtiger Zeuge sein könnte. Könnte! Wir wissen nicht, wo er sich derzeit aufhält und hoffen, dass uns Ihre Tochter weiterhelfen kann.«

»Ist er nicht zu Hause?«, fragte Susanne Aschenbach überrascht. »Das Elternhaus war immer sein ganzer Stolz und seine feste Burg!«

»Nein! Wir waren mehrfach vor Ort. Anscheinend wurde er dort seit einiger Zeit nicht gesehen, und an seiner Arbeitsstelle hat er … Urlaub genommen.«

»Caroline hat schon lange keinen Kontakt mehr zu ihm. Ich glaube nicht, dass meine Tochter Ihnen weiterhelfen kann.«

»Mag sein, aber das möchten wir gerne von Ihrer Tochter selbst hören«, erklärte Katja Reinert. »Manchmal haben Kinder Geheimnisse vor ihren Eltern; gerade Töchter, wenn es um Liebeleien geht. Das war bei mir nicht anders. Ich habe meiner Mutter auch nicht alles erzählt.«

»Da haben Sie natürlich Recht. Als ich Henry seinerzeit … ah, da kommt der Kaffee!«

Henry Aschenbach servierte den Kaffee und stellte eine Schale mit Gebäck auf den Tisch. Er setzte sich neben seine Frau und schaute erwartungsvoll in die Runde. Katja Reinert wiederholte ihr Anliegen, damit auch der Hausherr auf dem neuesten Stand war.

»Wie Caroline uns geschildert hat, war Max wohl vom Tod seiner Mutter derart tief erschüttert, dass er depressiv geworden ist«, erklärte Henry Aschenbach. »Caroline hat versucht, ihn aus diesem Loch rauszuholen, aber es ist ihr nicht gelungen. Irgendwann hatte sie keine Kraft mehr … ich kann das verstehen. Eine junge Frau, die mitten im Leben steht, will sich nicht auf ewig mit den schwermütigen Gedanken ihres Partners auseinandersetzen, zumal Max keine Hilfe angenommen hat. Im Gegenteil, es wurde immer schlimmer. Da hat sie resigniert. Das mag bitter klingen, aber aus unserer Sicht war das der richtige Weg; Max hätte Caroline mit runtergezogen!«

»Haben Sie noch Kontakt zu ihm?«, fragte Sam Wolff.

»Nein«, antwortete Susanne Aschenbach. »Er war auch vorher nicht oft hier. Meistens war Caroline bei ihm in Scheiden. Die beiden hatten dort ihr Nest, und das war auch völlig in Ordnung so. Der Max war immer sehr nett und höflich, aber einen richtigen Zugang zu ihm hatten wir eigentlich nie.«

»Hatten Sie Kontakt zu seiner Mutter, als die noch lebte?«, wollte die Hauptkommissarin wissen.

»Nein, nie! Caroline hat sie stets als sehr nett beschrieben; sie sei allerdings auch sehr kränklich und kontaktscheu gewesen. Der Virus hat sie dann wohl derart geschwächt, dass sie … na ja, das ist alles ziemlich tragisch.«

»Waren Sie auf der Beerdigung?«

»Nein, das war damals wegen der Auflagen nicht möglich«, erklärte Henry Aschenbach.

»Ja natürlich«, nickte Katja Reinert. »Jetzt wo Sie es sagen, erinnere ich mich.«

»Ist Ihnen irgendetwas über den Vater von Max bekannt?«, fragte der Oberkommissar, bekam allerdings keine Antwort, weil in diesem Augenblick die Haustür ins Schloss fiel.

»Das ist Caroline!«, erklärte der Vater.

Sofort sprang Susanne Aschenbach auf und eilte ins Haus, um ihre Tochter auf den unerwarteten Besuch vorzubereiten. Sekunden später kam sie mit Caroline zurück und stellte sie den Ermittlern vor.

Caroline Aschenbach war eine großgewachsene schlanke Frau Anfang Dreißig. Eine Naturschönheit mit feinen Gesichtszügen, geschwungenen Augenbrauen, vollen Lippen und einem dunklen Teint; ihr schwarzes volles Haar hatte sie zu einem Zopf gebunden, der ihr seitlich über die Schulter hing. Katja Reinert fiel sofort auf, dass die junge Frau ohne jegliche Schminke auskam und eine unglaubliche Ausstrahlung hatte. Sie beherrschte den Raum, bevor sie etwas sagte, allein durch ihr Erscheinungsbild.

»Guten Tag, Frau Aschenbach«, grüßte die Hauptkommissarin ohne Handschlag, was seit der Pandemie zur Gewohnheit geworden war, ohne dass jemand das als unhöflich empfand. »Entschuldigen Sie, dass wir hier so überfallartig hereingeplatzt sind. Ihre Eltern waren so freundlich …«

Erneut trug Katja Reinert vor, was sie dazu veranlasst hatte, nach Caroline zu suchen und welche Erwartungen die Ermittler an sie hatten. Zunächst erhielten sie von Caroline die gleichen Informationen, die schon die Eltern geäußert hatten.

Sie beschrieb Max Lambert als einen feinfühligen sensiblen Menschen, dessen Gemüt völlig anders sei als sein äußeres Erscheinungsbild.

»Er ist wie ein großer tapsiger Teddybär. Von der Statur her so wie mein Paps. Ein Beschützertyp, bei dem man sich sicher fühlt. Und geborgen, denn … schwer zu erklären. Ein Kümmerer, auf den man sich verlassen kann, der keiner Fliege etwas zu Leide tut … na ja, ich muss das nicht näher beschreiben. Nach dem Tod seiner Mutter hat er plötzlich nur noch in der Vergangenheit gelebt. Völlig apathisch, ganz in sich selbst gekehrt. Ich bin nicht mehr an ihn herangekommen. Manchmal wurde er aggressiv … also nicht gegen mich, aber anderen gegenüber. Im Dorf hat er sich mit jedem angelegt … wegen Nichtigkeiten! Er ging zur Arbeit, schließlich musste er von irgendetwas leben, aber das war's dann auch. Ansonsten saß er rum und hat gegrübelt und getrauert. Ich habe vorgeschlagen, dass er sich behandeln lassen soll, aber er hat aggressiv behauptet, dass ihm kein Psychologe dieser Welt helfen könne. Niemand könne ihm helfen. Aus und Punkt!«

Auf die Frage, wie sie sich das Verschwinden von Max und seine Kündigung der Arbeitsstelle erklären könne, hatte Caroline Aschenbach zunächst keine schlüssige Antwort.

»Vielleicht hat er sich etwas angetan«, spekulierte sie dann nach längerem Überlegen.

»Trauen Sie ihm das zu?«, fragte Sam Wolff leise.

»Ach Gott«, seufzte Caroline. »So wie der drauf war … wenn das immer noch so ist, traue ich ihm alles zu.«

»Was wissen Sie über seinen Vater?«, fragte die Hauptkommissarin.

»Nichts! Max weiß nicht, wer sein Vater ist. Das hat ihn auch nicht interessiert. Maike hatte ihm als Kind offenbar erzählt, dass sie selbst nicht wisse, wer der Vater sei. Max hat das so akzeptiert, aber ich glaube nicht, dass sie es nicht gewusst hat. Ich meine, eine Frau weiß doch, wer dafür in Frage kommt, oder? Außerdem war Maike irgendwie auch nicht der Typ, der es mit jedem treiben würde oder so.«

»Was war sie denn für ein Typ?«, hinterfragte die Hauptkommissarin.

»Still, in sich gekehrt, fleißig, kränklich … nicht der Typ, der sich auf ein Abenteuer einlässt. Konservativ, nein das ist so nicht richtig; eher liberal.«

»Hat sie nie erwähnt, weshalb sie noch vor Max' Geburt von zu Hause weggegangen ist?«

»Mir gegenüber nie! Max hat das mal erwähnt, aber wir haben das nie vertieft. Ich habe mir daraufhin meine eigne Theorie zusammengebastelt.«

»Mit uns hast du darüber nie gesprochen«, bemerkte Susanne Aschenbach.

»Tat nichts zur Sache. Weshalb auch?«, antwortete ihre Tochter.

»Darf ich erfahren, wie Sie darüber gedacht haben?«, fragte Katja Reinert.

»Ich weiß nicht, ob das richtig wäre. Es ist schließlich lediglich eine Vermutung meinerseits.«

»Es interessiert uns aber trotzdem«, mahnte Vater Aschenbach.

Caroline schaute ihre Eltern an und schwieg eine Weile.

»Ich glaube, dass Maike ungewollt schwanger geworden war. Vielleicht ist Max das Ergebnis einer Vergewaltigung«, seufzte Caroline schließlich.

»Kind!«, rief Susanne Aschenbach spontan.

»Interessanter Ansatz«, meinte der Vater. »Wie kommst du darauf?«

»Der plötzliche Bruch mit dem Elternhaus! Maike ist bestimmt nicht freiwillig von zu Hause weg. Da sollte etwas vertuscht werden.«

»Haben Sie dafür ebenfalls eine eigene Erklärung?«, fragte Sam Wolff vorsichtig.

»Zählen Sie mal zwei und zwei zusammen«, raunte Caroline leise.

»Oh Gott!«, stöhnte die Mutter und schlug die Hände vors Gesicht.

»Ihr eigener Vater?«, staunte die Hauptkommissarin. »Meinen Sie das?«

Caroline nickte stumm und schaute gedankenverloren aus dem Fenster.

»Ein schrecklicher Gedanke«, stöhnte ihr Vater.

»Es ist zwar nur eine Spekulation, aber es würde einiges erklären«, urteilte die Hauptkommissarin. »Im Augenblick bringt uns das allerdings nicht weiter.«

Für eine Weile herrschte betroffenes Schweigen und jeder versuchte, seine Gedanken neu zu ordnen.

»Sagen Ihnen die Namen Alexander Fischer und Lars Kleinschmitt etwas?«, ergriff Sam Wolff schließlich die Initiative.

»Nein!«, antwortete Caroline. »Wer soll das sein?«

»Max oder seine Mutter haben diese Namen nie erwähnt?«

»Nein; nicht, dass ich wüsste!«

»Wer sind diese Leute?«, wollte Henry Aschenbach wissen.

»Wenn Sie diese Männer nicht kennen, ist das vorerst unerheblich«, sprang Katja Reinert dazwischen, bevor ihr Kollege antworten konnte. »Maike Lambert hat diese Personen womöglich in jungen Jahren gekannt. Dazu wollen wir Max befragen. Das ist der grobe Zusammenhang, mehr können wir dazu im Augenblick nicht sagen.«

»Wo wurde die Mutter von Max eigentlich beerdigt? Waren Sie dabei, Caroline?«, fragte der Oberkommissar.

»In Losheim! Am Grab waren nur Max und ich und natürlich der Pfarrer und ein Gehilfe. Max war der Meinung, dass Losheim gut ist, weil er da auf dem Weg von der Arbeit einfacher ans Grab fahren konnte.«

»Mit seinem Mofa?«

»Ja genau! Das Teil hat er immer gepflegt und gehegt, als sei es sein Ferrari.«

»Ging er oft zum Grab?«, fragte die Hauptkommissarin.

»Früher jeden Tag. Es war wie ein Zwang. Er blieb manchmal stundenlang dort. Ob sich das zwischenzeitlich geändert hat, weiß ich nicht. Ich war nie wieder an Maikes Grab.«

»Sie sagten, dass Sie Max seit der Trennung nicht mehr gesehen haben. Hatten Sie anderweitig Kontakt? Telefon, soziale Medien? Wie lange waren Sie eigentlich zusammen?«

»Fast fünf Jahre! Anfangs hatte ich ein schlechtes Gefühl, ihn einfach so ... Sie wissen schon. Ich habe nur mit meiner Schwester darüber gesprochen ...«

»Das hast du uns nie erzählt, Caroline«, entrüstete sich die Mutter.

»Lass Sie!«, brummte der Vater.

»Anja, also meine Schwester, hat versucht, mit ihm zu reden und war ein paar Wochen später bei ihm. Zwecklos! Er kam aus seiner Rolle einfach nicht mehr raus. Und Hilfe hat er vehement abgelehnt. Er hat sie quasi rausgeschmissen. Und er war ihr gegenüber aggressiv. Sie hat es danach ebenfalls aufgegeben und gemeint, dass es richtig war, mich von Max zu trennen.«

»Hatte er Freunde? Andere Menschen, denen er sich vielleicht anvertrauen konnte?«

»Nein, nicht dass ich wüsste. Er war vor allem auf seine Mutter fixiert, und auf mich. Das war schön, aber ich konnte ihm Maike nicht ersetzen! Ich wäre selbst dabei kaputtgegangen!«

Caroline schluckte, Tränen liefen ihr über die Wangen, und ihre Mutter legte fürsorglich einen Arm um die Schulter ihrer Tochter.

»Ich denke, wir sollten jetzt Schluss machen«, forderte Henry Aschenbach bestimmt. »Es bringt nichts, meine Tochter weiter zu quälen.«

»Dem stimme ich zu«, nickte die Hauptkommissarin und erhob sich von ihrem Sessel. »Entschuldigung und danke erst mal. Eine abschließende Bitte: Falls Sie erfahren sollten, wo Max Lambert sich aufhält oder Sie gar Kontakt mit ihm haben sollten, lassen Sie uns das umgehend wissen! Es ist wichtig. Wir tauschen unsere Kontaktdaten aus, dann sind wir weg. Ich bitte nochmals um Entschuldigung, dass wir Ihnen diese unangenehmen Fragen stellen mussten.«

Zwei Minuten später verabschiedeten sich die Ermittler und ließen eine verstörte Familie Aschenbach zurück.

31

Am gleichen Nachmittag

»Was hältst du von Caros Theorie?«, fragte Sam Wolff, nachdem er den Losheimer Friedhof als Ziel in den Routenplaner eingegeben hatte.

Katja Reinert dachte eine Weile nach, währenddessen sie den Wagen in die Hauptstraße einlenkte.

»Ich weiß nicht recht«, meinte sie schließlich. »Vielleicht etwas weit hergeholt, aber nicht undenkbar. Dass Maike ungeplant schwanger wurde, liegt nahe, eine Vergewaltigung wäre eine mögliche Ursache, aber ausgerechnet vom eigenen Vater … irgendwie ist mir das zu viel Spekulation! Was nicht heißt, dass es nicht sein kann.«

»Ich frage mich mittlerweile, weshalb wir so dringend an Max Lambert rankommen wollen«, entgegnete Sam. »Ich meine, wenn Caroline die Wahrheit gesagt hat, kann er uns wahrscheinlich nicht weiterhelfen.«

»Oder doch! Vielleicht weiß er mehr, als er seiner Freundin gegenüber zugegeben hat. Außerdem hast du etwas übersehen!«

»Was?«

»Wir haben uns lange Zeit schwerpunktmäßig auf das erste Opfer, Alexander Fischer, konzentriert. Geh mal gedanklich zu Opfer Nummer zwei!«

»Lars Kleinschmitt! Gib mir eine Minute!«, forderte der Oberkommissar.

»Kein Problem!«, gestand ihm seine Chefin zu, setzte den Blinker und bog in Richtung Losheim ab.

»Verstehe!«, entfuhr es Sam, nachdem er eine Weile in seine Notizen geschaut hatte. »Die fremde DNA am Tatort.«

»Zu dumm, dass die erweiterte Analyse immer noch nicht da ist!«

»Wie kommt Alexander Fischer ins Spiel?«

»Das rauszufinden, ist unser Job, Sam. Wir brauchen die DNA von Max Lambert. Danach sehen wir weiter!«

»Dazu brauchen wir erst mal ihn selbst!«, seufzte Sam. »Was hältst du von der Suizid-Theorie, die Caroline geäußert hat?«

»Wieder Spekulation!«

»Er ist anscheinend psychisch am Ende, was ein Auslöser sein könnte.«

»Er weiß, dass wir ihn suchen!«, widersprach die Hauptkommissarin vehement. »Die Streife hat einen Zettel hinterlassen, dass er sich melden soll! Da der nicht mehr im Briefkasten war, muss Lambert ihn gelesen haben. Diese unbeabsichtigte Vorwarnung war womöglich ein Fehler, aber das konnten die Kollegen der Streife nicht wissen. Kurz danach kündigt Lambert; das sieht nach Flucht aus. Zweitens stellt sich die Frage, weshalb er aus psychischen Gründen gerade jetzt Selbstmord begangen habe sollte. Direkt nach dem Tod der Mutter … das wäre für mich plausibler. Erfahrungsgemäß schwächt sich ein Trauma ab, je länger das auslösende Ereignis zurückliegt.«

»Okay, klingt logisch! Was wollen wir eigentlich auf dem Friedhof?«

»Weiß ich nicht! Neugier. Umschauen. Ruf mal bitte bei Christian an, ob der was Neues hat. Zum Beispiel die Lage des Grabes!«

Kurz bevor sie den Friedhof erreichten, gab der Kollege an, wo Maike Lambert bestattet lag, zehn Minuten später hatten die Ermittler bei strömendem Regen die Urnenwand erreicht.

Maike Lambert

* 29.12.1961

† 6.3.2021

Danke Mama

»Wundert mich, dass sie in einer Urnenwand beigesetzt wurde«, meinte Sam Wolff. »Nach den bisherigen Informationen hätte ich ein konventionelles Grab erwartet, das man pflegen und schmücken kann.«

»Vielleicht eine Preisfrage«, spekulierte die Hauptkommissarin. »Keine Ahnung!«

»Wir können jedenfalls nicht feststellen, ob er vor kurzem hier war.«

»Nein, da ist nichts. Ich sehe nirgendwo Besucher, was bei diesem Wetter kein Wunder ist. Auf die Lauer legen können wir uns nicht«, meinte Katja Reinert. »Erstens bekomme ich dafür kein Personal, und falls er sich tatsächlich was angetan hat, kommt er sowieso nicht mehr. Das muss man einfach so nüchtern sehen!«

»Wir waren blöd!«, entfuhr es Sam Wolff plötzlich. »Wir hätten Caroline Aschenbach fragen sollen, ob sie ein Foto von Max hat. Wir wissen nicht einmal genau, wie er aussieht. Selbst das Meldeamt hat kein Foto von ihm und die Personalabteilung vom Globus auch nicht! Kein Pass, kein Führerschein ...«

»Eigentlich kann das nicht sein!«, motzte die Hauptkommissarin. »Jeder braucht irgendwo einen Personalausweis; in Deutschland besteht Ausweispflicht! Das muss auffallen! Was ist mit den Impfungen? Ich kann mir nicht vorstellen, dass Lambert keinen Ausweis ausgestellt bekommen hat ...«

»Wie oft wird festgestellt, dass einer keinen Führerschein hat und seit Jahrzehnten am Straßenverkehr teilnimmt«, erwiderte Sam. »Solange jemand nicht auffällt, hat er gute Chancen durchzukommen.«

»Nicht in der jetzigen Zeit! Kann ich nicht glauben! Irgendwer hat da gepennt! Christian soll auf dem Amt nachbohren!«

»Okay! Ich rufe auch gleich bei Caroline an und frage nach einem Foto von Max.«

Die Telefonate dauerten eine Weile. Christian Goldstein versprach, sich umgehend darum zu kümmern, und Caroline

Aschenbach sagte zu, ein Foto zu schicken. Sie habe allerdings nur noch ein Selfie, auf dem ihrer beiden Köpfe zu sehen sind; alle anderen Fotos habe sie nach der Trennung gelöscht. Sam blieb nichts anderes übrig, als sich damit zufrieden zu geben.

»Was ist eigentlich, wenn er sich tatsächlich selbst gerichtet hat? Wäre doch möglich, dass er es in seiner Wohnung gemacht hat«, fragte Sam nach dem Telefonat.

»Auszuschließen ist das nicht, aber dann hättest du irgendwo sein Mofa sehen müssen«, urteilte die Hauptkommissarin.

»Nicht zwingend. Hinter dem Haus steht ein Schuppen, oder er hat es im Keller. Aus meiner Sicht ist das kein Argument.«

Am Wagen angekommen, traf Katja Reinert eine Entscheidung.

»Wir gehen in Lamberts Wohnung rein!«

»Dazu haben wir keine Befugnis«, gab Sam zu Bedenken.

»Gefahr im Verzug!«

»Wie willst du die rechtfertigen? Lambert ist nicht einmal als vermisst gemeldet und …«

»Aber nur, weil niemand da ist, der das tun könnte«, unterbrach die Hauptkommissarin forsch. »Selbst wenn dem so wäre, würde die Polizei vorerst überhaupt nichts unternehmen. Du kennst die Vorgehensweise!«

»Da hast du zwar Recht, aber willst du das nicht lieber vorher mit der Staatsanwaltschaft abklären?«, meldete Sam Zweifel an.

»Ach nee! Bei Gefahr im Verzug vorher um Erlaubnis fragen? Das ist das Letzte, was mir dazu einfallen würde!«

»Du willst bloß umgehen, dass sie nein sagt!«, grinste Sam.

»Sieh es, wie du willst! Ich will verhindern, dass sie in eine Zwickmühle gerät!«

»Wie mitfühlend! Aber ein weiteres Waterloo können wir uns nicht leisten! Das würde Konsequenzen haben!«

»Na und? Wenn wir weiterhin erfolglos auf der Stelle treten, wird es die auch geben. Ich verstehe deine Bedenken, aber dazu fehlt dir die Erfahrung«, erklärte Katja Reinert. »Wir gehen da rein! Meine Entscheidung! Ich nehme das auf meine Kappe!«

»Das musst du nicht; wir sind ein Team! Ich verstecke mich nicht hinter dir! Also gut! Fahren wir nach Scheiden und sehen uns Max Lamberts Wohnung an!«, stimmte der Oberkommissar zu.

Katja Reinert nickte zufrieden; Sam Wolff war ein prima Kollege. Noch ein paar Jahre Erfahrung würden ihn zu einem richtig guten Ermittler reifen lassen.

* * *

Nach kurzer Fahrt hielten die beiden Beamten schließlich vor dem Haus des Gesuchten und stiegen aus; der Regen hatte mittlerweile nachgelassen.

»Lass uns erst nach hinten gehen und im Schuppen nachsehen«, schlug Sam vor. »Oder willst du gleich mit der Tür ins Haus fallen? Wir haben keine Werkzeuge dabei, die geeignet sind, um die Haustür aufzubrechen. Oder soll ich die Feuerwehr zur Hausöffnung anfordern?«

»Nein, die Haustür ist die allerletzte Option«, entgegnete die Hauptkommissarin. »Du kennst dich besser aus; wir gehen hinten rum!«

Die Tür zum Schuppen war lediglich durch einen Riegel ohne Schloss gesichert. Im Inneren fanden Katja und Sam allerlei Gartengerät, einen Rasenmäher, ein verrostetes Fahrrad, Brennholz, einen Hauklotz und Gerümpel aller Art. Von einem Mofa keine Spur, und es gab auch keine Verbindungstür zum Haupthaus. Sie entdeckten zudem keinen Hinweis, dass der Hauseigentümer erst vor kurzem hier gewesen sein könnte.

»Vielleicht kommen wir über die Terrasse rein«, mutmaßte Sam Wolff. »Da gibt es eine Holztür und ein Fenster.«

Die Tür war wenig stabil, hatte ein Oberlicht und war mit einem normalen Türschloss gesichert. Es hätte jedoch eines Dietrichs oder Stemmeisens bedurft, um sie zu knacken. Das Holz des alten Fensters war verwittert, die Scheibe einfach verglast.

»Wenn wir die einschlagen, ist es am Einfachsten«, schlug Sam Wolff vor.

»Das Haus hat einen Keller«, bemerkte die Hauptkommissarin. »Vielleicht gibt es irgendwo einen Lichtschacht.«

Hinter dem Schuppen an der Hausseite fanden sie einen gemauerten Einstieg, dessen Schräge mit zwei Eisenflügeln abgedeckt war; die wiederum waren durch ein einfaches Vorhängeschloss gesichert.

»Wahrscheinlich war das früher einmal die Luke zum Bunkern von Kartoffeln, Kohle oder ähnlichem«, vermutete die Hauptkommissarin.

»Das Schloss krieg ich auf!«, behauptete Sam und verschwand im Schuppen, um nach einem geeigneten Hebel oder einer Drahtschere zu suchen.

Minuten später war das Schloss geknackt und die Ladeluke geöffnet. Eine steile Schräge aus Beton führte zu einer Scharte im Mauerwerk; davor war lediglich ein Drahtgeflecht angebracht, das bereits nach dem zweiten Tritt des Oberkommissars nachgab und den Zugang zum Keller freimachte.

Sam schaltete die Taschenlampenfunktion seines Mobiltelefons ein und verschwand im Dunkel des Kellers. Kurz darauf öffnete er die Hintertür von innen, trat ins Freie und rief nach seiner Chefin.

»Komm rein! Das war kein großer Akt. Im Keller gibt es zwei große Räume ohne Türen und der Aufgang ist nicht abgesperrt; die Hintertür ist nur mit einem Riegel gesichert. Für professionelle Einbrecher wäre das ein Kinderspiel.«

»Dass hier nichts zu holen ist, sieht man sofort«, antwortete die Hauptkommissarin. »Warum sollte also jemand einsteigen wollen? Da gibt es lohnenswertere Objekte.«

»Es sei denn, er ist von der Polizei«, stöhnte Sam. »Im Keller ist übrigens nichts außer einem Pferch mit Kartoffeln und altes Mobiliar. Sieht ähnlich aus wie im Schuppen.«

»Fällt dir was auf?«, fragte Katja Reinert, als sie durch die Hintertür und die angrenzende Küche die Wohnung betrat.

»Ja; es gibt kein Möbelstück, das jünger als fünfzig Jahre sein dürfte. Das reinste Bauernmuseum, wenn man von den technischen Einrichtungen mal absieht.«

»Das auch, aber das meine ich nicht. Die Fensterläden sind nicht geschlossen. Wenn man eine längere Reise antritt, schließt man normalerweise die Läden, wenn man weiß, dass niemand nach dem Rechten schaut.«

»Die Polizei rät zu was anderem, aber gut.«

Sam Wolff ging zur Treppe, die vom Flur in den ersten Stock führte und rief mehrmals den Namen des Wohnungsinhabers, erhielt allerdings erwartungsgemäß keine Antwort.

Nachdem sie sich vorsichtig im Untergeschoss umgeschaut hatten, nahmen sich die Ermittler die Räume im ersten Stock vor. Oben gab es ein Schlafzimmer, das Bad mit Toilette und einen weiteren Wohnraum, in dem ebenfalls ein Bett, ein Kleiderschrank, eine Kommode und ein kleiner Schreibtisch mit Computer und Drucker standen.

»Dieses Bett wurde bis vor kurzem benutzt«, urteilte die Hauptkommissarin. »Das Schlafzimmer weiter vorne ist meiner Meinung nach seit einiger Zeit nicht bewohnt. Ich nehme an, dass das Maikes Schlafzimmer war, Max hat wohl hier hinten geschlafen.«

»Ich weiß nicht, ob ich es als gutes oder schlechtes Zeichen deuten soll, dass Max nicht hier ist«, zweifelte Sam Wolff.

»Wir schauen uns um, aber wir durchsuchen nichts und öffnen keine Schränke«, legte die Hauptkommissarin fest. »Vorerst können wir das nicht machen!«

»Ich werfe einen Blick in den Kühlschrank; mal sehen, wie alt die Lebensmittel sind.«

»Mach das! Ich schaue hier oben noch ein bisschen und komme gleich runter«, erwiderte Katja Reinert.

Im Kühlschrank fanden sich keine Lebensmittel, deren Haltbarkeitsdatum abgelaufen war oder in Kürze ablaufen würde.

»Ich glaube nicht, dass Lambert längere Zeit nicht hier war«, vermutete Sam Wolff. »Das deckt sich mit den Beobachtungen des Mannes, der ihn mit dem Mofa gesehen hat.«

»So weit, so gut. Das war es vorerst für uns. Mehr geht im Augenblick nicht, obwohl ich zugeben muss, dass ich gerne weiterstöbern würde. Vor allem der Inhalt seines Computers würde mich brennend interessieren. Schreib ihm einen Zettel, dass wir hier waren und das zerdepperte Schloss austauschen werden. Abmarsch!«

Auf dem gleichen Weg, wie sie gekommen waren, verließen die Ermittler das Anwesen, denn die Vordertür ließ sich auch von innen ohne Schlüssel nicht öffnen. Rund um das Anwesen machte der Oberkommissar noch einige Fotos, dann stieg er in den Wagen, wo Katja Reinert bereits auf ihn wartete. Aus ihrer Jackentasche zog sie einen Asservatenbeutel und deutete mit verschmitzter Miene auf deren Inhalt.

»Haarbürste! Lag im Bad! Sie hat irgendwie freiwillig den Weg in den Beutel gefunden. Die Haare liefern uns die DNA, höchstwahrscheinlich die von Max Lambert!«

»Hilft aber alles nichts, solange wir nicht wissen, wo der Kerl steckt!«

32

Ab Freitag, 10. Juni

Bereits auf dem Rückweg von Losheim zum Polizeipräsidium hatten Katja Reinert und Sam Wolff beschlossen, der Staatsanwältin gegenüber mit offenen Karten zu spielen; was die dann daraus machen würde, war ihre Sache.

Nach ihrer Ankunft am späten Dienstagnachmittag konnten sie Daniela Sommer allerdings nicht mehr informieren, weil sie sich bereits in den Feierabend verabschiedet hatte. Das war zwar ungewöhnlich, verursachte der Hauptkommissarin jedoch kein Kopfzerbrechen.

Das änderte sich am folgenden Freitagmorgen, als Katja Reinert über ihr Handy eine persönliche Nachricht von Daniela Sommer erhielt.

Mir geht's nicht so gut! Hoffentlich kein Corona. Schnelltest zwar negativ, aber ich traue dem Frieden nicht. Gehe zum Arzt und melde mich später. Bis dann.

Gruß Daniela.

»Schöne Scheiße«, raunte die Hauptkommissarin. »Ausgerechnet jetzt!«

»Vielleicht erholt sie sich über das Wochenende«, hoffte Sam Wolff. »Andernfalls müssen wir am Montag mit unseren Ergebnissen beim Oberstaatsanwalt antanzen.«

»Das würde mir überhaupt nicht in den Kram passen«, maulte Katja. »Aber okay, warten wir's ab! Ohne das Ergebnis des DNA-Abgleichs von Max Lambert kommen wir ohnehin nicht weiter.«

»Das Labor arbeitet mit Hochdruck; die haben versprochen, dass wir das Ergebnis binnen zwei Tagen auf dem Tisch haben werden; ergo wissen wir Montag, woran wir mit Max Lambert sind«, erklärte Sam.

»Was gibt's bei Goldstein Neues?«, fragte die Hauptkommissarin. »Und was ist eigentlich mit dem Foto, das Caroline Aschenbach dir versprochen hat?«

»Ist merkwürdigerweise immer noch nicht bei mir angekommen. Ich rufe sie an.«

Noch bevor Sam Wolff das Telefonat tätigen konnte, meldete sich Christian Goldstein per Handy und teilte mit, dass Max Lamberts Krankenkasse ein Foto ihres Versicherten habe. Die Gemeindeverwaltung habe zugesagt, ihre Unterlagen erneut zu durchforsten, könne aus Personalknappheit wegen der Pandemie allerdings keinen Termin angeben, weil man auf Notbetrieb fahre.

»Corona ist an allem schuld«, meinte Goldstein abschließend. »Ist ja auch am einfachsten! Immerhin habe ich das Foto von der Versicherung. Ich schicke es dir aufs Handy und drucke es zusätzlich aus.«

»Danke dir, Kollege!«, antwortete Sam und beendete das Gespräch, um anschließend Caroline Aschenbach anzurufen.

Die behauptete, das Foto bereits am Vorabend übermittelt zu haben, musste nach Überprüfung jedoch zugeben, dass das aus unerfindlichen Gründen nicht funktioniert hatte.

»Ich bin in dieser Technik nicht so firm, wie andere in meinem Alter«, gab sie zu. »Ich versuche es gleich noch einmal.«

Beim nächsten Anlauf klappte es mit der Übertragung. Minuten später schauten Katja und Sam auf die Fotos von Max Lambert.

Das Foto aus dem Fundus der Versicherung hätte auch aus der Registratur einer Haftanstalt stammen können; ausdruckslos starrte der Mann in die Kamera, zwei nahe beieinanderstehende Augen schauten unter buschigen Brauen ins Leere.

»Sieht fast aus wie ein Phantombild«, kommentierte Sam Wolff die Aufnahme. »Als Fahndungsfoto allerdings bestens geeignet.«

Das andere Foto zeigte zwei junge Menschen, die lebenslustig in die Kamera lächelten. Auf dieser Aufnahme trug Max Lambert einen Drei-Tage-Bart, das dunkelbraune Haar war auf wenige Millimeter gekürzt, der lachende Mund gab zwei Reihen makelloser Zähne preis.

»Er sieht eigentlich ganz nett aus«, urteilte die Hauptkommissarin. »Ein gut aussehender junger Mann.«

»Anfang dreißig, 185 Zentimeter groß, 95 Kilo, Rechtshänder; so beschreibt ihn Caroline Aschenbach. Seine Mutter nannte ihn liebevoll Bärchen.«

»Wir bereiten alles vor, um ihn nächste Woche zur Fahndung ausschreiben zu können«, legte Katja Reinert fest. »Das Einzelfoto schicken wir schon mal an die Dienststellen; die sollen die Augen offenhalten, auch nach dem Mofa.«

»Davon gibt's Hunderte«, warf Goldstein ein.

»Klar, aber wir suchen eins, auf dem Max Lambert sitzt!«, stutzte Katja ihren jungen Kollegen zurecht.

Für den Rest des Tages waren die Ermittler damit beschäftigt, das geplante Vorgehen in der kommenden Woche vorzubereiten. Kurz bevor Katja Reinert Feierabend machen wollte, erhielt sie eine Textnachricht von Daniela Sommer:

Hallo Katja! Entwarnung! Testergebnis negativ! Ist wohl nur eine Sommergrippe oder Allergie. Montag bin ich wieder an Bord. Setz mich bitte in Kenntnis, falls es wichtige Neuigkeiten gibt. Schönes Wochenende!

Die Hauptkommissarin atmete erleichtert durch; wenigstens der direkte Kontakt zum Oberstaatsanwalt würde ihr erspart bleiben. Der Mann war eigentlich nicht verkehrt und hatte es sicherlich nicht einfach, weil sein Job auch eine gewisse Nähe zur Politik mit sich brachte, aber er war auch ein Pedant, der sich in juristischen Details derart erging, dass er oft das Große und Ganze aus den Augen verlor.

Wir sehen uns Montagfrüh. Auch dir ein schönes Wochenende! Gruß Katja

Zeitig verabschiedeten sich die Ermittler ins Wochenende, aber sie ahnten, dass die bevorstehende Woche stressig werden würde.

* * *

Am Montagmorgen stand Katja Reinert pünktlich auf der Matte und war froh, dass auch Daniela Sommer früh im Polizeipräsidium erschien. Bei einem gemeinsamen Kaffee im Büro der Staatsanwältin plauderten die beiden Frauen zunächst über private Themen.

»Nach dem negativen Ergebnis ging es mir gleich besser«, erzählte Daniela.

»Der arme Toni!«, feixte Katja. »Der hat bestimmt mit dir gezittert!«

»Ach was! Der hat gute Nerven.«

»Was ist eigentlich mit dir und Toni? Seid ihr ein Stück weitergekommen?«

»Na ja, ich werde bei ihm einziehen«, seufzte Daniela Sommer. »Bei den steigenden Energiepreisen macht alles andere keinen Sinn. Mein Appartement behalte ich aber noch ein paar Jahre, bis ich weiß, ob das mit uns funktioniert.«

»Ein paar Jahre? Kostentechnisch ist das aber blöd, oder?«

»Ich stelle die Wohnung befristet ukrainischen Kriegsflüchtlingen zur Verfügung. Mein Beitrag zum Hilfsprogramm.«

»Ab wann?«, wunderte sich Katja.

»Quasi ab sofort. Ich räume die persönlichen Sachen aus der Wohnung, der Rest bleibt drin!«

»Bekommst du dafür Miete?«

»Könnte ich, mache ich aber nicht. Ich habe allerdings eine Schadensabsicherung, für alle Fälle.«

»Toni hat Kohle ohne Ende, wieso kauft er dir das Appartement nicht ab?«, fragte Katja.

»Bist du verrückt?«, ereiferte sich Daniel. »Soweit kommt's noch! Ich bin von dem nicht finanziell abhängig! Mir völlig egal, was er mit seinem Geld macht!«

»Na ja, für dich ist es immerhin eine gewisse Sicherheit«, intervenierte die Hauptkommissarin, wurde jedoch im gleichen Augenblick jäh unterbrochen, weil sich ihr Diensthandy meldete.

»Sam, was gibt's?«, fragte sie ins Telefon.

Katja hörte ihrem Kollegen zu, stellte zwischendurch ein paar Fragen, bestellte Sam ins Büro der Staatsanwältin und beendete das Gespräch.

»Neuigkeiten?«, fragte die Staatsanwältin.

»Und ob! Das vorläufige Ergebnis des DNA-Vergleichs: Max Lambert ist unser Mann! Die Proben stimmen überein!«

»Treffer!«, bestätigte Daniela Sommer. »Lambert war demnach am Tatort. Du hattest den richtigen Riecher!«

»Nicht nur das! Max Lambert ist wahrscheinlich verwandt mit Lars Kleinschmitt! Das lässt die Erstanalyse jedenfalls vermuten, denn … «

Ohne anzuklopfen stürmte Oberkommissar Wolff ins Büro und übergab der Staatsanwältin den Analysebericht, den sie daraufhin gemeinsam durchgingen. Bei allem Vorbehalt, mit dem man einer Erstanalyse gegenübertreten musste, bestanden kaum Zweifel an der Eindeutigkeit der Ergebnisse. Die Übereinstimmungen waren einfach zu groß, als dass man sie hätte deuten müssen.

»Wir können nicht länger warten«, entschied Staatsanwältin Sommer. »Max Lambert wird zur Fahndung ausgeschrieben!«

»Alles bereits vorbereitet«, erklärte die Hauptkommissarin. »Du musst nur die Anordnung unterschreiben.«

»Sehr gut!«

»Noch was!«, intervenierte Sam Wolff. »Wir sollten uns heute noch die offizielle Durchsuchung von Lamberts Haus vornehmen und die Bude auf den Kopf stellen. Ich verspreche mir einiges davon!«

»Einverstanden, ich ordne das gleich an.«

»Wer informiert die Leitungsebene?«, fragte die Hauptkommissarin.

»Das übernehme ich!«, legte die Staatsanwältin fest. »Ihr habt jetzt Besseres zu tun! Knöpft euch Lamberts Wohnung vor!«

»Sofort«, bestätigte Katja Reinert. »Sam, bereite alles vor und trommele die Spurenermittler zusammen. Goldstein soll sich um die Fahndung kümmern! Ich komme gleich nach!«

Der Oberkommissar eilte aus dem Büro, während sich Katja Reinert erneut an Daniela Sommer wandte.

»Ich weiß zwar nicht, wie Alexander Fischer in dieses Bild passt, aber ich hatte gestern Abend eine Vision.«

»Oh Gott! Eine Vision!«, schmunzelte die Staatsanwältin. »Ich nehme an, es ist eher eine Vermutung!«

»Nenne es, wie du willst! Angenommen, Lars Kleinschmitt hat seinerzeit Maike Lambert vergewaltigt, woraus Max hervorgegangen ist, und Alexander Fischer wusste davon. Wieder angenommen, Max hat irgendwie davon erfahren. Dann hätte er ein Rachemotiv für beide Morde.«

»Denkbar wäre das durchaus«, nickte Daniela Sommer.

»Ich hoffe, dass wir in der Wohnung Hinweise finden. Lamberts Computer interessiert mich brennend. Vielleicht gibt es etwas, das zudem Rückschlüsse auf Lamberts derzeitigen Aufenthaltsort ermöglicht.«

»Oder einen Abschiedsbrief!«, ergänzte Daniela Sommer. »Es besteht immer noch die Möglichkeit, dass er … hoffen wir, dass er noch lebt! Uns jetzt machen wir uns an die Arbeit!«

* * *

Nachdem die Ermittler mit mehreren Einsatzfahrzeugen vor dem Haus von Max Lambert angerückt waren, verwandelte sich der idyllische und ruhige Ort binnen Minuten in einen Hexenkessel. Ganz Scheiden war plötzlich auf den Beinen; wer nicht auf der Arbeit und einigermaßen mobil war, machte sich auf den Weg, um die einmalige Sensation nicht zu verpassen, obwohl niemand wusste, was eigentlich los war. Die Nachricht, dass zuerst mehrere, dann Dutzende und später angeblich Hunderte von Polizeieinheiten im Dorf seien, verbreitete sich wie ein Lauffeuer; es hieß sogar, es werde nach Terroristen gefahndet, andere wussten gerüchteweise etwas von einem Ring von Kinderschändern. Mütter mit Kinderwagen, Senioren mit Rollatoren, selbst Menschen, die wegen der Pandemie den Kontakt zu anderen seit Monaten gescheut hatten, waren unterwegs.

Da die Gerüchteküche brodelte, sah sich der Ortsvorsteher bemüßigt, Klarheit für seine Dorfbewohner zu schaffen, weshalb er von den Beamten konkrete Informationen einforderte. Ohne weitere Erklärungen zu erhalten, wurde er allerdings wie alle anderen hinter die Absperrungen verbannt.

Drinnen waren Katja Reinert, Sam Wolff und einige Beamte von der Spurenermittlung damit beschäftigt, die Wohnung systematisch zu durchkämmen.

Die Hauptkommissarin nahm sich Lamberts Computer zur Brust, während Sam Wolff das ehemalige Schlafzimmer von Maike durchstöberte. Die Anderen durchsuchten Schränke, öffneten Schubladen und inspizierten Dachboden und Kellerräume. Kleidungsstücke, Schuhe und andere Utensilien wanderten in Asservatenbeutel, um eventuell als Spurenträger zur Analyse herangezogen werden zu können.

Zur Überraschung von Katja Reinert war Lamberts Computer nicht mit einem Passwort gesichert; er fuhr automatisch hoch, das Betriebssystem war uralt. Andernfalls wäre es zwar auch kein großes Problem gewesen, so aber konnte sich die Hauptkommissarin ohne Umwege mit dem Inhalt beschäftigen.

Das elektronische Postfach gab nichts her. Ein paar Spam-Mitteilungen, ansonsten keine Bewegungen aus jüngster Zeit. Der Terminkalender hatte nur wenige Einträge im laufenden Jahr.

6. März Todestag Mama ------ Nummer 1

15. April Gedenktag Mama ------ Ostern

18. April Ostermontag ------ Nummer 2

29. Dezember Mama Geburtstag

Die gleichen Einträge gab es auch im Vorjahr, allerdings ohne die Zusatzanmerkungen Nummer 1 und Nummer 2. Dafür gab es dort den Eintrag Caro Geburtstag am 7. Juli.

Während die Hauptkommissarin nach weiteren Einträgen suchte, trat Sam Wolff neben sie.

»Im Zimmer der Mutter gibt es einige Tagebücher«, erklärte er. »Dicke Bände, beginnend im Jahre 1977; man kann an der Schrift erkennen, wie jung Maike Lambert damals war. Der letzte Band endet mit Eintragungen Ende 2020. Jeder Band umfasst einige Jahre, da braucht man Tage, um alles zu lesen. Allerdings ist eins auffällig: Der Zeitraum von 1990 bis 1994 fehlt völlig; die einzige Lücke in einem ansonsten fast komplett dokumentierten Leben. Ich denke, da fehlt ein Band!«

»Hm!«, brummte Katja Reinert. »Max ist Baujahr 1991. Wer so konsequent Tagebuch führt, dokumentiert mit Sicherheit auch die Geburt seines Kindes. Schau dich um, vielleicht befindet sich der fehlende Band irgendwo in diesem Zimmer.«

»Was ist auf dem Computer?«, fragte der Oberkommissar. »Fündig geworden?«

»Das ist eher dürftig. Einträge im Kalender«, erklärte Katja Reinert und öffnete die Kalenderanzeige. »Hier schau selbst. Todestag, Geburtstag und so weiter … mit Nummer 1 und Nummer 2 kann ich nichts anfangen.«

Sam Wolff betrachtete den Bildschirm und stutzte.

»Moment mal!«, sagte er, zückte sein Handy und blätterte in seinen elektronischen Notizen.

»Das ist ein Hammer!«, rief er schließlich.

»Was ist?«, wunderte sich seine Chefin.

»Der 6. März! Maike Lamberts Todestag! Am gleichen Tag wurde Alexander Fischer ermordet.«

»Oh Mann!«, stöhnte die Hauptkommissarin. »Warum ist uns das bisher nicht aufgefallen?«

»Weil wir kein genaues Sterbedatum hatten, lediglich die Auskunft, dass sie Anfang März gestorben ist. Es kommt aber noch besser! 18. April, Ostermontag, Nummer 2! Der Tag, an dem Lars Kleinschmitt getötet wurde! Das sind keine Zufälle, Katja! Max Lambert hat die beiden ermordet! Da gibt's nichts zu deuteln!«

»Alles andere wären tatsächlich unglaubliche Zufälle!«, nickte die Hauptkommissarin. »Wenngleich es letztendlich nichts beweist.«

»Dieser Gedenktag, Mama, Ostern 15. April«, las Sam Wolff vom Bildschirm ab. »Was soll das sein? Nicht der Todestag, nicht der Geburtstag. Und Ostern ist es auch nicht, sondern Karfreitag.«

»Für mich gehört der auch zu Ostern, oder?«, zweifelte Katja Reinert.

»Na ja, es hieß im Religionsunterricht immer, das sei der Freitag vor Ostern, aber mir soll es egal sein. Ich schaue mich mal nach dem fehlenden Tagebuch um.«

Katja Reinert versuchte herauszufinden, auf welchen Internetseiten Lambert gesurft war, erhielt jedoch kein brauchbares Ergebnis, weil sie sich mit dem veralteten System nicht auskannte.

»Sehr aktiv scheint Lambert im Internet nicht gewesen zu sein«, stellte sie enttäuscht fest. »In den sozialen Medien war er anscheinend überhaupt nicht unterwegs. Kein Facebook, kein Twitter, keine Chats oder was es sonst noch alles gibt … rein gar nichts!«

»Immerhin haben wir den Kalender! Mir reicht das fürs Erste! Der fehlende Band ist nirgendwo zu finden. Gut möglich, dass Lambert ihn bei sich hat.«

In den übrigen Räumen fanden die Ermittler keine Hinweise auf die Opfer, die Taten oder Lamberts aktuellen Aufenthaltsort, dafür aber die Bankdaten und Kontoauszüge, die auf ein Datum drei Wochen zuvor einen Kontostand von rund sechstausend Euro auswiesen. Auch die Hoffnung, auf eine potenzielle Tatwaffe zu stoßen, erfüllte sich nicht.

»Merkwürdig«, meinte eine Spurenermittlerin. »Der Mann ist Metzger von Beruf, aber in seiner Küche findet sich nicht einmal ein scharfes Messer, außer einem Kartoffelschäler. Und das übliche Essbesteck taugt höchstens zum Schneiden einer Frikadelle.«

Draußen war mittlerweile der Bürgermeister der Gemeinde Losheim eingetroffen und bat darum, mit der Einsatzleitung sprechen zu dürfen. Die Hauptkommissarin empfing ihn am Gartenpfad neben dem Gebäude, um wenigstens halbwegs vor neugierigen Blicken und Kameraobjektiven geschützt zu sein.

»Wir fahnden nach Herrn Max Lambert«, erklärte sie. »In Kürze auch über die Medien. Mehr kann ich Ihnen aus ermittlungstechnischen Gründen im Augenblick nicht sagen. Falls Sie oder irgendjemand anderes eine Ahnung haben sollten, wo sich Herr Lambert aktuell aufhalten könnte, bitten wir dringend um Information!«

»Stimmt, was die Leute sagen?«, fragte der Verwaltungschef.

»Ich weiß nicht, welche Gerüchte rumgehen.«

»Kinderpornografie! Angeblich ein ganzer Ring!«

»Nein, das kann ich nicht bestätigen. Es geht um etwas völlig anderes. Wir benötigen Herrn Lambert dringend für eine Aussage in einer anderen, sehr ernsten Angelegenheit. Kennen Sie ihn oder sein Umfeld?«

»Nein, ich kenne den Mann nicht; nie gesehen, jedenfalls nicht wissentlich. Ich höre mich aber gerne um.«

»Tun Sie das! Ich nehme an, Sie wissen, dass meine Dienststelle mit Ihrer Verwaltung in Kontakt steht?«

»Ja, das ist mir zu Ohren gekommen, aber meine Mitarbeiter konnten mir bisher nicht erklären, um was es geht.«

»Das ist völlig klar, weil wir ...«, weiter kam die Hauptkommissarin nicht, weil Oberkommissar Wolff um die Ecke geschossen kam und Katja unmissverständlich aufforderte, sofort mit ihm zu kommen.

»Sie entschuldigen bitte«, bat die Hauptkommissarin den Bürgermeister, ließ ihn stehen und folgte ihrem Kollegen, der zum Fahrzeug eilte und auf dem Fahrersitz Platz nahm.

»Lamberts Mofa wurde gefunden«, sagte er, als die Hauptkommissarin neben ihm einstieg. »Ich hoffe jedenfalls, dass es sein Vehikel ist!«

»Wo?«

»In Losheim; direkt am See!«

33

Montag, 13. Juni – mittags

Auf dem Parkplatz in der Nähe der Staumauer wurden Katja und Sam von zwei uniformierten Beamten begrüßt. Ein Teil der Stellfläche war mit Flatterband abgegrenzt, am Rand stand ein Mofa, das der Beschreibung der Zeugen ziemlich genau entsprach.

»Auf den ersten Blick könnte es passen!«, urteilte der Oberkommissar, nachdem sie näher herangegangen waren.

Die Ermittler befragten die Beamten nach Uhrzeit und Umstand des Auffindens, erkundigten sich, ob sich jemand in der Nähe befunden oder zufällig etwas gesehen hatte, erhielten jedoch lediglich die Auskunft, dass die Streife das Fahrzeug während einer Routinefahrt entdeckt hatten. Der Motor des Mofas war erkaltet, allem Anschein nach stand das Gefährt seit einiger Zeit an dieser Stelle. Ersichtliche Spuren, Hinweise oder gar Zeugen gab es bislang nicht.

»Wir fordern die Hundestaffel an!«, entschied die Hauptkommissarin. »Die sollen oben am anderen Parkplatz anfangen und sich bis hierher vorarbeiten. Mit den Kleidungsstücken aus Lamberts Wohnung haben wir eine Referenz; wenn die Hunde anschlagen, wissen wir, dass es Lamberts Mofa ist. Vielleicht ist die Spur frisch genug, um erkennen zu können, wohin Lambert von hier aus hingegangen ist.«

Katja Reinert ging zurück zum Einsatzfahrzeug und gab ihre Anweisungen an die zuständigen Stellen durch. Sam Wolff ließ über die Streife Unterstützung anfordern, damit der Fundort weiträumig abgesperrt werden konnte.

»Wir haben Glück«, erklärte die Hauptkommissarin, als sie zurückkehrte. »Die Hundestaffel ist verfügbar und kann in einer guten Stunde hier sein. Die Kollegen bringen die Referenzstücke aus Lamberts Wohnung umgehend hierher. Wir beide sollten die Zeit nutzen, um uns ein bisschen umzuschauen; ich nehme den Weg über die Staumauer, du gehst in die andere Richtung, die Streife bleibt hier und weist die anderen ein. Jeder, der uns über den Weg läuft oder hier vorbeikommt, wird befragt. Vielleicht ist das Glück auf unserer Seite.«

Während der nächsten fünfundvierzig Minuten fand sich niemand, der den Beamten eine hilfreiche Auskunft erteilen konnte. Es waren zwar viele Spaziergänger, Hundehalter, Radler und Jogger unterwegs, aber niemand wollte etwas gesehen haben. Wann und von wem das Mofa abgestellt worden war, blieb im Dunkeln.

Die Hundestaffel rückte an, die Tiere wurden vorbereitet und von ihren Führern langsam in die Nähe des unteren Parkplatzes gelenkt; nach wenigen Minuten schlug das erste Tier am Mofa an. Damit war klar, dass es sich um Lamberts Vehikel handelte und von ihm hier abgestellt worden war. Zwei Hunde konnten die Spur weiterverfolgen. Sie führte vom Parkplatz aus in Richtung See, verlor sich allerdings direkt am Ufer.

»Sieht ganz so aus, als ob er in den See gegangen ist«, meinte der Oberkommissar.

»Keine Ahnung«, zuckte die Hauptkommissarin mit den Schultern. »Sie sollen rechts und links am Ufer weitersuchen. Vielleicht ist er woanders wieder ausgestiegen.«

»Er könnte auch mit einem Boot weggefahren sein.«

»Um ans andere Ufer zu fahren oder zu segeln? Auch möglich.«

»Oder er wurde von einem Komplizen abgeholt«, mutmaßte Sam Wolff.

»Ich weiß nicht?«, zweifelte Katja Reinert. »Lambert wurde als Einzelgänger beschrieben.«

»Von Caroline vielleicht! Weiß man's?«

»Einverstanden, aber erst teilen wir die Mannschaften ein. Die Spurenermittlung soll sich um das Mofa kümmern. Drüben am Bootsverleih gibt es anscheinend ein Bistro, schau mal! Beim Kaffeetrinken informieren wir die Staatsanwältin.«

Vom Bistro aus hatte man einen guten Überblick fast über die gesamte Fläche des Losheimer Stausees.

»Wir könnten ein Tretboot leihen und uns vom Wasser aus einen Eindruck verschaffen«, schlug Sam Wolff vor.

»Mehr als von hier aus siehst du von dort auch nicht«, meinte die Hauptkommissarin und schlürfte ihren Kaffee. »Außerdem habe ich keine Lust, morgen in der Zeitung zu stehen. Überschrift: Freizeitvergnügen während der Dienstzeit! Wer sagt uns, dass die Presse nicht schon Wind von der Sache bekommen hat und irgendwo im Gebüsch lauert?«

»Bevor du mit der Staatsanwältin telefonierst, sollten wir das ganze noch mal durchgehen«, schlug Sam Wolff vor.

»Von mir aus! Woran grübelst du?«

»Warum stellt Lambert sein Mofa ausgerechnet hier ab? Weiter oben sind riesige Parkplätze, da würde sein Vehikel viel weniger auffallen.«

»Erklär's mir!«

»Er will, dass wir sein Vehikel finden!«

»Interessanter Ansatz! Er will, dass wir an einen Suizid glauben und die Suche nach ihm einstellen; das meinst du doch, oder?«

»Besser hätte ich es nicht formulieren können!«

»Oder er hat es tatsächlich zu Ende gebracht!«, warf die Hauptkommissarin ein.

»Jeder andere Ort wäre besser geeignet als der hier!«, widersprach der Oberkommissar. »Zu viele Leute! Die Wahrscheinlichkeit, dass ihm jemand in die Quere kommt, ist viel zu groß. Nachts auf der anderen Seite des Sees … das könnte ich mir vorstellen, aber hier? Zumal die Spur direkt zum See führt … das ist mir zu offensichtlich!«

»Ein Täuschungsmanöver? Wäre denkbar. In Wirklichkeit schwimmt er rüber zum Strandbad und steigt dort putzmunter aus dem Wasser. Bei dem Badebetrieb fällt das vermutlich niemandem auf, und bei der Vielzahl von Badegästen ist es unwahrscheinlich, dass die Hunde seine Spur aufnehmen können.«

»Zudem er aus dem Wasser kommt!«, stimmte Sam zu.

»Und weiter?«

»Kommt drauf an, ob er einen Helfer hat oder alleine unterwegs ist.«

»Die Sache mit Caroline hat sich geklärt«, stellte Katja fest.

»Also gut, bleiben wir bei der Einzelgänger-Variante! Angenommen, er steigt irgendwo aus dem Wasser. Was dann? Er hat keine trockenen Klamotten, kein Fortbewegungsmittel und so weiter.«

»Es sei denn, er hatte seine Kleider deponiert!«, warf die Hauptkommissarin ein.

»Das wäre die Alternative zum Überraschungspaket eines Helfers!«, nickte Sam.

»Also gut, lassen wir das mal offen. Aber wenn ein Depot angelegt war, müsste jemand etwas beobachtet haben; beim Anlegen oder als er es aufgesucht hat. Da sind zu viele potenzielle Zeugen unterwegs. Gut, es würde schwierig werden, diese Zeugen ausfindig zu machen, aber …«

»Ich sehe das anders«, unterbrach ihr Kollege. »Also: Lambert musste von hier wegkommen, egal ob mit oder ohne Begleitung. Zu Fuß durch die Anlage ist es ein weiter Weg, das Gelände ist riesig. Die Spur kann nicht älter sein als ein paar Stunden; er ist also im Laufe des Vormittags hier angekommen. Bei dem super Wetter sind viele Leute unterwegs, nicht nur Besucher. Verkaufsstände mit Personal, Cafés, was weiß ich. Gärtner, Hotelgäste, Spaziergänger … irgendjemand wird ihn gesehen haben. Wie kommt man von hier weg? Mit dem Bus, dem Taxi, per Anhalter … nach ihm wird öffentlich gefahndet. Falls er das mitbekommt, bleibt er vielleicht in der Nähe oder er ist zu Fuß unterwegs. Ich meine, wenn …«

»Okay!«, stoppte die Hauptkommissarin den Redefluss ihres engagierten Kollegen. »Ich sag jetzt der Staatsanwältin Bescheid! Wir verlegen unsere Einsatzkräfte von Scheiden hierher; die dürften in Lamberts Haus ohnehin soweit durch sein. Sie sollen hier rumlaufen und jedem, dem sie begegnen Lamberts Foto unter die Nase halten. Wir haben Lamberts Bankverbindung; Goldstein soll die Kontenbewegungen überprüfen. Lambert muss irgendwie an Geld kommen und seine Karte benutzen. Ken Arndt soll sich um eingehende Meldungen aus der Fahndung kümmern und die Infos koordinieren.«

»Während du telefonierst, gehe ich zum Informationszentrum. Das Management muss informiert werden und das Personal zusammentrommeln, das macht uns die Arbeit einfacher. Außerdem brauchen wir einen Scout, der uns über das Gelände chauffiert. Ich habe zwar einen Übersichtsplan auf dem Handy, aber mit einem Ortskundigen geht es schneller, zumal es wahrscheinlich Schleichwege gibt.«

Damit waren Aufgaben und Strategie für den Rest des Tages festgelegt. Es war kurz nach 14 Uhr, demnach blieben noch einige Stunden, um das Gelände zu durchforsten.

Das Vorhaben, den gesamten Bereich für die Öffentlichkeit zu sperren, stellte sich als problematisch heraus. Die Geschäftsführung war skeptisch und forderte Rückendeckung von oben. Da Tourismuszentrale, Landkreis, Gemeinde und andere Organisationen ein Wörtchen mitzureden hatten, zogen sich die Diskussionen am Telefon endlos hin. Schließlich platze der Hauptkommissarin der Kragen.

»Ich bin es jetzt leid!«, zog sie einen Schlussstrich unter die Debatte. »Helfen Sie, dass wir ungestört unsere Arbeit machen können und Außenstehende nicht gefährdet werden! Wer dafür verantwortlich zeichnet, ist mir völlig egal! Wenn Sie nicht kooperativ sind, und uns dadurch der Gesuchte durch die Lappen geht, werden wir das öffentlich kommunizieren! In fünf Minuten steht mir ein Fahrzeug mit Scout zu Verfügung! Ich hoffe, ich habe mich unmissverständlich ausgedrückt!«

Einige Minuten später saß die Hauptkommissarin auf dem Beifahrersitz eines kleinen Elektromobils, das normalerweise für die Parkpflege eingesetzt wurde. Der Reihe nach wurden die einzelnen Stände und Restaurants angefahren und Personal wie Gäste mit dem Fahndungsfoto konfrontiert.

Sam Wolff war bereits seit längerer Zeit zu Fuß unterwegs und klapperte den Bootsverleihung, das Brauhaus und Bereiche der Strandanlage ab. Auch an den Toiletten und Waschräumen fragte er nach.

Derweil gingen Beamte in die Hotelunterkünfte und Restaurants, während andere Gruppen die Taxistände, Bushaltestellen, Parkplätze und Fahrradverleiher aufsuchten.

Die Ergebnisse waren durchweg niederschmetternd. Niemand konnte sich an eine Person erinnern, auf die die Beschreibung und das Foto von Max Lambert zutrafen.

Zwischendurch hatte Christian Goldschmitt gemeldet, dass am Geldautomaten des Globus-Einkaufszentrums am Donnerstag vergangener Woche vom Konto des Gesuchten ein Betrag von tausend Euro abgehoben worden sei; seither gab es keine Kontenbewegung.

»Das ist der Maximalbetrag, den er an einem Tag abheben kann«, erklärte Goldstein im Telefonat mit seinem Kollegen Sam Wolff. »Die Auswertung der Videoüberwachung läuft noch.«

Wollff gab die Informationen an seine Chefin weiter.

»Ich bin jetzt in Höhe des Seegartens«, erklärte er. »Bisher negativ. Das wird heute wohl nichts mehr. Ich mache mich auf den Weg zurück. Wo finde ich dich?«

»Am Info-Zentrum! Die Einsatzkräfte kommen nach und nach zurück, wir sammeln uns hier.«

»Wollen wir später im Brauhaus was essen, ich habe nämlich Kohldampf ohne Ende!«

»Gute Idee, ich bin dabei! Dauert aber bestimmt noch eine Stunde!«

»Wenigstens die vage Aussicht auf was zum Futtern! Bis später!«

Wolff machte sich auf den Rückweg, ging quer über einen Seitenweg und stieß auf einen Kinderspielplatz mit allerlei ausgefallenen Spielgeräten, die allesamt etwas mit dem Thema Wasser zu tun hatten. Schaufelräder an künstlichen Rinnsalen, kleine Teiche, Wasserrutschen, Förder- und Hebewerke bildeten eine Spiellandschaft zum Toben und Planschen.

Auf einer Bank saß eine junge Frau, offenbar die Mutter eines kleinen Jungen, der mit Eimer, Schippe und Förmchen ausgestattet im nassen Sand spielte und offensichtlich große Freude daran hatte, sich von oben bis unten nach allen Regeln der Kunst zu vermatschen. Neben der Frau saß eine ältere Dame, die sich die Zeit mit Handarbeit vertrieb.

»Hallo!«, grüßte der Oberkommissar höflich und erntete dafür zwei freundliche Lächeln, während Matschbubi völlig unbeeindruckt den Inhalt seines Eimerchens über sich ergoss. »Den Knaben wieder sauber zu bekommen, wird eine echte Herausforderung werden.«

»Das können Sie laut sagen«, lachte die Mutter. »Moritz hat anscheinend etwas von einem Wildschwein in den Genen. Aber egal; Dreck macht Speck!«

»Du warst als Kind auch nicht besser«, sagte die andere Frau. »Der Moritz hält wenigstens still, wenn man ihn badet; du hast immer geschrien wie am Spieß!«

»Aha! Sie sind die Oma von dem Dreckspatz?«

»So ist es! Und das hier wird sein erster Winterpullover!«

»Na, bis zum nächsten Winter ist es hoffentlich noch eine Weile hin«, antwortete der Oberkommissar. »Darf ich Sie etwas fragen?«

»Wir haben Pfefferspray dabei!«, drohte die Großmutter sofort. »Nur dass Sie es wissen!«

»Mama!«, rief die Tochter. »Mach mal halblang! Es ist nicht jeder ein Verbrecher!«

»Ihre Frau Mutter hat vollkommen Recht!«, kam Sam Wolff der Oma zu Hilfe. »Aber ich kann Sie beruhigen, ich bin von der Polizei.«

Sam zückte seinen Dienstausweis und stellte sich vor.

»Siehst du!«, meinte die Tochter. »Sag ich doch! Du immer mit deiner Panik!«

»Man kann nicht vorsichtig genug sein«, wehrte sich ihre Mutter.

»Um was geht's denn?«, wollte die junge Frau wissen.

»Wir suchen eine männliche Person, die sich eventuell hier in der Nähe aufgehalten hat oder aufhält. Sitzen Sie schon lange hier? Ich meine, ist Ihnen nicht aufgefallen, dass rund um den See etliche Einsatzkräfte unterwegs sind?«

»Nein! Oh Gott, sind wir in Gefahr«, stöhnte die strickende Oma.

»Nein, nicht unmittelbar«, versuchte der Oberkommissar zu beruhigen. »Außerdem bin ich jetzt bei Ihnen.«

»Wenn das Wetter es zulässt, sitzen wir fast jeden Tag hier«, meinte die Großmutter. »Manchmal sind ein paar Kinder hier, aber heute ist es ruhig. Wen suchen Sie denn?«

Sam hielt den beiden Frauen das Foto von Max Lambert unter die Nase, beschrieb seine Statur und ließ den beiden Zeit, die Aufnahme in aller Ruhe zu betrachten.

»Was hat der Kerl denn angestellt?«

»Das spielt erst mal keine Rolle, aber wenn Sie …«

»Doch!«, rief die junge Mutter. »Den habe ich schon mal gesehen. An den kann ich mich erinnern!«

Der Puls des Oberkommissars schnellte in die Höhe.

»Aha! Wann und wo haben Sie den Mann gesehen?«

»Warten Sie! Da muss ich nachdenken! Moment! Mama, wann war das, als Moritz dir den Kakao über die Bluse geschüttet hat?«

»Das war Freitag. Samstags habe ich sie in die Reinigung gebracht. Finden Sie heutzutage mal eine Reinigung! Gibt's ja fast gar nicht mehr …«

»Das kann ich mir vorstellen«, log der Oberkommissar, der keine Ahnung hatte, wovon die Frau sprach. »Welche Uhrzeit? Wo haben Sie ihn gesehen, aus welcher Richtung kam er, wohin ist er gegangen? War er alleine oder in Begleitung?«

»Nee, der war alleine«, sagte die Mutter des Kleinkindes. »Ich erinnere mich, dass er ziemlich beladen war. Rucksack und Segeltuchtasche. Ich habe mich noch gefragt, wo der denn zu Fuß hin will mit dem ganzen Gepäck.«

»Zum Campingplatz!«, warf die Großmutter ein.

»Erstens hat der eine Zufahrt und zweitens kommt man von oben einfacher hin«, korrigierte die Tochter.

»Freitag! Welche Uhrzeit?«, fragte der Oberkommissar.

»Das kann ich so genau nicht sagen, aber ich schätze so um drei oder vier Uhr. Normalerweise bleiben wir bei schönem Wetter länger, aber gleich danach ist das Malheur mit dem Kakao passiert, deshalb sind wir früher gegangen.«

»Das war nämlich eine ziemlich klebrige Sache mit dem Kakao«, bestätigte die Großmutter.

»Welchen Weg hat er genommen?«, bohrte der Oberkommissar nach.

»Er kam von da oben, also aus Richtung Eingang. Dann ist er weiter in Richtung See gegangen. Wohin weiß ich nicht, weil dann das mit dem Kakao …«

»Weshalb genau können Sie sich an den Mann erinnern? Hat er etwas gesagt? War sonst noch etwas Besonderes an ihm?«

»Wie gesagt: Weil er so beladen war. Ja und er hat irgendwie ziemlich zerzaust ausgesehen. Vollbart, lange Haare …«

»Ach ja!«, rief die Großmutter. »Der Waldschrat! Jetzt erinnere ich mich auch!«

»Gesagt hat er nichts«, fuhr die Tochter fort. »Der Weg ist ja auch ein Stückchen weit weg. Er hat nur rüber geschaut, sonst nix.«

»Gegrüßt hat er jedenfalls nicht!«, motzte die Oma.

»An was du dich auf einmal alles erinnern kannst«, grinste die Mama von Moritz. »Also gut: gegrüßt hat er nicht!«

»Kein Wunder, so wie der ausgesehen hat!«

»Wären Sie bereit, mit mir zur Leitstelle am Eingang zu kommen und Ihre Angaben zu Protokoll zu geben? Außerdem bräuchten wir noch Ihre Personalien und Kontaktdaten.«

»Kein Problem! Wir müssen sowieso aufbrechen, weil der Kleine bald Hunger hat; dann ist er ohnehin ungenießbar.«

»Da geht es ihm wie mir«, lachte Sam Wolff und griff nach seinem Telefon, um die Informationen vorab an Katja Reinert durchzugeben.

34

Zur gleichen Zeit

Da sich der kleine Schmutzfink partout nicht damit abfinden wollte, dass die Matscherei im Sandkasten für den heutigen Tag ein Ende haben sollte, zog sich der Aufbruch zum Informationszentrum über einen geraumen Zeitraum dahin.

Moritz war nicht willens, sein Spielzeug freiwillig herzugeben und ließ sich auch durch einen Keks nicht bestechen. Als die Oma ihm endlich seine Utensilien rabiat wegnehmen wollte, wehrte sich das Bürschchen mit allem, was es hatte. Nicht anders war das Ergebnis bei dem Versuch, den Pimpf einer groben Grundreinigung zu unterziehen, weil ansonsten der Kinderwagen vollends ruiniert werden würde.

Die junge Mutter hatte eine Engelsgeduld, im Gegensatz zur Großmutter, deren Erziehungsprinzip eher auf autoritärem Durchgreifen basierte. Dieser pädagogische Meinungsunterschied führte zu erheblichen Zwistigkeiten zwischen Mutter und Tochter, was den Aufbruch weiter hinauszog.

Sam Wolff saß indessen auf glühenden Kohlen, musste dem Treiben allerdings hilflos zuschauen. Nachdem sich das notdürftig gesäuberte Kind erneut in den Sand geworfen und sein Geschrei selbst die Vögel zum Verstummen gebracht hatte, überkamen den jungen Oberkommissar heftige Zweifel, ob die Erziehung eines Kindes Bestandteil seiner eigenen Lebensplanung sein sollte. In seiner Verzweiflung rief er Katja Reinert an und bat darum, ein Transportmittel vorbeizuschicken, das drei Erwachsene, ein zugesautes Kleinkind und einen Kinderwagen zum Informationszentrum bringen sollte.

»Gib dem Fahrer eine Cola oder eine Rostwurst mit, damit wir das kleine Scheusal wenigstens während der Fahrt ruhigstellen können«, schlug er seiner Chefin vor.

»Wie alt ist denn das Knäblein?«, wollte Katja wissen.

»Keine Ahnung! Halb so hoch wie mein Schreibtisch!«

»Na toll! Cola und Rostwurst! Womöglich noch mit scharfem Senf! Ich schicke euch jemand!«

Wider Erwarten beruhigte der Transport den kleinen Max, weil das für ihn offensichtlich ein spannendes Erlebnis war. Die Oma saß auf dem Beifahrersitz des Elektromobils, Mutter und Kind wurden sicher auf der Ladefläche verfrachtet. Aus Platzmangel trabte der Oberkommissar hinterher und schob den leeren Kinderwagen.

»Ich finde, der steht dir«, feixte Katja Reinert, als Sam keuchend am Informationszentrum ankam. »Die Kollegen kümmern sich um die Frauen und das Kind und erledigen die Formalitäten. Komm bitte mit, wir haben bereits ein Konzept.«

»Zuerst brauche ich einen Kaffee für meine Nerven!«, forderte Sam. »Bockige Kinder sind irgendwie nichts für mich.«

»Ich besorg dir einen, mein Guter! Wenn deine Eltern allerdings genauso gedacht hätten wie du, wärst du jetzt nicht hier.«

»Was soll 'n das jetzt? Eine Moralpredigt, oder was?«, brummte Sam.

»Auweia! Ich merke schon, deine Nerven liegen wirklich blank! Wir sind gerade dabei, das Lagezentrum in das angrenzende Hotel zu verlegen«, erklärte die Hauptkommissarin. »Dort hat die Küche mit Sicherheit einen Bissen für dich!«

»Netter Gedanke! Aber weshalb wollt ihr umziehen?«

»Erklär ich dir gleich; erst mal der Kaffee!«

Auf dem Weg zum neuen Lagezentrum erklärte Katja Reinert ihrem Kollegen die Beweggründe.

»Die Aussage der Zeugin lässt vermuten, dass Lambert sich auf dem Gelände des Campingplatzes eingenistet haben könnte. Es gibt oberhalb des Seegartens einen Weg, von wo aus man

Zutritt hat. Eine Mitarbeiterin der Platzverwaltung ist mit einer Belegungsliste unterwegs zu uns; sie weiß allerdings nicht, um was es geht. Das Management hat sie unter einem Vorwand herbeordert. Wir brauchen die Frau persönlich, damit wir ihr das Foto zeigen können, die Infrastruktur lässt etwas anderes im Augenblick nicht zu. Falls Lambert tatsächlich dort ist, muss alles ganz normal aussehen, damit er keinen Verdacht schöpft. Der Tagungsraum des Hotels hat ein besseres Equipment als das Info-Zentrum und liegt nicht so auf dem Präsentierteller.«

»Der wird sich nicht unter seinem Namen anmelden können, außerdem ist er nicht geimpft.«

»Stimmt nicht ganz!«, korrigierte ihn die Hauptkommissarin. »Aber das kannst du nicht wissen. Goldstein hat nämlich rausgefunden, dass Lambert geimpft und sogar geboostert ist. Die stellvertretende Marktleiterin vom Globus hat im Präsidium angerufen und Goldstein wissen lassen, dass Lambert im Zuge einer firmeninternen Impfkampagne auf der Liste stand. Ihr Chef wusste das angeblich nicht, weil er damals selbst mit seiner gesamten Familie über einen längeren Zeitraum unter Quarantäne stand.«

»Ach, auf einmal!«, wunderte sich Sam. »Klingt aber weit hergeholt.«

»Anscheinend ist denen das peinlich. Goldstein meint, dass die Firmenleitung auf die Mitteilung bestanden hat, damit nachträglich nicht der Eindruck entsteht, dass in sensiblen Bereichen ohne Impfschutz gearbeitet wird.«

»Kann ich mir gut vorstellen«, nickte der Oberkommissar.

»Lambert hat keinen digitalen Impfpass«, führte die Hauptkommissarin weiter aus. »In der Firma wurden nur die gelben Impfpässe ausgestellt.«

»Damit fällt er auf. Wenn der Impfpass auf seinen Namen lautet, muss er sich unter seinem echten Namen angemeldet haben«, analysierte der Oberkommissar.

»Wir werden sehen, was die Liste hergibt. Die Mitarbeiterin müsste jeden Augenblick eintreffen.«

Katja Reinerts Hoffnung erfüllte sich wenig später. Eine kräftige durchtrainierte Frau mittleren Alters mit schwarzer Kurzhaarfrisur wurde in den Raum geführt und den Ermittlern als Isabell Scholz vorgestellt.

»Scholz! Wie der Kanzler!«, bestätigte die Frau forsch, deren Stimme so dunkel war wie ihr Haar. »Entschuldigung, aber ich verstehe nicht ganz. Was ist hier los? Man hat mir gesagt, es gehe um die Wochenendbelegung wegen dem Konzert nächste Woche!«

Katja Reinert nahm sich der Frau an und setzte sie davon in Kenntnis, dass nach einem Mann gesucht werde, den man dringend als Zeuge benötige, aber Frau Scholz ließ sich damit nicht abspeisen.

»Bei allem Respekt, Frau Hauptkommissarin, aber verkaufen Sie mich nicht für dumm! Bin ich blond oder was? Bei dem Aufwand, den Sie hier treiben, wird es nicht nur um einen Zeugen gehen! Das Management hat mich verarscht, und Sie probieren es jetzt auch! Sorry, aber ich kann es verdammt nicht leiden, wenn man mich an der Nase rumführt!«

»Das geschah zu Ihrer eigenen Sicherheit, Frau Scholz!«, versuchte Katja Reinert zu beschwichtigen. »Kein Mensch will Sie verarschen. Ja, da steckt mehr dahinter, aber das dürfen wir Ihnen im Augenblick nicht verraten. Es ist dringend; wir suchen diesen Mann!«

Sam Wolff hielt der Frau das Fahndungsfoto unter die Nase und beschrieb zudem Max Lamberts Figur.

»Abweichend von diesem Foto soll der Mann aktuell einen Vollbart und lange Haare tragen«, ergänzte Wolff.

»Versuchen Sie bitte, sich das anhand dieses Fotos bildlich vorzustellen«, schob die Hauptkommissarin nach.

»Hm!« Isabell Scholz schloss die Augen und überlegte. »Das ist nicht einfach; ich muss mir das vor meinem geistigen Auge vorbeilaufen lassen. Doch, ja! Da kämen vielleicht zwei oder drei Gäste in Frage, auf die das passen könnte.«

»Der Mann ist alleine zu Fuß unterwegs. Er trug einen Rucksack und eine Segeltuchtasche«, half der Oberkommissar.

»Dann könnte es einer von den beiden unten am Zeltplatz nahe am See sein«, vermutete Frau Scholz.

»Zeigen Sie uns bitte die Namen auf Ihrer Liste!«, forderte die Hauptkommissarin.

»Die habe ich vorne beim Chef abgegeben.«

»Herrgott!«, schrie der Oberkommissar ungeduldig in den Raum. »Wo ist die Belegungsliste vom Campingplatz, verdammt noch mal?«

»Hier!«, kam es aus einer Ecke.

»Darf ich um diese verdammte Liste bitten! Wir haben die schließlich nicht zum Vergnügen angefordert!«

»Ganz ruhig, Sam«, beschwichtigte die Hauptkommissarin. »Du bekommst gleich etwas zum Essen!«

Als ihr die Liste endlich gereicht wurde, zeigte Frau Scholz auf zwei Namen.

»Hier: Lauber! Und da: Collett!«

Katja Reinert sah sich die Liste an; Max Lambert war nicht dabei.

»Zeigen Sie mir bitte im Lageplan, wo die beiden kampieren«, forderte Sam Wolff.

»Der Zeltplatz ist hier unten, direkt am Seeweg. Es gibt keine Parzellenzuweisung, die Camper suchen sich ihren Platz selbst aus. In der Regel gibt es keine Probleme, nur bei Konzerten kann es manchmal etwas eng werden.«

»Lauber und Collett!«, sprach der Oberkommissar die Namen langsam aus, als ob er an etwas grübelte. »Haben die sich ausgewiesen; auch mit Impfpass?«

»Klar!«, antwortete Frau Scholz. »Ohne darf ich laut Anweisung von oben niemand reinlassen! Das heißt … der Lauber hatte nur seinen Impfnachweis, weil ihm sein Personalausweis im Zug geklaut worden ist. Er wollte allerdings im Laufe der Woche ein Ersatzdokument vorlegen; er sagte, er habe nach Hause geschrieben, damit man ihm die entsprechenden Unterlagen nachsendet.«

»War der Impfpass digital?«, hakte die Hauptkommissarin nach.

»Nee, auf Papier! Sein Handy haben sie ihm auch geklaut!«

»Wann und wie ist er angereist?«

»Zu Fuß; er sagte, er käme von der Bushaltestelle. Anreise war am Freitag. Steht da!«, sagte Frau Scholz und zeigte auf die entsprechende Spalte in der Liste. »Alles korrekt eingetragen!«

»Niemand macht Ihnen einen Vorwurf«, erklärte Katja Reinert, während der Oberkommissar die Liste ergriff und studierte.

»Mats Lauber! Vorgebucht für eine Woche und im Voraus bar bezahlt«, las er laut vor.

»Korrekt!«, bestätigte Isabelle Scholz.

»Haben Sie den Impfnachweis genau geprüft, Frau Scholz?«, wollte der Oberkommissar wissen.

»Ja, Gott!«, stöhnte die Platzaufseherin, der nun der Geduldsfaden riss. »So gut man das eben kann. Ich bin nicht darauf geschult, eine Fälschung zu erkennen, falls Sie das meinen.«

»Alles gut; Sie müssen sich nicht aufregen!«, versuchte die Hauptkommissarin zu beruhigen.

»Ich frage mich, wieso man jemandem den Ausweis und das Handy klaut, aber nicht sein Bargeld und den Impfnachweis?«, erklärte Sam mit provokantem Unterton. »Merkwürdig, oder?«

»Mein Gott«, reagierte Frau Scholz angepisst. »Was weiß ich, wo die Leute ihr Zeug aufbewahren!«

Der Oberkommissar antwortete nicht, nahm seine Chefin zur Seite an einen Tisch, wo er sich ein Blatt Papier griff und seinen Kuli zückte.

»Schau mal!«, sagte er und schrieb den Namen Mats Lauber auf den Zettel. Dann schrieb er auf gleicher Höhe in die nächste Zeile Max Lambert. »Fällt dir was auf?«

»Ja!«, nickte die Hauptkommissarin. »Das ist wahrscheinlich unser Mann!«

* * *

Anhand von Luftbildern und Plänen wurde die Lage analysiert und das Gebiet um den Campingplatz weitläufig abgeriegelt. Im angrenzenden Wald und am Seegarten bezogen zahlreiche Beamte Stellung und beobachteten permanent das gesamte Gelände. Eine Gruppe von drei Beamten, im Sportdress als Radfahrer getarnt, tat so, als suche man nach einem Platz zum Rasten und filmte das Gelände unauffällig.

Der Krisenstab war erweitert worden; Staatsanwältin Sommer war aus Saarbrücken herbeigeeilt, der Polizeipräsident hatte einen Vertreter geschickt, das SEK wartete im Verfügungsraum oberhalb des Campingplatzes.

»Wir haben noch ein paar Stunden«, meinte Sam Wolff. »Es sollte kein Problem sein, den Zeltplatz vor Einbruch der Dunkelheit auf den Kopf zu stellen!«

»Das sehe ich anders!«, widersprach Katja Reinert. »So einfach können wir es uns nicht machen! Der Mann hat zwei Menschen auf brutalste Art und Weise getötet! Wer sagt uns, dass er nicht Amok läuft, wenn er in die Enge getrieben wird? Wir wissen nicht, wie er tickt. Möglicherweise befindet er sich in einem psychischen Ausnahmezustand. Da unten sind auch andere Menschen, und die dürfen wir auf keinen Fall in Gefahr bringen!«

»Außerdem wissen wir nicht, ob er bewaffnet ist!«, ergänzte die Staatsanwältin. »Sicherheit hat oberste Priorität!«

»Wollt ihr ihn aushungern oder was?«, motzte Sam Wolff beleidigt.

»Das Gelände ist weiträumig umstellt und abgesichert«, erklärte der Einsatzleiter des SEK. »Der gesamte Bereich wird von Kameradrohnen überwacht. Er kann nicht weg! Falls er es versucht, sind meine Männer zur Stelle.«

»Und die Hundestaffel steht bereit«, ergänzte ein anderer Beamter. »Wir können die Gäste unten am See allerdings nicht evakuieren, ohne dass die Zielperson es mitbekommen würde, weil die Caravan-Stellplätze nur spärlich belegt sind. Der Zeltplatz selbst ist offenes Gelände, es gibt kaum Deckung; ein Überraschungsangriff ausgeschlossen, die Zielperson hätte zu viel Zeit, um andere zu gefährden.«

»Außer ihm sind maximal zehn Campingfreunde auf dem Zeltplatz«, maulte Sam Wolff erneut.

»Aber die wären potenziell höchst gefährdet, wenn es für uns blöd läuft«, erinnerte die Staatsanwältin. »Evakuieren können wir sie nicht!«

»Ich habe eine Idee!«, meldete sich Katja Reinert. »Erst mal müssen wir wissen, ob er überhaupt da ist. Besorgt mir eine Campingausrüstung und einen Kleinwagen. Ich tarne mich als Camperin und versuche …«

»Alleine kommt nicht in Frage«, funkte der Oberkommissar dazwischen. »Da komme ich mit!«

»Einer alleinstehenden Frau hilft er wahrscheinlich eher, wenn ich mich doof anstelle.«

»Sam hat Recht«, erklärte Staatsanwältin Sommer. »Alleine geht gar nicht!«

»Okay, dann spielen wir beide eben das verliebte Campingpärchen mit zwei linken Händen«, gab Katja Reinert nach und nahm Sam demonstrativ in den Arm.

Die Diskussion über Katjas Vorschlag ging hin und her, aber angesichts der fortgeschrittenen Zeit musste eine Entscheidung getroffen werden. Schließlich setzte sich die Meinung durch, dass die Erfolgsaussichten der Aktion in der Risikoabwägung zu anderen Optionen relativ hoch waren.

Nachdem die Einzelheiten diskutiert waren, wurden der Staatssekretär, der Oberstaatsanwalt und der Polizeipräsident informiert. Von dort wurde schließlich nach eindringlichen Diskussionen grünes Licht gegeben, mit der Maßgabe, dass Scharfschützen den Einsatz absichern sollten, für den Fall, dass Lambert zu einer Gefahr für die beiden Beamten oder andere Camper werden sollte. Zwei zusätzliche Rettungsfahrzeuge wurden zum Parkplatz beordert.

Die Hauptkommissarin und der Oberkommissar wurden verkabelt und sollten in ständigem Funkkontakt mit der Einsatzleitung bleiben. Die Dienstkleidung tauschten sie gegen Freizeitanzüge, unter denen sie ihre Waffen versteckten. Ihr Auftrag bestand darin, zunächst die Lage zu erkunden, und zu versuchen, Lambert aus seiner Behausung zu locken. Die Entscheidung über einen möglichen Zugriff, sofern die Situation es erlaubte oder notwendig machte, wurde dem Leiter des SEK übertragen.

Binnen einer halben Stunde stand ein klappriger Renault R4 mit Frankfurter Kennzeichen bereit, auf dessen Ladefläche ein Zwei-Mann-Zelt mit allem Zubehör verstaut war.

»Das Ding hat keinen TÜV und die Bremsen sind verrostet. Was anderes konnten wir in der Schnelle nicht auftreiben«, meinte der Beamte, der für die Beschaffung zuständig war. »Fahrt vorsichtig, nicht dass ihr erst im See zum Stehen kommt. Unter dem Beifahrersitz liegen Ersatzwaffen und Munition, Kabelbinder, Handschellen und Funkgeräte.«

»Okay, Leute!«, rief die Staatsanwältin, als alles vorbereitet war. »Ihr seid Profis, macht euren Job! Auf geht's!«

* * *

Zehn Minuten später rumpelte das alte Vehikel über den Zufahrtsweg, der hinunter zum Zeltplatz führt. Bremsen und Federn quietschten derart laut, dass einige Camper neugierig auf die Neuankömmlinge starrten oder lächelnd den Kopf schüttelten.

Am vermeintlichen Zelt von Max Lambert alias Mats Lauber tat sich nichts, als der altersschwache Renault in etwa zwanzig Meter Entfernung anhielt, die Insassen ausstiegen, sich reckten und umschauten, die Klappe zur Ladefläche öffneten und laut diskutierten, an welcher Stelle das Zelt aufgebaut werden sollte.

Katja und Sam gaben sich alle Mühe, den Eindruck zu erwecken, dass sie mit dem Aufbau des Zeltes völlig überfordert und blutige Anfänger waren. Sie sparten auch nicht mit lautstarken gegenseitigen Vorwürfen, was dazu führte, dass zwei junge Männer sich ihrer erbarmten und Hilfe anboten.

Die Hauptkommissarin spielte ihre Rolle nahezu perfekt, erklärte den beiden Samaritern, dass ihr Freund handwerklich eine Niete und als Computerfachmann mehr mit der Theorie verheiratet sei. Als Grillmeister sei er allerdings unschlagbar, davon dürften sie sich später gerne überzeugen. Sam Wolff ertrug alle Vorwürfe mit scheinbar stoischer Ruhe, behielt jedoch das Zelt des Gesuchten permanent im Auge. Dort tat sich allerdings nichts.

Katja umgarnte geschickt die hilfsbereiten jungen Männer und verwickelte sie in ein Gespräch, während Sam sich vorsichtig dem verdächtigen Zelt näherte.

»Die beiden machen das echt gut«, meinte der Leiter des SEK. »Vor allem die Hauptkommissarin hat schauspielerische Fähigkeiten.«

Sam stand nunmehr in unmittelbarer Nähe des Zeltes und wagte einen ersten Versuch.

»Hallo!«, rief er in Richtung der Behausung. »Entschuldigung! Hätten Sie vielleicht einen Hammer für uns? Wegen der Heringe! Wir haben unser Werkzeug vergessen. Ich würde mich auch mit einer Flasche Bier revanchieren.«

Sam wartete, aber es tat sich nichts. Auch die zweite und dritte Ansprache zeigte keine Wirkung.

Katja Reinert betrachtete das Vorgehen ihres Kollegen aus den Augenwinkeln und überlegte kurz, was sie machen sollte. Sam dort drüben alleine zu lassen, war zu riskant.

»Jungs, wartet mal kurz«, sagte sie und hob die Hände. »Mein Freund ... ich muss mal kurz zu ihm; bin gleich wieder da.«

Als sie sich umdrehte und auf ihren Kollegen zusteuerte, gab sie ihm ein verdecktes Zeichen, worauf beide ihre Jacken öffneten, die Waffen zogen und zum Zelteingang stürmten.

Sam hatte von weitem erkannt, dass der Reißverschluss des Zeltes nicht zugezogen war; er griff nach der Stoffbahn und warf sie hoch. Im gleichen Augenblick sprang die Hauptkommissarin mit der Waffe im Anschlag in die Öffnung und starrte in den Innenraum.

»Scheiße!«, rief sie. »Der Vogel ist ausgeflogen.«

Noch während sie für einen kurzen Moment im Zelt verharrte, hörte die Hauptkommissarin aufgeregtes Stimmengewirr, dann erscholl Sam Wolffs resolute Aufforderung: »Polizei! Bleiben Sie stehen! Weg vom Zelt!«

Sofort kroch Katja Reinert rückwärts aus dem Zelt. Die beiden zuvor hilfreichen jungen Männer standen nun mit einer Bratpfanne und einem Küchenmesser bewaffnet zehn Meter von Sam Wolff entfernt und drohten ihm.

»Hey, du Idiot! Was soll das?«, rief einer der beiden. »Schmeiß die Knarre weg, wir sind hier nicht in Chicago!«

»Jungs, macht halblang!«, entgegnete Sam ruhig. Er hielt die Waffe zwar in der Hand, hatte sie jedoch nicht auf die beiden Männer gerichtet.

»Maul halten!«, rief sein Gegenüber. »Was ist hier los? Verschwindet!«

»Wir sind von der Polizei«, ergriff nun die Hauptkommissarin das Wort. »Das ist ein Einsatz! Ich erkläre Ihnen das gleich. Bleiben Sie vom Zelt weg!«

»Macht die Fliege! Das ist ein Campingplatz und keine Schießbahn! Weg mit den Waffen!«

»Alles gut«, versuchte Sam zu deeskalieren und legte seine Waffe vor sich ins Gras. »Wir zeigen euch jetzt unsere Dienstausweise, aber ihr bleibt vom Zelt weg! Mein Name ist Sam Wolff, das hier ist meine Chefin Hauptkommissarin Reinert; wir sind vom LKA Saarbrücken.«

»Sie behindern polizeiliche Ermittlungen«, ergänzte die Hauptkommissarin. »Wenn Sie sich unseren Anweisungen widersetzen, handeln Sie sich eine Menge Ärger ein!«

Es bedurfte keiner weiteren Erklärungen, denn nun stürmten zahlreiche Beamte mit den Waffen im Anschlag den Ort des Geschehens und umzingelten die beiden jungen Männer, worauf die rasch einsahen, dass sie mit ihren Befürchtungen auf dem Holzweg waren. Bereits nach kürzester Zeit entspannte sich die Lage. Für die beiden Jungs war das Abenteuer zu Ende, für die Ermittler fing die Arbeit jetzt erst richtig an.

35

Am gleichen Abend

Wenige Minuten nach dem Vorfall, waren fast alle Mitglieder des Leitungsstabes bei Katja und Sam versammelt. Nur der Leiter des SEK und ein weiterer Beamter waren im Lagezentrum geblieben, hielten den Kontakt zu den Einsatzkräften, zum Innenministerium und überwachten an den Bildschirmen die Bilder, die von den Drohnen geliefert wurden.

Katja Reinert und Sam Wolff hatten sich den völlig überraschten Campern zu erkennen gegeben, was von denen mit wenig Verständnis aufgenommen wurde. Die beiden hilfsbereiten Jungs waren stinksauer, weil sie sich hintergangen fühlten, andere zeigten sich entrüstet.

Zwei Zeugen sagten übereinstimmend aus, dass sie den Mann gegen 15 Uhr gesehen hatten, als er den Campingplatz in Richtung See verlassen habe.

Die Hundestaffel war angefordert, aber es würde eine Zeit lang dauern, bis sie vom oberen Parkplatz nach unten verlegt und die Tiere einsatzbereit wären. Zunächst musste zweifelsfrei sichergestellt sein, dass die Hunde die Spuren vom Zelt Max Lambert zuordnen konnten.

Der Innenraum des Zeltes sollte eigentlich erst von der Spurenermittlung untersucht werden, wenn feststand, dass es sich um den Gesuchten handelte, aber Katja Reinert griff sich vorab einen Schutzanzug, um das Zelt vorsichtig auf allen Vieren nach Hinweisen zur Identifizierung seines Bewohners abzusuchen.

Als sie rückwärts hervorkroch, hielt sie eine dicke Schreibkladde in Händen und präsentierte sie ihrem Kollegen und der Staatsanwältin.

»Das ist das fehlende Tagebuch von Maike Lambert«, sagte sie mit zufriedener Miene. »Steht innen auf dem Deckblatt. Wir sind auf dem richtigen Weg! Es ist nur noch eine Frage der Zeit, bis wir Max Lambert ausfindig gemacht haben und festnehmen können! Leute, wir sind kurz vor dem Ziel!«

Zwischenzeitlich waren die Drohnen zum Seeufer beordert und Einsatzkräfte entlang des Gewässerrandes konzentriert worden.

Als die Spürhunde anrückten, nahmen sie die Witterung anhand der Vergleichsstücke sofort auf. Sie hatten Max Lamberts Geruch eindeutig identifiziert und folgten der Fährte hinunter zum See.

Nach einer Weile schlugen die Hunde vehement an. Unterhalb der Seegärten gab es einen Grillplatz mit Wiese und zahlreichen Sitzgelegenheiten, die sich um eine gemauerte Feuerstelle gruppierten. Oberhalb befand sich ein kleines Blockhaus mit Freisitz. Die Hütte diente als Zufluchtsstätte bei schlechtem Wetter und als Lagerplatz für weitere Ausstattungsgegenstände. Zu dieser Hütte führte die Spur und sie endete auch dort.

»Er ist da drin!«, raunte Sam Wolff seiner Chefin zu. »Er sitzt in der Falle!«

»Ich kann nur hoffen, dass er sich nichts antut«, gab die Hauptkommissarin zurück. »Der Notarzt soll sich in der Nähe bereithalten.«

Sam nickte und gab die Anordnung an die Einsatzleitung weiter. Staatsanwältin Sommer bat bei der Gelegenheit um einen kurzen Lagebericht.

»Wer führt die Verhandlungen?«, wollte sie nach Sams Schilderungen wissen.

»So weit sind wir noch nicht«, antwortete der Gefragte. »Außerdem brauchen wir einen Lautsprecher.«

»Okay, kommt gleich! Katja soll die Verhandlung übernehmen!«, legte Daniela Sommer fest. »Ich denke, dass er auf eine Frau entspannter reagiert.«

»Wir könnten auch Caroline Aschenbach herholen lassen«, schlug der Oberkommissar vor. »Die hat zwar Corona, aber das wäre im Augenblick irrelevant.«

»Nein, das würde ihn womöglich emotional eher hochpuschen. Katja soll das machen!«

»Es wird bald dunkel«, erklärte Sam. »Wenn wir es in einer Stunde nicht geschafft haben, brauchen wir unten die volle Beleuchtung. Nur damit ihr vorbereitet seid!«

»Kümmert ihr euch um Lambert!«, erwiderte die Staatsanwältin, der der Oberkommissar etwas zu übereifrig erschien. »Die Kollegen hier sind nicht von gestern und wissen, was fehlt!«

Zehn Minuten nach Beginn der Belagerung war die mobile Lautsprecheranlage vor Ort. Katja Reinert hatte sich überlegt, wie sie die Kontaktaufnahme zu Lambert beginnen sollte, denn sie war weder geschult, noch hatte sie diesbezüglich ausreichende Erfahrungen. Sie beschloss, es erst mal auf die lockere Art zu versuchen, um nicht noch zusätzlichen Druck auf Lambert auszuüben.

»Hallo Herr Lambert«, begann sie. »Wir wissen, dass Sie da drin sind, und ich muss Ihnen nicht groß erklären, dass die Polizei das Gebäude umstellt hat. Es macht also keinen Sinn, wenn Sie weiterhin in der Hütte bleiben. Mein Name ist Katja Reinert, und ich weiß, was passiert ist.«

Nach einer Pause, in der nichts zu hören war außer dem gelegentlichen Husten eines umstehenden Beamten, fuhr sie fort.

»Es wird bald dunkel, das macht die Sache für uns alle nicht einfacher. Sie werden Hunger und Durst haben, zur Toilette wollen und nicht schlafen können. Ihre Lage wird nicht besser werden, also weshalb wollen Sie sich das antun? Kommen Sie raus und lassen Sie uns über alles reden! Irgendein Weg wird sich schon finden!«

Aus dem Inneren der Hütte drang kein Geräusch. Die Vorhänge hinter den Scheiben der Tür und des Fensters bewegten sich nicht.

»Herr Lambert!«, rief die Hauptkommissarin weiter, jetzt allerdings mit einem drohenden Unterton. »Wir können Sie auch gegen Ihren Willen rausholen, aber eigentlich wollen wir Ihnen und uns diese Vorgehensweise ersparen. Ich gebe Ihnen fünf Minuten Zeit, um sich das zu überlegen. Falls Sie ein Telefon bei sich haben, können Sie mich auch anrufen. Ich gebe Ihnen meine Nummer.«

Langsam und deutlich nannte Katja Reinert die Ziffernfolge und wiederholte sie dreimal. Dann legte sie das Mikrofon beiseite und schaute auf die Uhr.

»Ich hätte das gerne beendet, bevor es dunkel wird«, sagte sie zu Sam Wolff. »Das SEK soll sondieren, welche Möglichkeiten wir haben. Vielleicht ist Lambert bewusstlos oder tot, dann können wir warten bis zum Sankt Nimmerleinstag. Ich schlage vor, dass wir binnen der nächsten halben Stunde reingehen. Sag oben Bescheid, dass wir einen Vorschlag erwarten, wie das ablaufen soll.«

Sam wollte telefonieren, aber die Entscheidung war bereits getroffen. Unbemerkt von Katja und Sam war der Einsatzleiter hinter sie getreten, weshalb die beiden zusammenzuckten, als er sie ansprach.

»Wir haben anhand von Fotos entdeckt, dass am hinteren Giebel knapp unter dem Dach eine Lüftungsöffnung ist. Da es dort keine Fenster gibt, kommen wir unbemerkt an die Wand und führen eine Kamerasonde ein. Das sollte funktionieren, und das Licht dürfte ausreichen, um erkennen zu können, wo er sich im Raum aufhält und was er tut.«

»Gut«, stimmte die Hauptkommissarin zu. »Wann wollt ihr das machen?«

»Wir warten seine Antwort nicht ab. Meine Leute sind bereits hinter der Hütte. Ich kann das auf meinem Monitor verfolgen. Wir sind gleich soweit.«

»Was habt ihr weiter vor?«, wollte Sam wissen.

»Das hängt vom Ergebnis der Aufnahmen ab; wir haben einige Optionen: Blendgranate, Tränengas, konventioneller Zugriff. Die Tür ist nicht abgesperrt, der Schlüssel hängt oben an der Info. Normalerweise schließt der Wachmann bei seiner abschließenden Runde kurz vor Schließung der Anlage gegen 17 Uhr ab, sofern der Grillplatz nicht belegt ist. Das ist heute logischerweise entfallen. Mit drei Männern sind wir binnen einer Sekunde drin!«

»Super Vorbereitung!«, lobte die Hauptkommissarin.

»Wir sind das SEK«, murrte der Beamte. »Keine Gurkentruppe!«

Wenige Augenblicke später erschienen die ersten Bilder auf dem Bildschirm des Einsatzleiters, aber der ließ sich nicht in die Karten schauen und beobachtete das Szenario etwas abseits alleine. Nach einiger Zeit kam er zurück zu den Ermittlern.

»Die Zielperson sitzt in der Mitte der linken seitlichen Wand auf dem Fußboden. Mit dem Rücken zur Wand gelehnt. Er ist alleine im Raum. Keine Bewegung erkennbar, womöglich ist er nicht bei Bewusstsein. Die Tür öffnet nach rechts, wir gehen frontal rein.«

Der Beamte sprach einige Anweisungen in sein Mikrofon.

»Drei Minuten ab jetzt«, sagte er zur Hauptkommissarin und ließ die Ermittler stehen.

Drei Minuten später war zu sehen, wie drei bewaffnete Männer mit Sturmhauben, Helmen und Tarnanzügen sich in geduckter Haltung von rechts der Hütte näherten. Zwei von ihnen krochen unter dem Fenster hin zur Tür, der Dritte machte einen kleinen Bogen und sicherte mit dem Sturmgewehr im Anschlag seine Kollegen.

Dann ging alles ganz schnell. Einer riss die Tür auf, der andere stürmte durch die Öffnung, seine beiden Kollegen hinterher. Das alles lief innerhalb von Bruchteilen von Sekunden in einer Präzision und Geschwindigkeit ab, wie man sie nur durch langjährige Übung und Erfahrung erreichen kann.

Wie aus dem Nichts stürmten weitere SEK-Beamte auf die Hütte zu und drangen ein. Die Erstürmung war begleitet von lauten Kommandos und Rufen, die jedoch nach weniger als zehn Sekunden wieder verstummten.

Genauso schnell wie er begonnen hatte, war der Zauber vorbei und die Hektik hatte ein Ende. Bis auf wenige Ausnahmen zogen die Männer des SEK wieder ab, ihr Job war getan und keiner hatte ein Interesse daran, dass seine Anonymität aufgelöst wurde. Vier mit Sturmhauben maskierte Beamte fixierten die Zielperson auf dem Rasen vor der Hütte und bildeten eine Schutzmauer, um den Bereich vor neugierigen Blicken abzuschirmen. Nun kam auch der Einsatzleiter zurück zu den Ermittlern.

»Auftrag erfüllt, Zielperson fixiert. Er ist clean, der Innenraum ebenso«, gab er formell Meldung.

»Ist er ansprechbar?«, fragte Sam Wolff.

»Negativ! Er scheint in einer Art Schockzustand zu sein, der Notarzt ist bei ihm. Die Zielperson ist bei Bewusstsein, zeigt aber stark eingeschränkte Reaktionen.«

»Hat er Widerstand geleistet?«, wollte die Hauptkommissarin wissen.

»Negativ! Alles weitere vom Notarzt. Unser Job ist erledigt.«

»War er bewaffnet?«

»Negativ!«

Damit zog der Einsatzleiter grußlos von dannen und rückte mit seinen Leuten ab.

Katja Reinert und Sam Wolff begaben sich zum Vorplatz der Hütte, wo sich Notarzt und Rettungssanitäter um den Festgenommen kümmerten. Obwohl sie den Drang verspürten, sofort mit Lambert zu sprechen, warteten sie ab und beobachteten, wie der Notarzt die Vitalfunktionen überprüfte, eine Fusion anlegte und versuchte, aus Lambert Informationen über sein Befinden herauszubekommen. Der Angesprochene zeigte keinerlei Reaktion, saß einfach nur da, als ob ihn das Ganze nichts anginge, atmete normal und starrte wortlos vor sich auf den Boden, was immer auch die Rettungskräfte ihn fragten oder mit ihm anstellten.

Als die Hauptkommissarin versuchte, Kontakt zu ihm aufzunehmen und fragte, ob er Max Lambert sei, hob er nicht einmal den Kopf und starrte weiter ins Leere.

»Wir bringen ihn zur weiteren Abklärung in die Klinik, das wird gerade organisiert«, erklärte der Notarzt, nachdem er die Ermittler zur Seite genommen hatte. »Möglicherweise steht er unter dem Einfluss von Psychopharmaka, aber das kann ich hier nicht abklären. Drogen oder Alkohol scheinen mir nicht der Auslöser zu sein, aber endgültig ausschließen können das nur weitergehende Untersuchungen. Sie haben gesehen, wie phlegmatisch er sich darstellt ... ich bin kein Spezialist, um das abschließend beurteilen zu können. Die Erstversorgung ist abgeschlossen, vorerst ist er stabil.«

»Danke, Herr Doktor!«, entgegnete die Hauptkommissarin. »Mein Kollege Oberkommissar Wolff wird Sie in die Klinik begleiten; wir werden entsprechende Vorkehrungen treffen, falls er stationär aufgenommen werden muss. Ich werde Ihnen zwei weitere Beamte zur Aufsicht an die Seite stellen; ich selbst habe hier noch zu tun.«

»Wenn ich im Krankenhaus auch nichts zum Essen bekomme, können die mich als Notfall gleich dabehalten«, murrte der Oberkommissar, aber Katja Reinert merkte sofort, dass seine Entrüstung gespielt und er letzten Endes froh war, über den erfolgreichen Abschluss des Einsatzes; zumindest für den Moment.

»Glückwunsch!«, ertönte die Stimme der Staatsanwältin aus dem Hintergrund. »Gute Arbeit, ihr Zwei!«

»Danke, aber daran waren alle beteiligt«, entgegnete Katja Reinert. »Guter Job vom SEK, alle Achtung! Ich bringe das hier zum Ende, dann mache ich Feierabend, der Rest kann warten bis morgen.«

»Gut; ich muss hoch zur Endbesprechung, bevor die alle abhauen. Wollen wir beide nachher noch etwas trinken? Ich lade dich ein.«

»Gerne, aber die späte Fahrt nach Hause ist mir ehrlich gesagt zu viel.«

»Da hast du allerdings Recht«, bestätigte Daniela Sommer und überlegte kurz. »Was hältst du davon, wenn wir uns später bei mir treffen? Sozusagen als Ausstand, bevor ich ausziehe; letzte Gelegenheit! Wir lassen uns was zum Essen kommen und machen uns einen entspannten Abend. Du kannst bei mir übernachten, kein Problem.«

»Super Idee!«, freute sich Katja. »Alleine in meiner eigenen Wohnung, da würde ich heute wahrscheinlich sowieso kein Auge zubekommen; ich bin etwas aufgewühlt, das muss ich zugeben. Aber ich habe eine Bedingung!«

»Lass hören!«

»Kein Wort über die Arbeit!«

»Einverstanden! Unterhalten wir uns eben über unser zweites Hauptthema!«

»Aha! Haben wir eins?«

»Na klar! Männer! Was sonst!«

36

Die Tage danach

Auch am Tag nach seiner Festnahme war Max Lambert nichts zu entlocken.

Am Vorabend war er nach seiner Einlieferung in einem abgeschirmten Trakt der Psychiatrie eingehend untersucht und versorgt worden, ohne dass sich der Patient mit einem einzigen Wort zu seiner Person und den Taten geäußert hatte. Mit stoischer Ruhe hatte er alles über sich ergehen lassen. Unter Aufsicht der Pflegekräfte hatte er gegessen und beständig geschwiegen.

Die Ärzte waren der Überzeugung, dass Lambert schwer traumatisiert war. Auch ihnen gelang es nicht, Zugang zu ihm zu finden; er schien in seiner eigenen Welt gefangen zu sein.

»Sein körperlicher Allgemeinzustand ist gut, die Hirnströme zeigen keine Auffälligkeiten«, erklärte der behandelnde Oberarzt am Morgen. »Wir werden ihn hierbehalten, bis er sich öffnet und aus seiner Apathie zurückkommt. Alleine dürfte er im Augenblick nicht lebensfähig sein, was ...«

»Was heißt lebensfähig?«, unterbrach die Hauptkommissarin, die zusammen mit der Staatsanwältin bereits früh um ein Gespräch mit den Ärzten gebeten hatte. »Die letzten Tage und gerade gestern hat der gute Mann sehr wohl bewiesen, dass er zu rationalem Denken und Handeln fähig ist. Er wusste jedenfalls genau, was er tat und wie man die Polizei an der Nase rumführt! Ist es nicht etwa so, dass er uns etwas vorgaukelt oder bewusst auf stur stellt?«

»Ich verstehe Ihre Entrüstung! Aber das ist unwahrscheinlich. So konsequent, wie er es durchzieht, kann man das nicht spielen. Was nicht heißt, dass es Ausnahmen gibt, aber ich sehe das im vorliegenden Fall nicht so.«

»Wodurch kann eine derartige Apathie ausgelöst werden?«, ruderte die Hauptkommissarin zurück.

»Da gibt es viele Möglichkeiten, die man als Auslöser ansehen könnte. Ich könnte Sie jetzt mit Fachwissen überhäufen, aber das erspare ich Ihnen. Fehlfunktionen der Schilddrüse, zum Beispiel, Störungen im Frontalhirnlappen, Demenz, Alzheimer … all das können physiologische Faktoren sein, die einzeln oder im Zusammenspiel zu einer Störung führen oder einen psychologischen Grundansatz verstärken können. Es ist kompliziert …«

»Herr Lambert hat vor gut einem Jahr seine Mutter verloren, zu der er angeblich ein sehr inniges Verhältnis hatte«, unterbrach Katja Reinert. »Könnte das eine Rolle spielen?«

»Durchaus!«, nickte der Oberarzt. »Trauer, eine enttäuschte Liebe, Schicksalsschläge im Allgemeinen … das können Auslöser oder Katalysatoren sein. Wir wissen nichts über den Patienten, es wäre hilfreich, wenn Sie uns mehr Informationen über ihn, seine Vita, seine Lebensumstände und so weiter zur Verfügung stellen könnten. Für eine Beurteilung wäre das wichtig.«

»Das wird sich machen lassen«, ergriff Staatsanwältin Sommer das Wort. »Was wir haben, werden wir Ihnen umgehend zukommen lassen. Sie werden ohnehin für das Gericht ein Gutachten anfertigen müssen, damit beurteilt werden kann, ob Herr Lambert zum Zeitpunkt der Tat für sein Handeln vollumfänglich verantwortlich gemacht werden kann. Sie wissen, wessen er beschuldigt wird?«

»Nicht im Detail«, antwortete der Oberarzt. »Einer der Beamten hat beiläufig erwähnt, dass der Patient jemanden getötet haben soll.«

»Ja, wir verdächtigen ihn, zwei Menschen auf grausame Art und Weise ermordet zu haben.«

»Ooh«, seufzte der Mediziner. »Das macht die Sache nicht einfacher! Da muss man genauer hinschauen! Aber das spricht für den Ansatz, dass sein Problem eher in der Psyche zu suchen ist als in seiner Physiologie.«

»Können wir mit ihm reden?«, fragte Katja Reinert ungeduldig.

»Sicher! Aber Sie werden reden, er nicht! Ich bezweifele, dass Sie zu ihm vordringen werden.«

Kurz danach standen Katja Reinert und Daniela Sommer dem Patienten gegenüber. Der Oberarzt und ein Beamter waren ebenfalls im Raum, hielten sich aber im Hintergrund. Lambert saß im Schlafanzug auf dem Bett, eine Hand war an das Bettgestell fixiert. Er starrte reglos auf einen Punkt an der Wand, aber dort war nichts, was Aufmerksamkeit hätte erwecken können; kein Bild, kein Foto, kein Muster ... nichts außer der eintönigen zartweißen Tapete.

»Herr Lambert«, sprach die Hauptkommissarin ihn an. »Wie geht es Ihnen?«

Keine Reaktion.

»Mein Name ist Reinert vom LKA, die Frau neben mir ist Staatsanwältin Sommer.«

Nichts.

»Sie wissen, weshalb Sie hier sind?«

Keine Antwort.

»Wissen Sie, weshalb wir zu Ihnen gekommen sind?«

Regloses Schweigen.

»Herr Lambert, es ist wichtig, dass Sie mit uns sprechen! In Ihrem eigenen Interesse.«

Lambert starrte weiterhin wortlos auf die Wand.

»Herr Lambert!«, ergriff nun Daniela Sommer das Wort. »Haben Sie Alexander Fischer und Lars Kleinschmitt getötet?«

»Ich hab's für meine Mutter getan«, sagte Max Lambert urplötzlich leise, ohne den Blick von der Tapete abzuwenden.

Der Oberarzt atmete hörbar aus und schaute betroffen an die Decke.

Die Hauptkommissarin versuchte sofort, nachzuhaken und stellte weitere Fragen, aber danach war Max Lambert kein einziges Wort mehr zu entlocken. Er fixierte weiterhin den imaginären Punkt an der Wand. Als nach einer Viertelstunde keine Reaktion gekommen war, bat der Oberarzt darum, den Besuch zu beenden.

»Sie haben gehört, was er gesagt hat. Das behalten Sie bitte vorerst für sich!«, forderte Staatsanwältin Sommer. »Kein Wort zum Pflegepersonal!«

»Verstehe! Ich bin sehr verwundert«, gestand der Oberarzt. »Ich hätte niemals damit gerechnet, dass er reagiert! Nach diesem Geständnis bin ich umso mehr an Informationen zur Person des Patienten interessiert.«

»Ein Geständnis im juristischen Sinne war das nicht«, widersprach die Staatsanwältin. »Danke, Herr Doktor, wir bleiben in Kontakt!«

Auf der Rückfahrt ins Präsidium schwiegen die beiden Frauen geraume Zeit.

»Unfassbar!«, stöhnte Daniela Sommer schließlich. »Der Mensch ist ein merkwürdiges Wesen!«

»Das stimmt!«, nickte Katja Reinert. »Aber er ist für sein Handeln verantwortlich; egal was vorher passiert ist!«

»Das sehen die Psychologen unter Umständen anders!«

»Mag sein, aber das ist eben meine Auffassung. Rein privat natürlich!«

»Wie willst du weiter vorgehen?«

»Zunächst werden wir alles auswerten, was wir in Lamberts Wohnung und im Zelt gefunden haben. Vor allem werden wir seinen Computer und die Tagebücher der Mutter unter die Lupe nehmen. Für die nächsten Tage sind wir beschäftigt! Die Truppe ist froh, wenn sie geregelte Arbeitszeiten hat; zumindest vorübergehend! Der Feiertag lässt uns Zeit, ein bisschen durch zu schnaufen.«

»Ich werde meine Wohnung entrümpeln«, entgegnete Daniela. »Augen zu und durch!«

»Hilft dir dein Toni wenigstens ein bisschen?«

»Gott bewahre! Das würde noch fehlen, dass der in meinen Sachen herum kramt.«

37

Donnerstag 16. Juni, Fronleichnam

Ihr Vorhaben, den Feiertag zur Erholung und zum Sammeln neuer Kräfte nutzen zu können, ging für Katja Reinert nur bedingt in Erfüllung.

Die Radtour am Vormittag auf dem Treidelpfad entlang der Saar empfand sie bereits nach wenigen Kilometern als wenig erholsam, weil zu viele Leute unterwegs waren, vor allem solche, die mit ihren Elektrobikes rücksichtslos durch die Gegend bretterten. Außerdem wurde es immer wärmer und gegen Mittag wurde die Hitze unerträglich.

Deshalb war Katja bereits am frühen Nachmittag wieder zu Hause, duschte, kochte sich einen Kaffee und überlegte, wie sie den Rest des Tages sinnvoll gestalten könnte.

Sie hatte Sam gebeten, Kopien für sie anfertigen zu lassen, damit auch sie sich parallel zu Sam mit dem Tagebuch befassen konnte. Sam hatte eingesehen, dass vier Augen mehr sehen als zwei, obwohl er die Auswertung anfangs gerne alleine übernommen hätte.

Katja hatte nicht vorgehabt, sich am freien Tag mit Maike Lamberts Tagebuch zu beschäftigen, aber die Kopien sicherheitshalber mitgenommen. Da sich nun die Gelegenheit ergab, beschloss sie spontan, wenigstens einen Blick in das Beweisstück zu werfen.

Was sie las, waren die Eintragungen einer jungen Frau, die zum Zeitpunkt ihrer Aufzeichnungen Mitte Zwanzig gewesen war.

Es war deutlich zu herauszulesen, dass Maike Lambert mit ihrem Elternhaus, vor allem dem Vater, ständig im Clinch gelegen hatte. Streng konservativ und autoritär erzogen, war ihr anscheinend ziemlich alles verboten worden, was einer jungen Frau in ihrem Alter Spaß gemacht hätte.

Maike Lambert beschrieb, wie sehr sie gelitten hatte, aber auch, auf welche Ideen sie und ihre Freundin Susi gekommen waren, um dem gestrengen Elternhaus eins ums andere Mal ein Schnippchen zu schlagen.

Vieles von dem, was Katja im Tagebuch niedergeschrieben fand, deckte sich mit dem, was Maikes beste Freundin Susi Zimmermann vor einigen Wochen zu Protokoll gegeben hatte. Die jungen Frauen hatten viel Fantasie entwickelt, um die Verbote von Maikes Eltern zu umgehen, und Katja musste bisweilen schmunzeln, über das, was die Mädels sich damals hatten einfallen lassen.

»Das wäre heutzutage kaum vorstellbar«, seufzte sie und trank einen Schluck Kaffee.

Dann kam irgendwann der Eintrag für den Tag nach Ostern 1991:

NIEMALS!
Niemals hätte ich mir vorstellen können, dass mir so etwas passieren könnte!

Niemals! Nicht mir!

Ich bin komplett am Ende meiner Kräfte. Körperlich wie seelisch. Vor allem seelisch. Ich kann es nicht beschreiben! Nicht das, was in mir vorgeht. Ich finde keine Worte.

Doch!

Wut und Ekel. Vor mir selbst.

Demütigung! Hilflosigkeit! Enttäuschung! Nein, das wäre zu schwach ausgedrückt.

Das kann nicht sein! Es kann unmöglich geschehen sein. Es kommt mir vor wie ein Albtraum und trotzdem ist es wahr.

Ich habe denen vertraut! Bin ich schuld? Die kennen mich doch. Habe ich die provoziert? Habe ich etwas falsch gemacht?

Hätte ich … ich habe doch nicht … warum haben die das gemacht?

Wie soll ich denen je wieder in die Augen sehen? Ich will nie mehr jemandem in die Augen sehen. Ich fühle mich schmutzig, eklig. Wenn das rauskommt! Oh Gott!

Wenn meine Eltern das erfahren, oder Susi! Daran will ich gar nicht denken!

Ich muss das vergessen! Alles! Es war nur ein böser Traum. Der schlechteste Traum meines Lebens! Morgenfrüh wird alles vorbei sein. Es muss vorbei sein! Ich darf mich nicht hineinsteigern …

Lieber Gott hilf mir! Gib mir Kraft! Lass mich schlafen! Ich muss schlafen! Gib mir einen Schlaf, der mich befreit! Ich will nicht daran denken!

Nicht jetzt! Es darf nicht wieder kommen! Nie mehr!

Oh Gott, lass mich nicht alleine! Hilf mir! Bitte!

Maikes Eintragungen an den folgenden Tagen spiegelten die ganze Verzweiflung der jungen Frau wider. Sie hatte zwar nirgendwo detailliert beschrieben, was genau passiert war, aber klar war, dass sie einer Vergewaltigung zum Opfer gefallen war.

Dann gab es eine Lücke über einige Tage, danach der Eintrag, dass nun klar sei, dass sie schwanger ist. Woher sie diese Gewissheit nahm, erwähnte Maike Lambert nicht, aber sie wiederholte mehrfach, dass es keine Zweifel gab.

Katja Reinert war tief betroffen. Nicht nur über das, was Maike Lambert vor mehr als dreißig Jahren widerfahren war, sondern auch darüber, dass ihr Sohn diese Zeilen hatte lesen müssen und somit wusste, dass er das Ergebnis einer Vergewaltigung war. Was hatte das in ihm ausgelöst? Eine schreckliche Erkenntnis! Trotzdem war da über all die Jahre diese innige Bindung zwischen Mutter und Kind gewesen! Erstaunlich! Oder …

Die Frage war, ob Max Lambert das schon zu Lebzeiten seiner Mutter gewusst oder erst nach ihrem Tod erfahren hatte.

Dass er gerade diesen Band des Tagebuchs mit sich geführt hatte, sprach für Letzteres, aber sicher war das nicht.

Maike Lambert erzählte weiter von ihrem Kampf mit sich selbst, und wie sie den Eltern die Schwangerschaft beibringen könnte. Scham und Verzweiflung wechselten sich ab; der Wunsch nach Offenbarung einerseits, die Angst vor der Reaktion auf der anderen Seite. Die junge Frau musste fürchterliche seelische Qualen durchgemacht haben.

Katja Reinert machte sich Notizen, um die Zeitschiene im Überblick zu behalten, denn teilweise waren die Eintragungen etwas wirr und nicht nachvollziehbar. Es waren die Aufzeichnungen einer verzweifelten, zerrissenen Frau, und Katja musste sich zweimal die Tränen aus den Augenwinkeln wischen, weil sie von diesem Schicksal betroffen war, und weil sie sich vorstellte, was diese Zeilen in Max Lambert ausgelöst haben mussten.

Auffällig war, dass seine Mutter an keiner einzigen Stelle Näheres über ihre Vergewaltiger niedergeschrieben, geschweige denn ihre Namen oder Näheres über Ort und Umstände der Vergewaltigung preisgegeben hatte. Möglicherweise hatte sie das in einem der nachfolgenden Bände getan, das musste unbedingt überprüft werden.

Aus den bisherigen Eintragungen ging lediglich hervor, dass mehr als ein Mann an der Vergewaltigung beteiligt waren; Männer denen Maike vertraut hatte. Lars Kleinschmitt war höchstwahrscheinlich einer davon; der zweite Mann könnte Alexander Fischer gewesen sein, aber einen eindeutigen Beweis gab es vorerst nicht. Die Zeitschiene passte und langsam nahm der Fall Konturen an.

Nach Wochen der Zerrissenheit hatte sich Maike Lambert ihren Eltern erklärt. Die Reaktionen der Eltern waren verheerend, das konnte man in und zwischen den Zeilen verfolgen. Maike beschrieb sie als sture Böcke und als im Mittelalter hängengeblieben oder als verlogenes Pack. Die Mutter schämte sich anscheinend zutiefst für ihre Tochter, der herrische Vater wollte nichts mehr mit ihr zu tun haben und sie ins Ausland schicken. Das muss der Zeitpunkt gewesen sein, als Maike beschlossen hatte, dem Elternhaus ein für alle Mal den Rücken zu kehren.

Die Eintragungen der folgenden Wochen lasen sich wie eine Tragödie; aus ungeübter Feder zwar, aber voller Gemütsschwankungen zwischen Verzweiflung und aufkeimender Hoffnung. Auslöser war wohl das Angebot von Maikes Onkel, sie und ihr werdendes Kind bei sich aufzunehmen.

Maike beschrieb, wie sie sang- und klanglos mit der Unterstützung des Onkels von zu Hause ausgezogen war und ihm nach Scheiden folgte. Die Eltern hatten ihr nicht einmal Lebewohl sagen wollen und waren froh, dass sie ihre Tochter los waren.

Vermutlich hatte Maike Lambert ihr bisheriges Leben komplett hinter sich gelassen und alle Verbindungen gekappt, denn es gab keinen einzigen Hinweis oder Eintrag bezüglich alter Bekannter, nicht einmal über ihre einstige Busenfreundin Susi Zimmermann. Die Vergewaltigung wurde fortan nicht mehr erwähnt, jedenfalls nicht in diesem Band.

Die letzte Eintragung in diesem Teil des Tagebuchs stammte vom 31. Dezember 1991 – zwei Tage nach Max Lamberts Geburt.

Nun ist er da, der kleine Kerl! Was für ein schönes Kind. Er soll Max heißen, wie der Mann, dem wir so viel zu verdanken haben, und der uns so liebevoll aufgenommen hat. Die Geburt war ein Erlebnis, kein Albtraum, wie mir andere Mütter von sich erzählt haben. Das war ein guter Einstieg in dein Leben, mein Kleiner …

Es folgten liebevolle Wünsche einer stolzen jungen Mutter und die Hoffnung, dass sie bald nach Hause zu Max Senior entlassen werden würden. Danach endete der Band.

Katja Reinert brauchte einige Zeit, um das Gelesene zu verdauen und emotionalen Abstand zu bekommen. Das war allerdings unabdingbar, denn vor ihr lag ein Beweisstück, das einem

Doppelmörder wahrscheinlich die Motive für seine grässlichen Taten geliefert hatte.

* * *

Die Hauptkommissarin konnte nicht ahnen, dass auch ihr Kollege Sam Wolff am Feiertag nicht untätig war. Er hatte sich ebenfalls mit Maikes Tagebüchern beschäftigt, war allerdings chronologisch vorgegangen. Gleich nach dem Frühstück hatte ihm die Aufklärung des Falls keine Ruhe gelassen; er wollte unbedingt wissen, wie alles zusammenhing, und konnte sich auf nichts anderes konzentrieren.

Er war ins Präsidium gefahren und hatte sich an seinen Schreibtisch gesetzt; dort begann er mit den ersten Eintragungen, die Maike als junges Mädchen geschrieben hatte. Später hatte sich der Oberkommissar einige Bände geschnappt und in den Saarwiesen weitergearbeitet; schließlich war er in sein Büro zurückgekehrt und hatte seine Arbeit zum Abschluss gebracht. Am Ende des Tages hatte Sam alle Bände durchgeackert.

* * *

Die Besprechungen und Analysen der Ermittler zogen sich am folgenden Freitag über Stunden hin. Zwischendurch wurden Telefonate mit den Spurenermittlern, den Laborangestellten und Kollegen geführt, um die Mosaiksteinchen für das große Puzzle einzusammeln. Am Ende war die Beweislage eindeutig, dass Max Lambert der Mörder von Alexander Fischer und Lars Kleinschmitt war.

»Wir geben das erst weiter, wenn unser Abschlussbericht fertig ist«, beschloss Staatsanwältin Sommer. »Solange Lambert in der Psychiatrie untergebracht ist, kommen wir nur bedingt an ihn ran. Über das Wochenende tut sich sowieso nichts; eine Weiterleitung der Informationen hat Zeit bis nächste Woche.«

Mittlerweile lagen die ersten Auswertungen von Lamberts Computerinhalt vor. Lambert hatte vor etwas mehr als einem Jahr damit begonnen, aus dem Internet Informationen über seine späteren Opfer zusammenzutragen.

»Demzufolge hat er erst nach dem Tod seiner Mutter von den damaligen Vorfällen aus dem Tagebuch erfahren«, schlussfolgerte die Hauptkommissarin. »Die Frage ist allerdings, woher Lambert die Namen von Fischer und Kleinschmitt hat. In den Tagebüchern stehen sie jedenfalls nicht.«

»Bleibt auch die Frage, wieso er zuerst den Fischer ermordet hat, wo doch der Kleinschmitt sein eigentlicher Vater ist?«, ergänzte Oberkommissar Wolff.

»Da steckt noch viel Arbeit drin«, erklärte die Staatsanwältin. »Aber für eine Anklage reicht es.«

»Wir werden mit allen Bezugspersonen von damals und auch mit den Aschenbachs noch einmal sehr intensive Gespräche führen müssen«, meinte Katja Reinert.

»Aber nicht heute!«, erklärte die Staatsanwältin und stand auf. »Ich habe eine Menge Privates zu erledigen; mir läuft die Zeit davon. Ich mache mich vom Acker! Schönes Wochenende! Ach ja, und vielen Dank euch allen! Hat zwar etwas gedauert, aber ihr habt gute Arbeit geleistet.«

»Vor allem du hast einen guten Job gemacht, Sam«, lobte Katja Reinert den Oberkommissar, als die beiden unter sich waren.

»Oh, werde ich jetzt Hauptkommissar?«, fragte Sam Wolff und schaute seine Chefin treuherzig an.

»Ganz ehrlich: Wenn es nach mir geht und ich Einfluss nehmen kann, ist die nächste frei werdende Planstelle für dich reserviert!«

»Soll ich dich jetzt zum Dank küssen?«

»Lass mal, mein Guter! Ich sag dir Bescheid, wenn es so weit ist.«

* * *

Entgegen aller Erwartungen von Daniela Sommer sollten Monate ins Land gehen, bis die Staatsanwaltschaft Anklage gegen Max Lambert erheben konnte.

Die Gen-Tests hatten zwar ergeben, dass Lars Kleinschmitt zu 99,9 Prozent der Vater von Max Lambert war, aber es blieb strittig, ob Lambert zum Zeitpunkt seiner Taten schuldfähig war. Ein Gutachten ging davon aus, dass Lambert erst nach den Morden in den anhaltenden psychotischen Zustand gefallen sei und als bedingt schuldfähig gelten müsse. Das Gutachten der Anwaltschaft kam zu dem Schluss, dass die Schuldunfähigkeit bereits seit dem Tod von Maike Lambert gegeben war, weil der Verlust der Mutter der Auslöser einer psychischen Störung sei. Weitere Untersuchungen wurden in Auftrag gegeben und ein Zwist zwischen den Gutachtern von Anklage und Verteidigung entbrannte.

»Es geht eigentlich nur darum, ob Lambert dauerhaft in der Psychiatrie bleibt, oder ob er irgendwann vor Gericht als schuldfähig verurteilt wird. Das kann sich noch Monate hinziehen; ein Ergebnis ist zurzeit nicht abschätzbar. Kommt drauf an, wie die nächsten Gutachten ausfallen und wie das Gericht die Ergebnisse einschätzt«, hatte Daniela Sommer verärgert geäußert.

Max Lambert selbst war etwa sechs Wochen nach seiner Einlieferung in die Psychiatrie soweit stabil, dass er unter ärztlicher Aufsicht befragt werden konnte. Erstaunlicherweise war er zugänglich und konnte Fragen logisch und zusammenhängend beantworten. Ohne von den Ermittlern dazu gedrängt worden zu sein, gestand er ganz beiläufig, Fischer und Kleinschmitt getötet zu haben, als sei es das Normalste von der Welt. Schuldgefühle oder Reue zeigte er mit keinem Wort.

Lambert beschrieb bis ins Detail, wie er die Taten geplant und vorbereitet hatte. Dass er Alexander Fischers Wahlkampfauftritte verfolgt und eine günstige Gelegenheit abgepasst habe.

Die habe sich dann am Galgenbergturm in Spiesen ergeben, wobei er den Tatort vorher ebenso genau ausgekundschaftet habe, wie den im Binsenthal. Dorthin habe er Kleinschmitt locken können, weil er im als vermeintlicher Kunde für zwei Dutzend Fahrräder eine Probefahrt vorgegaukelt hatte. Kleinschmitt sei derart aufs Geld versessen gewesen, dass er alles akzeptiert hatte.

Wie Lambert an die Namen der Vergewaltiger und gekommen war, blieb lange Zeit unklar, bis er ganz nebenbei erzählte, dass er im Nachlass seiner Mutter ein Foto gefunden habe, auf dem sie und die beiden Männer lachend in die Kamera schauten. Auf der Rückseite habe in der Handschrift seiner Mutter ein Text gestanden:

Alexander Fischer und Lars Kleinschmitt. Die beiden Schweine haben mein Leben zerstört.

Im Zusammenspiel mit dem Tagebuch sei ihm dann alles klar geworden; das Foto habe er verbrannt, weil er es nicht mehr ertragen konnte. Er habe Monate damit verbracht, die beiden Männer aufzuspüren, aber nie herausbekommen, wo die Vergewaltigung seiner Mutter damals stattgefunden habe, das sei für ihn unbefriedigend gewesen und sei es noch immer. Da er nicht wusste, wer von den beiden sein Vater war, habe er mit Fischer begonnen, weil der an erster Stelle stand. Die Reihenfolge sei schließlich egal gewesen, weil der eine genauso schuldig sei wie der andere.

»Ich habe noch selten einen Fall gehabt, wo Opfer- und Täterrolle so eng beieinander liegen«, erklärte Katja Reinert auf der Rückfahrt ins Präsidium.

»Tja, dieser Fall ist wirklich etwas Besonderes«, nickte die Staatsanwältin. »Man könnte fast mehr Mitleid mit dem Täter als mit seinen Opfern haben.«

»Diese Ansicht kann ich nicht teilen«, widersprach Sam Wolff. »Der Mann hat zwei Menschen ermordet; richtig brutal und mit sehr viel Kalkül. Dafür ist er verantwortlich, egal was vorher war.«

»Wir werden sehen, was dabei rauskommt«, erklärte Staatsanwältin Sommer kühl. »Ach, übrigens: Glückwunsch Herr
Hauptkommissar in spe. Gewisse Leute haben Sie zur Beförderung vorgeschlagen. Ich habe gehört, das soll in Kürze vollzogen
werden.«

Sam Wolff schaute zunächst etwas verdutzt aus der Wäsche,
sprang dann jedoch auf und drückte Katja Reinert einen Kuss
auf die Wange.

»Moment mal!«, rief die Staatsanwältin entrüstet. »Und was
ist mit mir?«

38

Samstag 18. Juni

»Schaut mal, wer da kommt!«, rief Josch überrascht und zeigte zum Rundweg am Weiher.

»Wo, wer?«, fragte Marion, die mit ihrer goldfarbenen Sonnenbrille zwar toll aussah, aber damit blind war wie ein Maulwurf.

»Ach!«, staunte Dagmar. »Ist das nicht dein Kumpel mit seiner Dauerfreundin, der Staatsanwältin?«

»Genau die!«, bestätigte Josch.

»Die neue Lokalität hier am Weiher hat sich anscheinend schnell rumgesprochen«, urteilte Markus.

Nun entdeckte auch Marion die beiden Wanderer, stand auf und winkte mit beiden Armen, als wollte sie ein Flugzeug in seine Parkposition lotsen.

Wenig später gesellten sich die Neuankömmlinge an den Tisch und begrüßten das Quartett herzlich.

»Was treibt euch denn samstags an den Itzenplitzer Weiher?«, fragte Toni. »Habt ihr zu Hause nix zu tun?«

»Wir waren gestern bei der Eröffnung des Dorffestes«, erklärte Marion. »War etwas länger und heftig. Jetzt erholen wir uns in der freien Natur.«

»Wohl eher im Biergarten«, lachte Daniela.

»Und was hat euch hierher verschlagen?«, wollte Dagmar wissen.

»Die Hitze!«, seufzte Daniela. »Eigentlich war für dieses Wochenende mein Umzug zu Toni geplant, aber bei diesen Temperaturen schleppe ich keine Kisten durch die Gegend!«

»Ach!«, staunte Dagmar. »Hat sie sich jetzt endlich dazu entschieden, zu dir zu ziehen? Wurde ja auch endlich Zeit mit euch beiden!«

»Hat sie! Sie sagt, sie sei jetzt soweit, betrachtet das Ganze aber als Probezeit mit offenem Ende!«, erklärte Toni.

»Das ist es immer!«, brummte Josch und erntete dafür einen tadelnden Blick seiner Frau Marion.

»Wir sind einen Teil vom Pingenpfad gewandert, weil wir wenigstens ein bisschen Bewegung haben wollten. Im Wald ist es einigermaßen auszuhalten, trotz der Hitze«, sagte Daniela.

»Gib doch zu, dass das Waldhaus von Anfang an euer Ziel war!«, lachte Dagmar.

»Das Bier aus Eigenproduktion ist echt gut!«, meinte Marion. »Ich hol euch gleich mal zwei zum Testen!«

»Daniela wollte sich vom Wanderweg aus das ehemalige Grubengelände anschauen«, behauptete Toni.

»Stimmt! Wollte mal sehen, wo das vorübergehende Gefängnis unserer zwei Helden war. Von mir aus hätte euch der Kidnapper gerne noch eine Weile behalten können; aber die Nerven hatte er wohl nicht!«

»Ach Übrigens!«, meldete sich Markus und wandte sich an Josch. »Ich habe gehört, dass deine Kollegen den Mörder vom Galgenbergturm beziehungsweise vom Binsenthal geschnappt haben. Weißt du Näheres?«

»Nö!«, behauptete der ehemalige Hauptkommissar. »Geht mich auch nichts mehr an. Ich weiß nur, dass es unser Kidnapper nicht war. Habe ich damals schon gesagt.«

»Wer war's?«, unterbrach Dagmar brüsk. »Und wieso weiß ich nix davon?«

»Angeblich ein Metzger aus Scheiden«, murrte Markus.

»Das ist dort, wo das Hochwasser war!«, meldete sich Dagmar.

»Falsch!«, korrigierte Toni. »Das war in Schleiden mit l.«

»Egal«, intervenierte Dagmar erneut. »Mich ärgert, dass mir niemand Bescheid sagt!«

»Kein Wunder, dass du nichts mitbekommst. Du schaust ja immer nur in deine Frauen-WhatsApp-Gruppe. Da wird das wohl kaum drinstehen.«

»Dafür habe ich ja dich! Beim nächsten Mal meldest du das bitteschön sofort! Ich muss schließlich auf dem neuesten Stand sein! Übrigens, Daniela: Die Marion geht demnächst in Rente. Ein paar Mädels nehmen das zum Anlass für ein verlängertes Frauen-Wochenende auf Mallorca. Bisher sind wir zu dritt. Hast du nicht Lust mitzukommen?«

»Toni?«, hakte Markus nach. »Du bist vermögend! Könntest du den Frauen vielleicht eine Verlängerung finanzieren? Sagen wir mal für ein Jahr oder so!«

»Wenn du jetzt ja sagst, packe ich meine Kisten wieder aus!«, raunte Daniela.

Nachwort des Autors

Wie bei all meinen Krimis ist die Handlung frei erfunden, obwohl es in der Kriminalhistorie Fälle geben dürfte, bei denen Motiv und Schicksal von Tat und Täter ähnlich gelagert sind.

Es ist immer wieder erstaunlich, wenn ich feststellen muss, dass die Realität des Lebens über die Fantasie eines Autors weit hinausgeht und die Grenzen des Vorstellbaren überschreitet.

Bis auf die Personen des öffentlichen Lebens sind die Figuren dieses Kriminalromans meiner Fantasie entsprungen, wenngleich meine Leserschaft oft behauptet, die eine oder andere Figur zu erkennen.

Die Leute aus der Spiesener Siedlung »Am Köppchen« gibt's allerdings wirklich, und ich beschreibe sie so, wie sie sind – jedenfalls so, wie sie sich mir darstellen; wie man Freunde und Nachbarn eben kennt und schätzt!

Im Übrigen habe ich bewusst auf das Gendern verzichtet; wem das nicht passt, kann das in seinem Leseexemplar gerne korrigieren.

Die Orte der Handlung sind so reell beschrieben, wie mir das möglich war; ich hatte allerdings aus verschiedenen Gründen nicht immer die Möglichkeit, die Orte zeitnah zu besichtigen, und da sich die Welt ständig verändert, sind kleine Abweichungen von der aktuellen Situation durchaus möglich. Das tut dem Großen und Ganzen keinen Abbruch. Herr Eric Kleer ist auch in der Realität der Investor und Inhaber der ehemaligen Waschkaue Itzenplitz auf dem beschriebenen Gelände in Heiligenwald. Ihm verdanke ich, dass ich durch seine Informationen die dortige Örtlichkeit realistisch darstellen konnte.

Zudem war ich bemüht, dem Geschehen ein hohes Maß an Aktualität zukommen zu lassen, indem ich die politischen und gesellschaftlichen Entwicklungen habe einfließen lassen. Irgendwann ist jedoch Schluss, weil der Zeitpunkt der Veröffentlichung des Buches naht, und die Korrekturen abgeschlossen sind.

An dieser Stelle danken die meisten Autoren ihrer Frau, den Verwandten und Freunden für ihr Verständnis, dem Verleger, dem Lektorat, den Beratern oder wem auch immer und natürlich der Leserschaft.

Das tue ich hiermit auch, allerdings kommen bei mir meine Leserinnen und Leser an erster Stelle.

Es war mir ein Vergnügen, dieses Buch für Euch zu schreiben – meistens jedenfalls!

Klaus Brabänder, im September 2022

Porträt des Autors

Der 1955 in Neunkirchen/
Saar geborene Autor hat sich
im Laufe der letzten zehn
Jahre zu einem der meist-
gelesenen saarländischen
Krimiautoren entwickelt.
In seinen Kriminalroma-
nen stehen nicht nur die
Originalschauplätze seiner
Heimat im Mittelpunkt
des Geschehens. Auch real
existierende Personen aus
der Nachbarschaft und dem
Bekanntenkreis des Autors
spielen in seinen Krimis

eine Rolle. Die Anwohner der Siedlung »Am Köppchen« in
Spiesen-Elversberg sind ebenso ständiger Bestandteil seiner
Werke, wie aktuell im Amt befindliche Personen des öffentlichen Lebens. Das und die Einbindung des jeweiligen aktuellen
Zeitgeschehens machen den Autor nicht nur zum Erzähler,
sondern auch zum Zeitzeugen. Seit 2012 erscheint jährlich ein
neues Werk aus seiner Feder. Mit ihm wurde vom Verleger
Thomas Störmer die »Schwarze Reihe« der saarländischen
Edition Schaumberg ins Leben gerufen, in der mittlerweile
auch andere AutorenInnen veröffentlichen.
Der Autor ist mit Marion Reichrath verheiratet und hat aus
erster Ehe zwei erwachsene Söhne. Er wohnt in Spiesen-
Elversberg und Bexbach/Saar.

Weitere Titel des Autors
aus der »Schwarzen Reihe«

Klaus Brabänder
Sumpf

Schaumbergs Schwarze Reihe I
4. Auflage, Taschenbuch 13 x 21 cm, 400 Seiten
ISBN 978-3-941095-23-6
14,80 Euro

Klaus Brabänder
Steinbruch

Schaumbergs Schwarze Reihe II
2. Auflage, Taschenbuch 13 x 21 cm, 418 Seiten
ISBN 978-3-941095-29-8
12,80 Euro

Klaus Brabänder
Für Eich

Schaumbergs Schwarze Reihe III
3. Auflage, Taschenbuch 13 x 21 cm, 232 Seiten
ISBN 978-3-941095-36-6
12,80 Euro

Klaus Brabänder
MitGift

Schaumbergs Schwarze Reihe IV
2. Auflage, Taschenbuch 13 x 21 cm, 320 Seiten
ISBN 978-3-941095-44-1
12,80 Euro

Weitere Titel des Autors
aus der »Schwarzen Reihe«

Klaus Brabänder
Gegenwind

Schaumbergs Schwarze Reihe VI
2. Auflage, Taschenbuch 13 x 21 cm, 320 Seiten
ISBN 978-3-941095-49-6
12,80 Euro

Klaus Brabänder
Dreierpack

Schaumbergs Schwarze Reihe VIII
2. Auflage, Taschenbuch 13 x 21 cm, 288 Seiten
ISBN 978-3-941095-59-5
12,80 Euro

Klaus Brabänder
Arabella

Schaumbergs Schwarze Reihe IX
1. Auflage, Taschenbuch 13 x 21 cm, 320 Seiten
ISBN 978-3-941095-68-7
12,80 Euro

Klaus Brabänder
Bienenstich

Schaumbergs Schwarze Reihe X
1. Auflage, Taschenbuch 13 x 21 cm, 320 Seiten
ISBN 978-3-941095-72-4
12,80 Euro

Weitere Titel
aus der »Schwarzen Reihe«

Klaus Brabänder

Neumayer

Schaumbergs Schwarze Reihe XII
1. Auflage, Taschenbuch 13 x 21 cm, 320 Seiten
ISBN 978-3-941095-81-6
12,80 Euro

André Link

Feuchte Morde

Schaumbergs Schwarze Reihe VII
1. Auflage, Taschenbuch 13 x 21 cm, 128 Seiten
ISBN 978-3-941095-60-1
9,90 Euro

Udo Recktenwald

Sonnenfinsternis

Schaumbergs Schwarze Reihe XI
1. Auflage, Taschenbuch 13 x 21 cm, 368 Seiten
ISBN 978-3-941095-76-2
12,80 Euro

Udo Recktenwald

Wolfsbrut

Schaumbergs Schwarze Reihe XIII
1. Auflage, Taschenbuch 13 x 21 cm, 320 Seiten
ISBN 978-3-941095-89-2
12,80 Euro

Neu in der »Schwarzen Reihe«

Der Frührentner Peter Meier ist mit seinem unter mysteriösen Umständen dem Seniorenheim entsprungenen Vater nach Bayern unterwegs. Während einer Pause auf einem Rastplatz verfällt der Vater seiner kleptomanischen Neigung und klaut einem Ganoven einen bereits gestohlenen Koffer mit 10.000 Euro. Dieser Koffer wird zum Mittelpunkt einer ebenso skurrilen wie amüsanten Geschichte, wo die Gangster Eddie und Hermann alles daran setzen, ihr Diebesgut zurück zu erbeuten.

Die Bewohner des Seniorenheims spielen ebenso eine Rolle wie zwei schöne Frauen, der Frührentner Peter, sein vorlauter Vater Johann sowie Pfarrer Raphael. Auch der schlitzohrige türkische Junge Mustafa möchte partizipieren. Schließlich ermittelt Privatdetektiv Gernot, genötigt durch delikate Umstände.

Klaus Maria Müller **Der Koffer**

Schaumbergs Schwarze Reihe XIV, 1. Auflage, Taschenbuch 13 x 21 cm, 320 Seiten, ISBN 978-3-941095-95-3, 15,00 Euro

Neu in der »Schwarzen Reihe«

Der Prior des Senninger Klosters stürzt zu Tode. 50 Jahre später brennt ein Mensch im Klosterhof an einem Holzkreuz. Grund genug für Meisterdetektiv Artur Silva und seinen Spürhund Mister Mops, im Kloster zu recherchieren. Dort trifft er auf den erzkonservativen Prior Timotheus, der schon als Kind seine Liebe zum Klosterleben entdeckte und dessen Familiengeschichte einige Fragen aufwirft.

Ein gesellschaftskritischer Kriminalfall, der sich nicht nur mit irdischen Verfehlungen von Geistlichen auseinandersetzt, sondern auch das Ringen um den richtigen Kurs der Kirche zwischen dem Festhalten an streng konservativen Wertvorstellungen und liberalen, dem Zeitgeist angepassten Strömungen verdeutlicht und die Spannungen der Weltkirche widerspiegelt im Schicksal einer Familie.

Udo Recktenwald   **KRUX**

Schaumbergs Schwarze Reihe XV, 1. Auflage, Taschenbuch 13 x 21 cm, 320 Seiten, ISBN 978-3-910306-02-8, 15,00 Euro